JANE AUSTEN — A VAMPIRA

MICHAEL THOMAS FORD

Jane Austen — A vampira

TRADUÇÃO:
CARLOS SZLAK

lua de papel

Direção editorial: Pascoal Soto

Editor: Pedro Almeida

Produção editorial: Talita Camargo

Revisão: Josélia Aguiar e Bete Abreu

Capa: Retina 78

Projeto gráfico, ilustrações e diagramação: Osmane Garcia Filho

Dados Internacionais de Catalogação na Publicação (CIP)
(Câmara Brasileira do Livro, SP, Brasil)

Ford, Michael Thomas
Jane Austen : a vampira / Michael Thomas Ford ; tradução Carlos Szlak. -- São Paulo : Lua de Papel, 2010.

Título original: Jane bites back.
ISBN 978-85-63066-19-0

1. Austen, Jane, 1775-1917 - Literatura juvenil 2. Vampiros - Literatura juvenil I. Título.

10-06354 CDD-028.5

Índice para catálogo sistemático:
1. Vampiros : Literatura juvenil 028.5

2010

Texto Editores Ltda.
[Uma editora do grupo Leya]

Av. Angélica, 2163 – conj. 175/178
01227-200 – Santa Cecília – São Paulo – SP
Blog da Lua: www.leya.com.br/luadepapel
Twitter: @luadepapel_BRA / @EditoraLeya

Para Liz Waters,
que dá ótimos conselhos

CAPÍTULO 1

Minha querida Cassandra, pena você não ter estado na festa de ontem à noite. Fui obrigada a conversar com uma mulher insuportável. Mas, como já disse a você, não quero que as pessoas sejam agradáveis comigo, pois isso me poupa do problema de ter de gostar delas.

— JANE AUSTEN, EM UMA CARTA PARA SUA IRMÃ CASSANDRA, EM 24 DE DEZEMBRO DE 1798.

Claro que não foi exatamente isso o que Jane escreveu para sua irmã naquela véspera de Natal, muito tempo atrás, mas o sentimento era o mesmo. Além disso, depois de mais de duzentos anos, ela dificilmente se lembraria de cada detalhezinho da sua volumosa correspondência. Embora pudesse verificar por si mesma: havia uma coleção de suas cartas numa prateleira a menos de três metros de distância. Em vez disso, ficou onde estava e imaginou como descreveria a tal mulher desagradável parada a sua frente, numa carta para Cassie.

Melodie Gladstone era delicada, com braços finos e a pele pálida, uma aparência de fragilidade, como se fosse desmoronar a qualquer momento sob o peso da própria cabeça. Seus cabelos, louros como trigo no verão, estavam reunidos na nuca e presos com uma fita cor de rosa. Ao falar, sua voz era fraca, e cada ouvinte no recinto tinha de se esforçar muito para ouvir sua leitura.

Quando Elizabeth recuperou a vivacidade, ela quis que o Sr. Darcy explicasse por que ele se apaixonara por ela. "Como começou?", ela perguntou. "Consigo entender a sequência, logo depois de começar; mas o que deflagrou?"

"Não consigo determinar a hora, ou o lugar, ou a aparência, ou as palavras que prepararam o terreno. Já faz muito tempo. Eu estava no meio antes de saber que havia começado."

"Você resistiu à minha beleza desde o início, e quanto ao meu estilo... meu comportamento em relação a você sempre beirou o descortês, e sempre falei com você desejando lhe magoar. Agora, seja sincero, você me admirou por minha impertinência?"

"Pela agilidade de sua mente."

"Você também pode chamar isso de impertinência. Ou quase isso. O fato é que você estava nauseado de tanta cortesia, deferência, atenção obsequiosa. Você estava cheio das mulheres que ficavam sempre buscando sua aprovação. Eu o confrontei, e isso despertou seu interesse, pois eu era muito diferente delas. Se você não fosse realmente amável, teria me odiado; no entanto, apesar dos seus esforços para disfarçar, seus sentimentos sempre foram nobres e justos; e, no seu coração, você desprezava as pessoas que o cortejavam de modo tão persistente. Ora, eu o poupei do aborrecimento de se explicar; e, realmente, considerando todas as coisas, começo a achar isso perfeitamente razoável. Sem dúvida, você não me conhecia, mas ninguém pensa a respeito disso quando se apaixona."

Melodie Gladstone fechou o livro e fitou atentamente sua plateia. "Vejam", ela disse, "o Sr. Darcy se apaixonou por Elizabeth porque ela não tinha medo de ser ela mesma. Foi a recompensa dela por não aceitar a primeira proposta que lhe ofereceram".

Um murmúrio de concordância reverberou através da plateia.

"Eu lhe disse que teríamos casa cheia", disse Lucy, parando ao lado de Jane, no fundo da livraria. Ela observava com evidente satisfação o público espremido em cadeiras dobráveis colocadas entre as estantes de livros.

"Sem dúvida", Jane respondeu para sua jovem assistente. "Mas não consigo entender por que as pessoas compram essa bobagem." Como se isso não bastasse, ela pensou, muitas tinham vindo fantasiadas. Ela contou duas dúzias de Elizabeths e talvez meia dúzia de Darcys. *Embora achasse que algumas das Elizabeths podiam ser Emmas. Ou Mariannes ou Catherines ou Annes.* Possivelmente algumas delas seriam até Fannys, embora duvidasse disso. Poucas pessoas gostam de Fanny.

"Já vendemos sessenta e três exemplares", Lucy informou. "E garanto que chegaremos a cem enquanto ela fala."

Jane ficou em silêncio. Embora as vendas fossem bem-vindas, ela queria muito que as pessoas estivessem ali por algum outro livro. Qualquer outro livro.

"Todos nós estamos aqui esta noite porque acreditamos — como Elizabeth Bennett acreditava, e Jane acreditava — que o amor verdadeiro é a dádiva mais preciosa da vida."

Jane encarou Melodie Gladstone com um misto de antipatia e relutante admiração. Como seu livro transformou-se em tal fenômeno? Ela se lembrou de ter lido por alto uma prova do livro seis meses antes, e achou que a obra estava condenada ao fracasso. Nesse momento, Jane percebeu que, além de existirem muitas pessoas tolas o suficiente para adotá-lo, elas também o adotavam com um entusiasmo que beirava a histeria.

"A mensagem de *Esperando pelo Sr. Darcy* é essa", Melodie disse, erguendo seu livro como se fosse um texto sagrado. "Se você realmente quer viver a beleza do amor — do amor verdadeiro — ,você só deve se entregar quando encontrar a pessoa certa".

A plateia aplaudiu. Melodie sorriu e, em seguida ergueu uma mão, silenciando o público. "Sei que a maioria de vocês já se comprometeu com esse ideal", ela afirmou. "Posso dizer isso pela quantidade de medalhões que vi pendurados nos pescoços."

Rindo, as pessoas viravam as cabeças para se observarem. Algumas levaram as mãos na altura da garganta, agarrando seus medalhões de prata, que pendiam das correntes em torno dos pescoços. Melodie exibia um medalhão idêntico, deixando-o balançar no ar como um feitiço de hipnotizadora. Seus olhos azuis-celestes examinavam a plateia.

"Para quem não sabe", Melodie disse, "esse medalhão é o símbolo de quem decidiu que vai esperar pelo Sr. Darcy". Ela abriu o medalhão, revelando um retrato em seu interior. "Ele não é lindo?", perguntou. "Seu retrato foi pintado especialmente para nós por ninguém menos que Paul Henry Mattheson, o mesmo artista que criou todas as belas capas para a coleção dos romances de Jane Austen que meu editor relançou com a publicação de *Esperando pelo Sr. Darcy*. Esse medalhão está disponível somente para quem assinar o contrato existente no final do meu livro e enviá-lo com os recibos da compra do livro e dos romances. Assim, se você tiver um medalhão, fará parte de um clube muito especial."

Jane percebeu gestos de concordância em todo recinto. A leitura pública estava começando a parecer uma campanha para despertar a fé religiosa. Ela quase esperava que Melodie

Gladstone convocasse aqueles que desejavam ser salvos do pecado, enquanto os devotos caíam entre as filas de assentos chorando e gritando aleluias. Em vez disso, a autora soltou o medalhão e entrelaçou as mãos.

"Foi uma alegria encontrar vocês esta noite", ela disse. "Não tenho palavras para dizer o quanto estou grata de vê-los e saber que, talvez, de alguma pequena maneira, tenha estimulado vocês a adotar a mensagem de nossa amada Jane de pureza e amor-próprio."

Enquanto o recinto irrompia em aplausos muito ruidosos, Lucy ergueu a voz: "A senhorita Gladstone vai autografar os livros daqui a pouco. Como ela disse, quem comprar um exemplar do seu livro, com a coleção dos romances de Austen, também terá o direito de adquirir um dos medalhões com o retrato do Sr. Darcy dentro. Temos uma quantidade limitada de..."

Antes de ela conseguir terminar de falar, o público ficou de pé e disparou até as mesas com pilhas de livros, gritando e se empurrando pelo caminho. Jane recuou quando duas garotas, ambas em vestidos com cinturas em estilo "império", passaram correndo por ela, acotovelando-se, para serem as primeiras da fila de autógrafos.

Elas podem estar interessadas em pureza, Jane pensou, enquanto observava as garotas agarrando os livros, *mas seus modos precisam urgentemente de ajuste.*

A próxima hora e meia foi um turbilhão de vendas anotadas na caixa registradora, livros nas sacolas e deslumbramento com a fila aparentemente interminável de pessoas que queriam um autógrafo de Melodie. Muitas mulheres, e não poucos rapazes, deixaram a livraria em lágrimas, achatando os livros contra seus peitos e acariciando com amor os medalhões em volta dos pescoços.

Finalmente, Lucy mostrou a porta da rua para o último fã de Melodie, e Jane deu um suspiro de alívio. As mesas de livros que ela e Lucy prepararam para o evento estavam completamente vazias. Atrás do balcão, Jane consultou os resultados das vendas na tela do computador e abriu a boca em assombro.

"É mais do que vendemos nas últimas três semanas juntas", afirmou Lucy, espreitando sobre o ombro de Jane.

"É incrível", Jane concordou.

"É assim todas as noites", suspirou Melodie Gladstone. "Todo mundo adora suas Jane Austen."

Jane ficou surpresa de notar a mudança no tom da autora. Ela levantou os olhos e viu Melodie escarrapachada na cadeira, com os pés esticados debaixo da mesa, massageando a testa.

"Você tem uma aspirina?", Melodie perguntou. "Ou melhor, você tem uma vodca?"

Jane e Lucy trocaram olhares. Então, Lucy foi atrás de uma aspirina. Jane sorriu educadamente e disse: "Essa turnê deve ser muito exaustiva para você".

"É um maldito pesadelo", Melodie respondeu. Jane sobressaltou-se. "Toda noite é a mesma coisa. 'Não transe antes de encontrar a pessoa certa. Mantenha-se pura. Use esse medalhão boboca e um dia seu príncipe vai chegar'. Que monte de merda. Mas o público come tudo que é servido no prato." Melodie sacudiu a mão no ar, freneticamente. "Você viu os números?"

"Sem dúvida, são impressionantes", Jane afirmou, ironicamente.

"Por isso que faço esse show", Melodie respondeu. "Toda vez que uma dessas idiotas compra um exemplar, imagino mais US$ 5 pingando na minha conta."

Lucy voltou com um copo de água e duas aspirinas, que entregou para Melodie.

Melodie engoliu os comprimidos e bebeu metade do copo. "Minha cabeça está me matando", revelou. "Devia ter tomado um Valium."

"Então, você realmente não acredita no que diz no seu livro?", Jane perguntou, com cuidado.

Melodie balançou a cabeça. "Por favor", ela disse. "Você acredita realmente que existe algum Sr. Darcy perdido no mundo? Não, não existe. Acho que nunca existiu. Mas essas garotas querem crer que existe. Então, dou a elas o que elas querem."

"E, em troca, elas enriquecem você", Jane comentou.

"É só minha fatia da torta de Austen", Melodie afirmou. "Todos estão nessa agora. Você viu os livros. Austen está na última moda. Você põe o nome dela em qualquer coisa e vende. Meu editor está lançando o livro de massagem de Jane Austen na primavera. Sabe qual é o título? *Razão e sensualidade*." Ela riu. "Aposto que vai vender dois milhões de exemplares."

"Quem sabe?", Jane comentou, secamente. Se havia antipatizado com Melodie Gladstone antes, ela agora a odiava. A mulher era vil, uma oportunista que estava usando o nome *dela* para ganhar fortunas. *Enquanto isso, não sei o que é um cheque de direitos autorais há quase duzentos anos,* pensou.

Melodie, desatenta em relação à crescente animosidade de Jane, bufou grosseiramente. "Não entendo esse entusiasmo com Austen", ela disse. "Você já leu os livros dela? Raramente consigo chegar ao final. A maior parte do que sei é assistindo aos especiais da tevê educativa. Mas os livros? São muito chatos." Melodie deu um bocejo grotesco, que irritou Jane.

"Eu adoro Austen", revelou Lucy. "Acho os livros dela maravilhosos. E se você me perguntar, eles não têm nada a ver com encontrar o Sr. Darcy; eles são sobre garotas que rompem convenções e correm atrás do que querem."

Jane agradeceu a Lucy em silêncio. *Ela entendeu*, pensou Jane. *Não tem nada a ver com encontrar o Sr. Darcy.*

"O que sei é que, quanto mais pessoas amarem o Sr. Darcy, mais polpudos serão os meus cheques de direitos autorais", Melodie afirmou. "Dou a mínima para o resto."

É "não dou a mínima", Jane resistiu ao impulso de falar em voz alta. Além de não ter dignidade, Melodie Gladstone também atentava contra a gramática.

"Temos alguns exemplares no depósito", Lucy afirmou. "Você se incomodaria de autografá-los?"

"De jeito nenhum", respondeu Melodie, piscando. "Lamento que tenham ficado no depósito, mas alguém tem razão em raptá-los. Soube que o livro está entre os cinco mais vendidos deste ano. Seria o número um se não fosse aquele livro sobre aquela estúpida garota cega e seu cachorro."

Lucy foi até o depósito e voltou com meia dúzia de exemplares de *Esperando pelo Sr. Darcy*, que pôs sobre a mesa em frente da autora. "Depois levo você de carro para o hotel", disse Lucy.

Jane, que estava contando o dinheiro na caixa registradora, levantou os olhos. "Lucy, pode deixar. Eu faço isso", ela afirmou. "Por que você não vai para casa?"

Lucy olhou para Melodie, que estava autografando o último exemplar. "Você tem certeza?", perguntou para Jane.

"Pouco importa quem me leve", disse Melodie, encaixando a tampa na caneta que utilizou para autografar os livros. "Mas vamos indo. Tenho de estar em um avião para Columbus ou Detroit ou algum outro buraco desses logo cedo."

"Certeza absoluta", Jane disse para Lucy. "Pode ir. Vejo você de manhã. Obrigado por todo seu trabalho no evento."

"Sem problemas", afirmou Lucy. Ela se virou para Melodie. "Obrigado por vir. Foi bom conhecê-la."

Melodie concordou com um gesto de cabeça, mas permaneceu em silêncio. Após uma curta pausa, durante a qual ficou evidente que Melodie não tinha a intenção de retribuir o agradecimento de Lucy, esta olhou para Jane. "Vejo você amanhã", ela disse, e, em seguida, virou-se e dirigiu-se para a porta da frente.

"Estou pronta para ir", Melodie afirmou, pondo-se de pé e vestindo o casaco, antes mesmo de Lucy fechar a porta.

Jane olhou para Melodie e sorriu. "Então, não nos tardemos mais no salão da alegria", ela disse.

Melodie olhou-a espantada.

"Meu carro está nos fundos", revelou Jane. "Só vou pegar meu casaco."

Poucos minutos depois, as duas estavam sentadas na velha perua Volvo de Jane, esperando o aquecimento funcionar. Melodie esfregou as mãos. "De quando é esta coisa?", perguntou, desdenhosa.

"Você nunca deve perguntar a idade de uma senhora", Jane advertiu, conseguindo um olhar peculiar de Melodie.

Jane pôs o carro em movimento e saiu do estacionamento. No caminho, Melodie observava pela janela as ruas nevadas do centro de Brakeston. "Esse lugar é tão chato", ela disse. "Como você consegue viver aqui?"

"Acho um charme esse seu jeito simples", Jane ironizou.

"Se eu tivesse de morar num lugar assim, eu *morreria*", Melodie prosseguiu. "Quando vi o itinerário da turnê, perguntei: Brakeston? Onde diabos fica Brakeston?"

"Não foi fácil ter você aqui. Lucy enfrentou muitas dificuldades", Jane informou-lhe. "Mas acho que a quantidade de gente foi impressionante, não foi?"

"Não foi nada em comparação com Nova York", Melodie respondeu, dando de ombros. "Tivemos de mandar as pessoas embora."

"Oh, não", Jane exclamou, simpaticamente.

"Seja como for, acho que provavelmente sou a maior coisa que já passou por aqui. No mínimo, animei um pouco a vida dessas pessoas."

"Ficaremos sempre muito gratos de você ter concordado em nos honrar com sua presença", afirmou Jane. "Tenho certeza de que falaremos sobre isso durante meses."

"Mal posso esperar para voltar à civilização", Melodie disse, suspirando.

É isso aí, Jane pensou. Subitamente, ela saiu da rua principal da cidade e entrou em uma travessa silenciosa.

"O hotel é por ali", Melodie protestou.

"Esse é um atalho", Jane afirmou, bruscamente.

No fim da rua, Jane estacionou o carro na frente de uma casa iluminada pela luzes vermelhas e verdes de Natal. Sobre o gramado, Maria e José fitavam o carro. Atrás deles, Papai Noel, Frosty, o homem da neve, e Rudolph, a rena de nariz vermelho, contemplavam de forma entusiasmada o menino Jesus adormecido em sua manjedoura de plástico. Confeitos gigantes imitando bengalas proporcionavam um pano de fundo para três gnomos que seguravam pacotes alegremente embalados.

"Que lugar é esse?", Melodie perguntou. "O que estamos fazendo aqui?"

"Só preciso cuidar de uma pequena missão", revelou Jane. Ela soltou o cinto de segurança e se inclinou na direção da passageira, que estava muito ocupada observando a bizarra cena natalina. Quando Jane abriu a boca, os dois caninos ocultos no seu maxilar superior deslizaram dos seus estojos ossudos e se fixaram no lugar. No momento em que a boca de Jane tocou no pescoço de Melodie, esta deu um salto e emitiu um gritinho, que foi interrompido quando Jane empurrou o rosto de Melodie contra seu casaco e o segurou ali, enquanto o sangue começava a correr pelos seus lábios.

CAPÍTULO 2

Às vezes, ela acordava de seus sonhos febril e desorientada, como se, durante a noite, algum fantasma tivesse entrado em seu quarto, enchido seus pulmões com um sopro satânico, que envenenava sua mente. Nos primeiros instantes de consciência, ela se embrulhava nos lençóis e gritava por socorro. No entanto, na casa vazia, sua voz não era ouvida.

— **JANE AUSTEN, *CONSTANCE*, PÁGINA 293 DO MANUSCRITO.**

Um longo banho quente ajudou a remover o cheiro de Melodie do corpo de Jane. Depois, vestiu um roupão felpudo e foi para o andar de baixo. Na cozinha, pisou sobre algo macio e úmido. Ao ligar as luzes, viu um passarinho morto no chão, na frente da geladeira. Suas penas castanho-claras estavam manchadas de sangue.

Tom, o gato preto e branco que Jane adotara há alguns anos, apareceu e se enroscou ao redor dos seus pés, ronronando enquanto ela se curvava para pegar o pássaro. Jane sentiu um calafrio quando a cabeça da criatura apoiou-se fracamente em sua palma.

"Por que você os traz para dentro?", Jane perguntou para Tom, colocando o pássaro na lata de lixo e lavando as mãos na pia. Despejou um pouco de ração na tigela de Tom e a pôs no chão. O gato avançou e comeu vorazmente, triturando os pedaços entre os dentes e observando a dona com o canto do olho.

"Animal malvado", disse Jane, acariciando-o atrás da orelha. Em seguida, ela dirigiu a atenção para a correspondência, que trouxera do vestíbulo. A maior parte era lixo, mas, no final da pilha, havia uma carta. Ao ler o nome do remetente, seu coração disparou. Abriu o envelope e tirou uma folha de papel.

Prezada senhorita Fairfax,

Obrigado por submeter seu original à nossa apreciação. Lamento informar que não é apropriado para nosso catálogo. Desejamos boa sorte ao apresentá-lo em outro lugar.

Atenciosamente,

Jessica Abernathy
Fourth Street Books

Jane amassou a carta e a jogou no chão. Tom percebeu, considerando se devia ou não rebatê-la sob a mesa, mas não parou de comer. Ela abriu uma garrafa de vinho merlot, pegou uma taça do armário e tirou um tablete de chocolate de uma das gavetas, deixando tanto o papel como o gato na cozinha. Subiu para o quarto. Encheu a taça de vinho e a deixou sobre a mesinha de cabeceira. Em seguida, abriu uma gaveta dessa mesinha e retirou uma pequena agenda. Virando até uma página perto do meio da agenda, adicionou o nome de Jessica Abernathy na primeira linha livre, que, nesse caso, estava quase exatamente a um terço do alto da página, bem abaixo do nome de Barlow McInerney, da editora Accordion Press.

Ao lado do nome de Jessica, Jane escreveu o número 116. "Cento e dezesseis cartas de rejeição", ela murmurou. "Posso dizer que isso torna a opinião unânime."

Jane folheou as páginas até chegar à primeira. Claro que ela não pôde apresentar o original para seu editor habitual, John Murray — isso teria trazido seu segredo à tona. Então, foi forçada a procurar outros editores. No alto da lista dos que rejeitaram seu original estava o nome de Geoffrey Martin Pomerantz, da Pomerantz & Joygulb Publishers, de Londres. Jane não se lembrava do Sr. Pomerantz (ou do Sr. Joygulb). Essa falta de memória, contudo, podia ser perdoada devido ao fato de que a apresentação ocorrera 185 anos atrás. O original estava realmente perambulando sem rumo por tanto tempo?, ela se espantou. Jane deduziu que sim, embora fosse difícil de acreditar.

Tom, lambendo os beiços, entrou no quarto e saltou sobre a cama, instalando-se no colo de Jane e imediatamente adormecendo.

"Talvez, Tom, seja a hora de considerar a possibilidade de que não posso mais escrever", Jane disse.

Tom, abrindo o olho castanho por somente um segundo antes de fechá-lo outra vez, não se manifestou.

Jane fechou a agenda e a recolocou na gaveta. Disse para si mesma, como tinha feito muitas vezes antes, que devia simplesmente jogar fora o original. Tê-lo por perto era deprimente. No entanto, documentar sua rejeição proporcionava certa gratificação masoquista. Ela não guardava as cartas — ocupariam muito espaço e, no fim, se desintegrariam por causa do envelhecimento —, mas mantinha os nomes dos remetentes. A maioria das pessoas cujas rejeições anotou na agenda estava morta agora, o que dava a Jane certa satisfação. No entanto, a dor de permanecer não publicada nunca desaparecia completamente.

"Sou uma escritora", informou a Tom. "É isso o que eu *faço*. Eu *escrevo*." Ela fez uma pausa e, depois, suspirou. "Bem, eu *costumava* escrever", se corrigiu.

A verdade era que Jane não escrevera nada novo desde o término do original que havia colecionado 116 rejeições. Revisara-o um pouco ao longo dos anos, mas era praticamente o mesmo texto que concluíra quase dois séculos atrás. Tivera de abandonar *Os irmãos* — cujo título sua família modificou para *Sanditon* (ela ainda não tinha certeza se estava inteiramente feliz a esse respeito) — depois que deixou a casa de Chawton pela última vez, mas esse original ela mantivera em segredo. Tentara escrever coisas novas desde então, é claro, mas o peso do livro inédito sobre sua imaginação representou um grande bloqueio.

Repentinamente, Jane sentiu-se muito cansada.

Há quanto tempo ela tinha a livraria? Fez as contas. Fazia o quê, oito anos? Não, nove. Ela se mudou para Brakeston após passar duas décadas em Phoenix, uma cidade que escolhera precisamente porque era abençoada com o clima oposto da sua infância inglesa. No entanto, vinte anos de sol e calor implacáveis bastaram para Jane, não pelas razões que alguém pode supor (o sol não é tão devastador para os vampiros quanto afirma a mitologia popular), mas porque ela permanecia naturalmente pálida. Depois de menos de uma hora de exposição ao sol, ficava cor de rosa, e nunca foi capaz de pegar um bronzeado. O melhor que conseguiu foi uma espécie de inchaço, como uma lagosta ou um repolho na água fervente. Não era uma aparência muito atraente.

Por anos, Jane tentou imitar os efeitos do tempo, tingindo os cabelos, simulando rugas e manchas de envelhecimento. No entanto, não havia muito a fazer, e, além disso, era cansativo. Assim, em determinado momento (ela se lembra vagamente do ano de

1881, embora possa ter sido em 1900, pois, sendo o início de um novo século — e o ano em que ela trocou a Europa pelos Estados Unidos —, teria sido o momento sensato para decidir isso), ela desistiu de tentar. Mudava de lugar sempre que sua falta de envelhecimento começava a ser percebida. E, assim, depois de muitas mudanças, chegou a essa cidade, no norte do estado de Nova York, escolhida mais ou menos ao acaso, pois gostou do som do nome.

Nove anos, Jane pensou. *Isso me dá cerca de dez anos, ou um pouco mais, antes de eu ter de pensar sobre isso.* Era possível que pudesse viver ainda mais tempo em Brakeston. Afinal, os quarenta anos de hoje não são os trinta de ontem? Ela ouvira isso em algum lugar recentemente. Sem dúvida, quem disse isso não tinha quarenta e um anos nos últimos dois séculos. "Os quarenta de hoje não são os cento e noventa e dois de ontem?", ela perguntou ao gato, que estava enroscado sobre sua barriga, adormecido.

Jane bebeu o resto do vinho e terminou o chocolate enquanto zapeava os canais da tevê, assistindo a trechos de diversos programas, até finalmente parar em comerciais de descascadores de verduras e pílulas para queimar gorduras. Então, sua cabeça entorpeceu por causa do vinho e ela sentiu os olhos fecharem.

Em estado de torpor, Jane retrocedeu até uma noite de um passado remoto. Ela estava numa varanda, contemplando um lago. Era crepúsculo e chovia muito. Um temporal com raios e trovões sacudia o mundo ao redor dela, e as ondas do lago estavam fortes e furiosas. Os trovões enchiam o ar e os raios cortavam o céu. Ela sentia medo, mas também alegria.

Ninguém sabia onde Jane estava. Dissera que iria visitar um amigo, mas, na verdade, nunca tinha estado com o dono daquela casa. Não pessoalmente. Mas os dois haviam trocado muitas cartas, e, por meio delas, Jane o tinha conhecido. Quando ele sugeriu que ela visitasse sua casa no lago de Genebra, Jane concordou sem muita hesitação.

Jane se sentia livre. Longe da sua casa e da sua família, podia fazer o que quisesse. E o fato de estar hospedada na casa de um dos homens mais escandalosos do seu tempo aumentava ainda mais seu entusiasmo. Além disso, ele era tão belo e estimulante quanto ela tinha imaginado.

"O que você está fazendo aqui fora?"

Jane se virou. Ele a estava observando. Os cabelos escuros estavam penteados para trás e seus olhos pareciam penetrar diretamente na alma de Jane. Quando ele sorriu, o coração dela disparou.

"Vendo a tempestade", Jane respondeu.

Ele se aproximou de Jane, com seu andar manco pouco perceptível. Ela esperava que fosse mais pronunciado, a partir do que tinha ouvido dizer. No entanto, as descrições a respeito dele variavam muito. Era como se ele se mostrasse de diferentes formas para cada pessoa.

"Isso alegra você", ele disse ao parar do lado dela. "A tempestade, quero dizer." Ele enlaçou a cintura dela com o braço. "Todos pensam a seu respeito como uma tarde tranquila", ele afirmou. "Mas, em seu interior, a paixão é como uma tormenta, não?"

Jane permaneceu em silêncio. Como ele podia conhecê-la tão bem? Parecia também que ela o conhecia há muitos anos, mas só fazia um dia desde sua chegada.

"A noite mostra as estrelas e as mulheres sob uma luz muito melhor", ele afirmou, enquanto um trovão ribombava. "Vamos entrar. Você vai se resfriar aqui."

Jane permitiu que ele a conduzisse para a sala de estar. No entanto, ele não parou ali. Em vez disso, atravessou um corredor com as paredes adornadas com retratos e paisagens e alcançou um quarto. O quarto dele. Ela se deteve, observando a enorme cama de mogno entalhado, com os lados enfeitados com panos de veludo vermelho-rubi. Os lençóis eram um ninho emaranhado, como se ele tivesse acabado de se levantar deles. Em todo o quarto, as velas queimavam, aquecendo o ar e o enchendo com uma fragrância tênue de flores.

"Não posso", Jane disse para ele, subitamente receosa.

"Claro que você pode", ele disse. "Não há nada a temer."

Jane tremeu quando ele se virou e começou a desvesti-la. Ela fechou os olhos, temendo que, se olhasse para ele, fugiria do quarto. Os dedos dele se moviam com habilidade, fazendo o vestido de Jane escorregar pelos dos ombros e cair sobre os pés dela. Em seguida, ele começou a soltar os laços do espartilho de Jane. Ela prendeu a respiração quando ele o tirou. Finalmente, desvestiu a camisola dela. Jane ficou nua diante dele.

Quando as mãos dele envolveram seus seios, Jane suspirou, e quando a boca dele tocou a pele dela, ela sentiu os joelhos cederem. Ele pegou Jane em seus braços e a carregou para a cama. Colocou-a sobre os lençóis e deu um passo para trás. Jane deixou os olhos meio entreabertos enquanto ele se desvestia. O peito dele era magro, e sua pele pálida como leite. Depois que ele se livrou da calça, Jane reparou em sua virilidade antes de desviar o olhar.

Então, ele se deitou ao lado de Jane, com a mão a acariciando enquanto elogiava a beleza dela. Seus beijos cobriam o rosto, o pescoço, os seios e a barriga. As mãos dele proporcionavam tanto prazer que ela quase perdeu o fôlego.

Em segundos, ele se colocou sobre Jane, observando seu rosto de modo tão intenso que ela foi incapaz de desviar o olhar. Do lado de fora, a tempestade ficava cada vez mais violenta, com o vento entrando por uma das janelas abertas e trazendo a chuva para dentro. Nesse momento, ele se inclinou e a beijou. A boca dele se deslocou na direção do pescoço de Jane.

Quando os dentes dele se cravaram na pele dela, os olhos de Jane se esbugalharam.

CAPÍTULO 3

Quando o jardineiro deu as costas e caminhou na direção do galpão do jardim, algo caiu do seu bolso. Constance se aproximou e recolheu o objeto, descobrindo, surpresa, que era um exemplar de Paraíso *recuperado, de John Milton, belamente encadernado em seda verde. Estava muito lido, e, enquanto virava as páginas, Constance pensava consigo mesma se talvez os pensamentos de Charles Barrowman abrangessem mais do que somente a retirada de ouriços e o plantio de hortênsias.*

— **Jane Austen, *Constance*, página 78 do manuscrito.**

Jane entrou na Livraria Flyleaf carregando um copo cheio de café bem quente, para enfrentar a dor de cabeça deixada pelo vinho. Pior que a dor de cabeça era a memória persistente do seu sonho. *Não me comportei como uma dama*, ela pensou.

"Amável de sua parte vir", Lucy provocou. Ela jogou um cacho dos cabelos pretos longos e ondulados para trás da orelha.

Em seus vinte e poucos anos, Lucy Sebring era sarcástica, engraçada e muito inteligente. Em sua entrevista de emprego dois anos atrás, contou para Jane que largara a faculdade para tocar numa banda de punk rock formada só por garotas, cujos títulos das músicas eram tirados de obras feministas conhecidas. Depois de seis meses de turnê, as quatro integrantes do grupo começaram a sofrer de ataques de TPM ao mesmo tempo. Certa noite, dissolveram a banda depois que a baixista começou a tocar "A mulher eunuco", enquanto a vocalista dizia os versos iniciais de "Não sou uma mulher?" A fusão musical logo provocou acusações e lágrimas, que acabaram de forma espetacular quando a baterista, uma tímida ex-estudante de filosofia, que tinha longos trechos do *Scum manifesto*, de Valerie Solanas, tatuados no corpo, levantou-se e gritou: "Betty Friedan não merece essa merda!" Lucy contou a história com tanta verve que Jane a contratou imediatamente.

"Por sinal", Lucy disse, enquanto Jane tirava o casaco e o pendurava, "você precisa dar uma olhada no jornal de hoje". Ela indicou com a cabeça um exemplar do *Daily Inquirer*, que estava aberto sobre o balcão.

Jane o ergueu e deu uma olhada na primeira página. "Meade College recebe doação de senador estadual aposentado?", ela perguntou, lendo a chamada.

"Debaixo disso", disse Lucy.

Jane observou. "Brakeston Lady Beavers avançam para os jogos finais distritais", ela leu.

"Me dá isso", pediu Lucy, pegando o jornal de Jane. Ela começou a ler: "A famosa escritora Melodie Gladstone foi encontrada perambulando pela rua principal da cidade no início da manhã após a polícia receber chamadas de diversos cidadãos preocupados. De acordo com o policial Pete Bear, um dos dois policiais que foram até o local, Gladstone parecia estar intoxicada ou talvez sob a influência de uma substância desconhecida. Gladstone é autora do *best-seller Esperando pelo Sr. Darcy* e estava na cidade para uma leitura pública na Livraria Flyleaf".

Lucy mudou de página. "Há uma foto", disse.

Jane observou a foto de Melodie Gladstone. Ela estava na rua, ladeada pelos dois policiais, que a seguravam pelos braços. Os cabelos pareciam um ninho de rato, e os olhos estavam borrados com rímel e sombra. Apresentava uma expressão perdida, e sua boca estava ligeiramente aberta.

"Meu Deus", exclamou Jane. "Parece que capturaram um quati hidrófobo. Não me surpreenderia se dissessem que a capturaram empalhada na parede da estação."

"Você não a levou para o hotel?", Lucy perguntou. "O que houve?"

"Deixei ela lá e fui para casa", Jane respondeu, sacudindo a cabeça. "Agora, pensando bem, ela disse algo a respeito de querer beber um drinque."

"Acho que ela bebeu bem mais do que um, talvez seis ou sete", Lucy comentou. "Agora espere até essa história se espalhar. A pequena senhorita sem defeito vai perder um monte de leitores."

"Que pena", Jane ironizou.

"Vou chorar por ela", Lucy concordou.

As duas trocaram um olhar e Jane percebeu certa satisfação em Lucy, mas elas não disseram mais nada. Então, Lucy voltou ao trabalho. Ela estava abrindo caixas de livros que haviam chegado à entrega matutina. Ver a chegada dos novos títulos era um dos seus grandes prazeres. Seu entusiasmo quase sempre fazia Jane se sentir melhor. Jane ficava um tanto ressentida em relação aos livros recém-publicados — tanto quanto uma mulher sem filhos algumas vezes encarando mães e seus bebês com uma mistura de ciúmes e desespero — e era agradável ver que alguém ainda se animava em relação a eles.

"Veja!", Lucy exclamou, alcançando a primeira caixa. "Jane Austen em bonequinhas de papel. São fofas. Será perfeito para a seção Austen."

"Seção Austen?", Jane disse, levantando os olhos das faturas que tinha pegado no balcão e estava examinando. "Que seção Austen?"

"Falei para você na semana passada", Lucy disse, piscando. "Vou criar uma seção dedicada exclusivamente a Austen. Você viu o sucesso do livro de Gladstone. Temos muitas coisas ligadas a Austen. Além dos seus próprios livros, temos romances a respeito dela. Também temos *O livro de receitas de Jane Austen*, as biografias e a correspondência completa. Ah, acabei de ler na *Publishers Weekly* que alguém escreveu o livro de autoajuda de Jane Austen."

"O quê?", Jane perguntou, com surpresa.

"Sim", disse Lucy. "A pessoa tem de descobrir que personagem de Jane Austen é o mais parecido com ela e, depois, deve desenvolver um plano de vida em torno desse tipo de personalidade. O livro se chama *Seja a verdadeira Elizabeth Bennett. Por favor, fique de pé*. Deepak Chopra escreveu a introdução. Será um sucesso, sem dúvida."

Jane cerrou os dentes. Ela achou que o absurdo livro de receitas representaria o fim da mania em relação a Austen. No entanto, a popularidade dela continuava crescendo. Outro dia, vira em uma revista que as cópias dos trajes do seu tempo seriam a última moda nas festas de formatura e nos casamentos do verão.

De fato, era demais, principalmente porque a própria Jane não estava tirando proveito de nenhum dos benefícios associados ao fato de ser uma das autoras mais populares de todos os tempos. Ela não recebia nenhum cheque referente a direitos autorais. Ninguém lhe pedia permissão para publicar livros de jardinagem ou de padrões de tricô baseados nas obras dela, que eram vendidos aos montes. O fato de que, para todos os fins, ela estava morta não aliviava seu aborrecimento.

Jane começou a odiosa tarefa de contar dinheiro. Contou as notas de vinte, dez e cinco, e estava começando a contar as sempre irritantes notas de um (quando se precisa delas para dar troco, nunca há quantidade suficiente; embora, quando se vai conferir se o lucro foi gordo, sempre há muitas), quando tocou a sineta acima da porta de entrada.

Esperando um cliente, Jane ficou um pouco desapontada ao ver Walter Fletcher entrar. Vestido com seu uniforme costumeiro — calça de algodão cáqui, camisa de flanela xadrez e jaqueta de sarja marrom com seu nome e o nome de sua empresa de reformas bordados —, ele estava animado como sempre. Em cinco anos, Jane nunca o vira carrancudo.

Walter pôs uma sacola de papel sobre o balcão e a deslizou até Jane. Ela a abriu e o ar se encheu com cheiro de canela.

"Não!", exclamou Jane.

"Sim", respondeu Walter.

Jane enfiou a mão na sacola e tirou um pãozinho de canela. Coberto de açúcar, ainda estava quente. Ela o mordeu e suspirou. De todos os mitos a respeito de vampiros, aquele que Jane sentiu mais alívio de descobrir ser falso foi que eles perdiam a capacidade de saborear alimentos. Na realidade, isso não a acalentou, mas o lado positivo foi que sua silhueta também não mudou. Ficou exatamente com o mesmo peso que tinha quando morreu.

"Saíram do forno não faz nem dez minutos", Walter informou.

Jane provara muitas coisas maravilhosas durante seus dois séculos, mas poucas se comparavam aos pãezinhos de canela feitos na padaria perto da sua livraria. Ela era viciada neles. O fato de Walter trazê-los para ela despertou suspeitas.

"O que você quer?", ela perguntou para ele.

Os olhos azuis de Walter brilharam alegremente ao observar Jane lamber a cobertura de açúcar dos dedos. "Quem disse que eu quero alguma coisa?", ele disse, fingindo indignação. "Será que não posso trazer um pãozinho de canela para uma amiga?"

"Sem essa", afirmou Jane, dando outra mordida. "Fale."

"Tudo bem", Walter disse, sorrindo. "Eu confesso. Quero pedir um pequeno favor para você."

Jane esperou que ele continuasse. Walter ficou mudo, pensando a respeito de como prosseguir. Antes que ele pudesse falar, Jane interveio: "Walter, já passamos por isso antes. Não posso sair com você. Quero dizer..."

"Eu não quero sair com você", Walter interrompeu.

Jane olhou para ele, surpresa.

"Quero dizer, eu quero sair com você", Walter disse, ruborizando-se. "Mas eu sei que você não quer..."

"Não posso", Jane o corrigiu. "Há uma diferença."

"Não pode", Walter concordou. "De qualquer jeito, não é por isso que estou aqui. Gostaria de convidá-la para minha festa de réveillon."

"Detesto réveillon", Jane disse, gemendo. "Muito alvoroço e muitas tolices a respeito do ano novo, tudo habilmente projetado para resultar na mais profunda das decepções."

"É só uma festa", Walter afirmou. "Teremos champanhe."

"Que ótimo", exclamou Jane. "E suponho que também charadas e mímicas?"

Walter lançou um olhar suplicante. "Por favor?", ele pediu.

Jane deu outra mordida no pãozinho de canela e mastigou o pedaço antes de responder. "Talvez", ela disse. "Mas só porque você me subornou."

"Ótimo", disse Walter, sorrindo. "Ficaremos contentes de recebê-la."

"Eu não disse..."

"Preciso ir", disse Walter, olhando para seu relógio. "Estamos reformando a cozinha de Maggie Beecher e ela fica furiosa se não estamos lá às dez em ponto."

Walter desapareceu antes de Jane poder protestar um pouco mais. Então, Lucy disse: "Não sei por que você não quer sair com ele. Ele está pedindo há mais de um ano".

"Nós não combinamos", Jane respondeu.

"Por que ele é um carpinteiro?", Lucy perguntou.

"Não", disse Jane, rispidamente. "E Walter não é só um carpinteiro. Ele também restaura casas antigas e faz isso muito bem. Mas isso não tem nada a ver. É só que ele... que eu... nós não..." Ela não conseguiu concluir a frase de uma forma que não desse certa impressão de esnobismo.

"Não entendo", afirmou Lucy. "Ele é inteligente. É engraçado. Gosta de livros, arte e das mesmas coisas que você. Além disso, é um cara atraente."

"Bem atraente", Jane assentiu, pensando nos belos traços de Walter. *E ele tem mãos bem fortes*, ela pensou.

"Então, pergunto de novo: por que você não pode sair com ele?", disse Lucy.

Porque estou morta, Jane pensou. *Porque ele vai envelhecer e eu não. Porque os homens em geral não gostam de mulheres que precisam beber sangue para ficar vivas.* O que ela disse foi: "Estou muito feliz com minha vida".

Lucy emitiu um som vago.

"O que significa isso?", Jane perguntou.

"Nada. Só disse hum", Lucy respondeu, empilhando alguns livros sobre uma mesa.

"Conheço esse hum", disse Jane, bruscamente. "É o seu hum 'seja o que for'."

"Sim, é isso mesmo", Lucy afirmou. "Está certo."

"Claro que está", Jane disse. "E você sabe disso."

Lucy lançou um olhar na direção de Jane. "Seja o que for", ela afirmou com doçura, quem sabe eu deva sair com ele".

"Vá em frente", Jane disse, tentando dar a impressão de não se importar nem um pouco. "Só porque ele tem idade para ser seu pai, não deixe isso impedir você."

"Ah, sim!", Lucy exultou. "Você gosta dele."

"Eu não!", respondeu Jane. "Só estou chamando a atenção para um fato."

"Você gosta do Walter", Lucy disse, quase cantando.

Jane desprezou a opinião de Lucy com um movimento de cabeça. "Pense como quiser", ela disse.

CAPÍTULO 4

Ela olhou para a caixa, sem esperar encontrar as canetas e os papéis que pedira como presente de Natal. Constance sabia que seus pais achavam o pedido extravagante e temia que a mãe e o pai — não por crueldade ou desaprovação, mas simplesmente porque não podiam conceber sua filha querendo ter as atribulações de uma vida de artista — tivessem, ao contrário, comprado para ela fitas para cabelo, bonequinhas de papel ou ainda outro gatinho de porcelana.

— JANE AUSTEN, *CONSTANCE*, PÁGINA 25 DO MANUSCRITO.

Os dias seguintes foram confusos. O movimento da livraria foi intenso, com os clientes apressados em seu afã de riscar todos os nomes das suas listas de compras de Natal. A previsão de Lucy de que todas as coisas ligadas a Austen venderiam muito bem provou-se correta, e Jane observava como as pilhas de livros dela e seus subprodutos desapareciam rapidamente. Isso era tanto agradável como deprimente, já que pensar em todos os direitos autorais incobráveis causava-lhe dor de cabeça.

"Sabia que devíamos ter pedido os bonequinhos de Jane Austen", Lucy comentou, em um raro momento de calmaria no meio do tumulto e da agitação. "Só hoje, seis clientes me perguntaram a respeito."

"Nada de bonecos", Jane disse, em poucas palavras. "Já não basta você me falar desses ornamentos."

"Iguaizinhos aos que Jane pendurava na sua árvore!", Lucy afirmou vivamente, apontando a caixa daqueles ornamentos.

"De fato", afirmou Jane, tendo de admitir que os ornamentos eram realmente muito parecidos com alguns que ela tinha possuído outrora. Além disso, todas as 36 caixas tinham sido vendidas, a US$ 29,95 cada. Assim, ela não tinha do que se queixar.

Finalmente o entardecer do dia 24 chegou. Jane deixou Lucy sair às duas horas, e, às seis, ela atendeu o último cliente, um homem estressado, que, correndo de prateleira em prateleira, agarrava livros aparentemente a esmo. Enquanto Jane registrava as compras, o homem consultava um papelzinho em sua mão.

"Emily, Frank, Sandra, Will, Jack, Maggie, Lloyd, Peter, Sally, Deirdre e o outro Jack", ele leu, em voz alta. "Será que você tem algum livro que um cachorro gostaria?", ele perguntou, esperançosamente.

"Que raça de cachorro?", perguntou Jane, enquanto escaneava o código de barras na contracapa do último romance de Anne Rice.

"Buldogue francês", o homem respondeu. "Chama-se Gregory."

"Talvez ele goste de algum livro de Victor Hugo", Jane sugeriu. "Ou", ela prosseguiu, estendendo o braço sob o balcão e pegando um grande osso de couro cru com uma fita verde; mais uma das ideias de Lucy. "Isso deve dar conta do recado."

"Perfeito", o homem disse, sorrindo de alegria. "Agora não falta nada."

"Papel de presente?", Jane perguntou.

"Droga!", o homem resmungou.

"Ali", Jane disse, apontando na direção de uma prateleira bem desarrumada. "Acho que ainda deixaram alguns que não são exageradamente alegres."

O homem escolheu dois rolos de papel e acrescentou à sua pilha de compras. Alguns minutos depois, ele se encaminhou para a porta, com três sacolas abarrotadas e US$ 438 incluídos na próxima fatura do cartão de crédito.

"Feliz Natal", ele desejou para Jane antes de sair.

"Feliz Natal", ela repetiu, enquanto fechava a porta e virava a plaqueta de ABERTO para FECHADO. Na caminhada para o escritório, sentiu os pés doendo. Em vez de ficar e limpar a livraria bagunçada, decidiu apagar as luzes e ir para casa. A loja ficaria fechada no dia seguinte e, então, poderia limpá-la.

Em casa, Tom a recebeu com entusiasmo, ronronando ruidosamente e serpenteando em torno dos tornozelos dela como uma espécie de lancha peluda.

"Você só gosta de mim quando está com fome", Jane o acusou, mas se ajoelhou e o pegou, carregando-o para a cozinha e colocando-o sobre a bancada. Tom correu até o armário em que Jane mantinha a comida enlatada e observou ansiosamente a porta.

Enquanto preparava o jantar de Natal de Tom, Jane não conseguia deixar de pensar nos natais passados. A data sempre fora alegre para ela, repleta de cheiros e sons prazerosos, cheia de risadas. Desde sua morte, contudo, o Natal tornou-se, na melhor das hipóteses, apenas outro dia e, na pior, uma lembrança do que tinha sido outrora.

Naquele momento, Jane descobriu que sentia muita saudade daqueles natais. Ela se lembrou de um em particular, o de 1786. Ela e Cassie, que havia regressado do internato para Steventon, tinham onze e treze anos, respectivamente. Livres das restrições da escola, com suas regras e as inspetoras carrancudas que as fiscalizavam, estavam alegres por estar novamente em casa. Como pássaros engaiolados repentinamente libertados, corriam pela casa, sempre atrapalhando os outros.

Jane se lembrou do cheiro do ganso assado, do pudim de Natal e do vinho temperado. Ela ouviu a voz do pai falando com orgulho a respeito de Frank, o filho de 21 anos, alistado na Marinha Real Britânica. E recordou afetuosamente da voz de Henry, seu irmão favorito, cantando um cântico tradicional natalino. Depois, aconteciam as danças e as brincadeiras, que ela vivia com a excitação de uma menina ansiando por um tempo em que pudesse entrar no mundo adulto.

Deixando de lado essas lembranças, Jane subiu para o segundo andar, para o quarto menor, que usava como escritório. Ela se sentou diante do computador e abriu o arquivo do seu romance. Jane tinha de ser realista: o livro jamais seria publicado.

Jane evitara por muito tempo aceitar esse fato. Mas agora tinha de admitir que Jane Austen já escrevera seu último livro. Não era possível que os romances escritos por ela já contivessem tudo que havia dentro dela? Afinal de contas, ela não tinha esperado viver para sempre, e talvez tivesse dito tudo que tinha para dizer. Ocorreu-lhe que todos os editores que haviam rejeitado seu original podiam simplesmente ter reconhecido o que ela mesma não tinha.

Jane clicou em um arquivo, abrindo a caixa *Opções*, e assinalou *Enviar para Lixeira*. Ela queria saber o que seus leitores fariam se a vissem pronta para excluir um romance inédito. Eles tentariam detê-la? *É claro que sim*, ela disse para si mesma. Afinal, eles compravam avidamente as sequências que outros autores tinham escrito para seus livros, e mesmo romances escritos a respeito de pessoas que gostavam dos seus livros. Eles nunca estavam satisfeitos. *Mas eles nunca saberão.*

Jane estava preparada para dar o clique final, que enviaria seu original para a morte. Mas, naquele momento, seu olhar se distraiu com um lampejo no canto superior esquerdo da tela. Ela tinha uma mensagem na caixa de entrada.

Concedendo ao seu romance um adiamento temporário da pena de morte, Jane abriu a caixa e observou o último e-mail recebido. A linha de assunto dizia: *Espero que já não tenha sido arrematado*. O remetente era alguém cujo nome ela não reconheceu: Kelly Littlejohn.

É provavelmente apenas um spam, Jane pensou, enquanto se preparava para excluí-lo. Mas algo a respeito do nome acionou sua memória, e, então, ela decidiu abrir a mensagem.

Prezada Jane,

Por favor, desculpe-me a brevidade deste e-mail. No momento, estou em um trem, indo de Paris para Viena, e não tenho certeza se minha conexão wireless vai durar.

Acabei de ler o original que você me enviou em setembro. Em resumo, adorei. Receio, contudo, que cheguei muito tarde, e que outro editor, mais eficiente, já o arrematou. Se for esse o caso, meu desapontamento seria imenso, mas a culpa é só minha.

Se, no entanto, o romance ainda estiver disponível, gostaria de fazer uma oferta por ele. Estarei viajando nos próximos dias, mas, por favor, responda se você ler este e-mail e se estiver interessada em discutir o assunto. Se não tiver notícias suas, entrarei em contato quando retornar para Nova York.

Atenciosamente,

Kelly Littlejohn
Editora Browder

Jane leu o e-mail quatro vezes seguidas, sem acreditar. Na quinta vez, se permitiu ficar um pouco excitada. Na sétima, estava realmente empolgada.

"Alguém gosta do meu livro", ela gritou. "Você escutou, Tom? Uma pessoa gosta do meu livro", prosseguiu. "Uma pessoa *adora* meu livro", corrigiu. "Kelly Littlejohn adora meu livro."

Jane não se lembrava de ter enviado o original para uma pessoa chamada Kelly Littlejohn, mas isso não a surpreendeu. Ela tinha enviado o romance para tantos editores, que os nomes se misturavam em sua mente. Mas ela tinha enviado e Kelly — Deus a abençoe — o adorava. Kelly queria publicá-lo.

Jane pensou em manter a cabeça fria e não responder o e-mail. E por um minuto completo ela conseguiu. Depois, receosa que Kelly pudesse considerar seu silêncio uma rejeição, digitou uma mensagem breve.

Kelly,

Agradeço sua mensagem. Sim, o livro ainda está disponível, e, sim, estou interessada em conversar com você quando voltar.

Atenciosamente,
Jane Fairfax

Jane pressionou a tecla *Enviar* antes que pudesse mudar de ideia. Ela quis que sua resposta fosse positiva, mas não bajuladora; interessada, mas não desesperada. "É um limite estreito", lembrou para si mesma.

Jane voltou a ler o e-mail de Kelly. Depois de tantas rejeições, ela sentiu como se estivesse lendo uma mensagem a respeito do livro de outra pessoa. Por um momento, até receou que Kelly tivesse se enganado de livro e entrado em contato com a autora errada. Ficou tentada a escrever novamente e confirmar se era de fato seu romance que Kelly queria, mas Jane se conteve.

O dinheiro não entrou em cogitação. Nem a possibilidade da fama. Jane ia ser publicada. Pela primeira vez em séculos, ela seria capaz de segurar nas mãos um novo livro que havia escrito.

Jane releu o e-mail mais uma vez, sentindo-se pela primeira vez em dois séculos como uma garotinha na manhã de Natal.

CAPÍTULO 5

Ela disse para si que detestava festas. Em particular, a troca de fofocas frívolas disfarçada de conversa sofisticada a exasperava. Que importava para ela o novo vestido de Emilia Rothman e que interesse podia haver nos debates sussurrados a respeito da beleza do novo bigode de Arthur Potts?

— **JANE AUSTEN, *CONSTANCE*, PÁGINA 17 DO MANUSCRITO.**

"Então você pode cuidar da livraria por alguns dias?", perguntou Jane.

"Claro que sim", Lucy respondeu. "É uma livraria e não uma creche."

"Ótimo", Jane disse. "Não creio que você possa causar muitos danos em tão poucos dias."

"Você pode se surpreender", Lucy zombou.

Fazia uma semana que Jane recebera o e-mail de Kelly Littlejohn. Jane ainda não estivera com Kelly, mas haviam se falado por e-mail diversas vezes. Kelly já havia chamado duas vezes o romance de "austenesco", o que fez Jane dar um sorriso amarelo.

Kelly enviara um e-mail na noite anterior para dizer que estava voltando da Europa antes do previsto e sugerir que Jane pegasse o trem para Nova York no dia 2 de janeiro, para que pudessem se conhecer pessoalmente. A editora pagaria a hospedagem em um hotel. Jane concordou antes de perguntar a Lucy se ela cuidaria da livraria, sabendo muito bem que sua assistente ficaria muita satisfeita com essa oportunidade.

"Ao voltar, não gostaria de encontrar os livros de quadrinhos no lugar dos livros de autoajuda", Jane advertiu.

"Estou querendo colocá-los onde estão os livros de religião", Lucy disse, sorrindo de modo malicioso. "E também quero instalar uma máquina de café expresso."

"Acho que vou me arrepender de deixar a livraria em suas mãos", Jane suspirou.

"Relaxe", Lucy disse, massageando os ombros de Jane. "É a semana do Ano Novo. Ninguém compra nada. As pessoas só querem saber de trocar os presentes de Natal."

"Isso me faz sentir muito melhor", Jane afirmou. "Obrigada."

Jane não tinha revelado o motivo de sua viagem, ao menos não o motivo real. Lucy achou que Jane estava indo para Nova York para encontrar uma amiga e assistir a um espetáculo. Jane não quis dividir a novidade, achando que seria um erro falar antes de tudo estar resolvido.

"Algum tempo longe daqui fará bem a você", Lucy disse. "Você anda muito tensa ultimamente."

"Como assim?", Jane perguntou, lançando um olhar para Lucy.

"Um pouco ríspida", Lucy respondeu, olhando em volta, denotando impaciência.

"Não, não", Jane contestou.

"Tudo bem", disse Lucy, levantando as mãos, como derrotada. "Eu me enganei."

"Que tal você arrumar uma estante?", Jane falou, tentando não sorrir. Ela nunca conseguia se irritar com Lucy.

Lucy se afastou dando risada. "Eu preciso estar no comando", ela disse com ironia.

O telefone tocou e Jane atendeu: "Livraria Flyleaf".

"Por favor, você pode dizer para a senhorita Jane Fairfax que um cavalheiro deseja falar com ela?"

"Sim, Walter. O que posso fazer por você hoje?", Jane perguntou.

"Só estou ligando para confirmar sua presença na festa de réveillon de hoje à noite", ele respondeu.

Jane esquecera totalmente da festa de Walter. Ela dissera que iria, mas, agora, na hora H, pensou na possibilidade de dizer a Walter que não poderia, mas não foi capaz de imaginar uma desculpa crível. "É claro que vou", ela disse, por fim. "O que eu tenho de levar?"

"Nada além do seu senso de humor e do seu sorriso", Walter afirmou. "É mais do que suficiente."

"Você se satisfaz com muito pouco", Jane brincou. "Que horas começa a festa?"

"Às nove."

Nove, Jane pensou. *Isso significa no mínimo três horas com essas pessoas.* Ela sentiu um calafrio. "Até lá então."

"Marcou um encontro?", Lucy perguntou depois que Jane desligou.

"Não é nada bonito ficar ouvindo a conversa dos outros", Jane disse. "Não é um encontro. É uma festa."

"Você não gosta de comemorar o réveillon?", Lucy indagou. "Eu adoro", acrescentou, não esperando a resposta de Jane. "É como você ganhar uma nova chance para recomeçar."

"Recomeçar o quê?"

"Tudo. Sua vida. Você pode ser o que você quiser, fazer o que quiser."

"Você não precisa de um ano novo para isso", Jane refletiu.

"Claro que não", Lucy concordou. "Mas é simbólico. Um ano novo, um novo você. Quais são seus pedidos?"

"Aprendi muito tempo atrás a não fazer nenhum pedido", Jane respondeu. "Eles nunca dão certo."

Isso era verdade. Jane e Cassie sempre tinham feito pedidos de ano novo. Escreviam em papeizinhos, que então eram postos em envelopes lacrados com a cera do escritório do pai delas. Depois, trocavam os envelopes entre si e os guardavam. Só abriam os envelopes no réveillon seguinte, quando liam o que tinham escrito e discutiam se tinham ou não atingido seus objetivos. Frequentemente, Jane fracassava, em geral porque seus pedidos eram do tipo "parar de fofocar a respeito dos vizinhos" e "tentar prestar mais atenção na igreja". Cassie, que quase sempre atingia seus objetivos, nunca deixava Jane sentir vergonha. Na realidade, o insucesso da irmã a deixava chateada.

"Bem, eu tenho alguns", Lucy prosseguiu, sem se deixar desanimar. "Quero fazer ioga três vezes por semana, aprender francês, correr uma maratona e ter, no mínimo, dois poemas publicados; e não na internet, mas em revistas de verdade. Ah, quero trabalhar como voluntária, ensinando crianças pobres a ler."

"Muito louvável", Jane disse. "Aplaudo sua determinação."

"Ou talvez eu só deva perder três quilos, acabar de pintar meu quarto e parar de fumar", afirmou Lucy.

"Mas você não fuma", disse Jane.

"Posso começar", respondeu Lucy. "Então, seria fácil parar e eu me sentiria melhor."

Jane riu. Em seguida, afastou-se, dirigindo-se para os fundos da livraria, para conferir o estoque. Enquanto contava os livros, considerou a ideia de fazer pedidos de ano novo. Se fosse pedir algo, o que seria? Emagrecer nem pensar — afinal, ela estava morta — assim como parar de fumar (embora gostasse da abordagem original de Lucy a respeito de renunciar aos vícios).

"Acho que posso parar de comer tanto", ela concluiu. "Ou, ao menos, *tantas*." Mas sem Cassie para avaliar o grau do seu sucesso ou fracasso, não havia graça. Suspirando nostalgicamente, parou de pensar no assunto e começou a reorganizar os livros de receitas.

Algumas horas mais tarde, depois de mandar Lucy para casa e fechar a livraria, Jane defrontou-se com outra decisão: o que vestir para a festa de Walter. Enquanto examinava o armário, todo seu pouco entusiasmo em relação à noite desapareceu completamente. Todas as suas roupas pareciam sem vida ou inadequadas. "É o armário de quem não vai a muitas festas", Jane disse para Tom, que a observava sentado sobre a cama.

O ato de se vestir era muito mais fácil na sua época. Na realidade, existiam algumas roupas de baixo a mais, mas, em geral, os trajes em si variavam muito pouco. *A gente sempre sabia exatamente o que devia vestir para cada ocasião*, ela lembrou.

Jane considerou e rejeitou diversas possibilidades. Surpreendeu-se ao perceber que não era porque não conseguia decidir o que vestir, ou mesmo porque tinha de ir a uma festa a qual não tinha muita vontade de ir. "É porque eu me importo com o que Walter acha", ela admitiu para Tom, que agora estava adormecido.

De repente, Jane se sentiu ridícula. Pela primeira vez, em muito tempo, estava preocupada a respeito de como se apresentar para um homem. "É só o Walter", disse para si mesma. "Ele não se importa com minha aparência."

Mas não era a respeito dele, e sim a respeito dela. Por razões que Jane preferiu não se estender, ela quis ficar atraente para ele. Era uma perspectiva preocupante, mas era real e tinha de admiti-la. *Garota estúpida*, ela pensou, enquanto recomeçava a busca por um traje adequado. *Mesmo Fanny era mais sensata.*

Finalmente, Jane decidiu usar um vestido de veludo verde-escuro sem mangas. Era a melhor coisa em seu armário, e ela o vestiu. Era decididamente moderno, muito diferente dos trajes da sua época. A bainha ficava um pouco acima dos joelhos e não tinha frivolidades desnecessárias, como laços ou rodinha de crochê. Lembrou vagamente que tinha comprado o vestido em algum lugar, no final dos anos 1950 (talvez para uma festa na casa de verão dos Kennedy?), e, por um instante, afligiu-se, considerando-o fora de moda. *Mas as coisas retrô estão na moda*, ela lembrou. *Pelo menos uma vez, você vai estar pra-frente, mesmo se meramente como consequência de nunca jogar nada fora.* Ela colocou brincos e um colar, e se viu no espelho.

Mirando-se, Jane queria saber o que Walter acharia. Novamente quis que Cassie estivesse ali para lhe dizer se ela estava apresentável. *Talvez eu devesse ficar em casa*, pensou. Mas ela tinha prometido a Walter que iria. E era apenas por poucas horas. "Será que vai ser muito chato?", ela se perguntou.

CAPÍTULO 6

Que Jonathan Brad tinha um passado vergonhoso, ela não tinha nenhuma dúvida. A reputação dele como patife era bem conhecida, não somente em Londres, mas também nas cidadezinhas e vilarejos modorrentos bem longe das ruas agitadas londrinas. Disseram que ele fora a ruína de diversas mulheres; donzelas e casadas. Ao que consta, uma delas se matou com veneno quando ele pôs fim ao romance. Foi exatamente por essas razões que Constance o escolheu.

— JANE AUSTEN, *CONSTANCE*, PÁGINA 71 DO MANUSCRITO.

"Você está ótima", Walter disse ao vê-la.

"Você também", Jane respondeu. E era verdade. Os trajes habituais de Walter tinham desaparecido. Ele estava usando calça preta, um suéter de caxemira e uma camisa branca. Seus cabelos estavam recém-cortados e ele irradiava felicidade. Ela ficou um pouco sem saber o que falar.

"Tem muita gente aqui", Jane finalmente disse, observando ao redor da sala. A casa de Walter parecia estar transbordando de convidados, todos trajados com uma elegância algo espalhafatosa. Subitamente, o vestido de veludo de Jane pareceu tristemente inadequado, apesar do elogio de Walter.

Walter envolveu a cintura dela com seu braço. "Você vai ter de me desculpar", ele disse. "Há algumas pessoas da Historical Society aqui e prometi aborrecê-las com os detalhes do meu plano para a restauração da biblioteca. Mas não suma. Vou procurá-la mais tarde."

Jane viu Walter se afastar, sentindo seu desconforto crescer. Ela tinha chegado tarde, para ter de suportar menos tempo a festa. Quando jovem, em Steventon, adorava festas, onde dançava, tocava piano, conversava animadamente e participava de intrigas de salão. Quantas vezes ela e Cassidy sentaram-se juntas no sofá, segurando as mãos e sussurrando freneticamente a respeito dos acontecimentos vistos e não vistos. Naquele momento, examinava a sala em busca de um local de refúgio quando viu Sherman Applebaum sentado sozinho num sofá. Editor do menor dos dois jornais da cidade, Sherman tinha entre 65 e 70 anos. Ele tinha um fraco por coletes e chapéus de feltro, o que Jane considerava encantador. Sherman também era, ela sabia de encontros passados, um fofoqueiro inveterado. Do tipo favorito dela.

Jane cruzou a sala e se sentou ao lado dele.

"Finalmente, alguém veio me resgatar", ele disse, dramaticamente. "Estava começando a achar que passaria a noite toda sozinho."

"De certo modo, acho que você é a sua melhor companhia, Sherman", Jane disse, rindo.

Sherman sorriu e deu um tapinha no joelho de Jane. "Você me elogia", ele afirmou. "Por favor, continue. Na minha idade avançada, não tenho muitas oportunidades de ser elogiado por uma mulher jovem e atraente."

Se você soubesse, Jane pensou. *Nem o tataravô do seu tataravô poderia me chamar de jovem mulher.*

"Onde você conseguiu esse drinque tão saboroso?", ela perguntou. "Preciso de um desesperadamente."

"Eu pego um para você", Sherman disse.

"Não se incomode", afirmou Jane. "Eu vou pegar."

"Absurdo", Sherman respondeu, já ficando em pé. "Um cavalheiro nunca permite que uma dama pegue sua bebida. Além disso, receio que, se eu não andar por aí de vez em quando, vou definhar e morrer."

Sherman se encaminhou para a cozinha. Jane se acomodou no sofá, esperando a volta dele. Correu os olhos pela sala, em busca de sinais de assuntos interessantes de conversa. Então, como se do nada, uma mulher se materializou diante dela.

"Jane", ela exclamou. "Que surpresa."

"Miranda", Jane respondeu. "Que bom revê-la."

Não era verdade. Miranda Fleck era professora assistente de inglês da Meade College, uma faculdade situada nas proximidades. Ela era insuportavelmente jovem, insuportavelmente magra e insuportavelmente ambiciosa. Ela falava quase sempre em frases declarativas, o que tinha o efeito de enervar a maioria das pessoas. Para irritação de Jane, Miranda tomou o lugar de Sherman.

"Estive na sua livraria no começo dessa semana", revelou Miranda.

Jane esperou Miranda continuar, deixando o silêncio crescer. Ela não tinha certeza se agradecia ou se se defendia.

Expressar as palavras sem nenhuma emoção era outra característica inconfundível do modo de falar de Miranda.

"Você está expondo de modo muito ostensivo aquele livro que bagunça o texto de *Orgulho e preconceito*", Miranda lembrou. "Aquele com — como descrevem isso — zumbis ultraviolentos."

"É um dos nossos *best-sellers*", Jane respondeu, cautelosamente.

Era verdade. O livro, que saíra no começo do ano, era um sucesso surpreendente. Em parte, Jane se irritou com a ideia de alguém pegar *seu* romance e adicionar um texto novo e decididamente incomum nele. Por curto tempo, considerou a possibilidade de fazer uma "visita de cortesia" ao autor. Contudo, no fim, o entretenimento superou a irritação, e ela até começou a recomendar o livro aos clientes. Mas não seria uma má ideia receber direitos autorais.

"Eu sei, mas é só por causa de Austen", Miranda continuou. "Macular um romance tão amado com algo assim tão grosseiro..." Ela balançou a cabeça, como se deplorando uma grande tragédia.

"Você leu o livro?", perguntou Jane.

"Claro que não", respondeu Miranda, bufando. "Por que eu deveria ler essa porcaria?"

"Talvez você devesse", Jane disse. "É muito engraçado."

"Engraçado...", Miranda repetiu. "Acho que Austen não concordaria com essa avaliação."

"Não tenha tanta certeza", Jane afirmou. "Austen gostava muito dos romances de Ann Radcliffe. Ela tinha uma afeição real pelo gótico."

"Não acho que zumbis são góticos", Miranda sustentou. "Vampiros, talvez, mas não zumbis."

Jane, com grande alívio, viu Sherman se aproximar com uma taça em cada mão. Ao notar Miranda, a expressão dele visivelmente se enrijeceu. Então, rapidamente, o sorriso voltou.

"Senhoras, cheguei com os refrescos", ele disse.

Sherman entregou uma taça de vinho para cada uma delas. Miranda, como se assumisse que ele fora pegar uma bebida para ela, aceitou a taça sem comentários. Jane quase ofereceu seu vinho a ele, mas sabia que Sherman não aceitaria. *Ele é muito cavalheiro*, ela pensou. *E Miranda é uma grosseirona.*

"Jane e eu estávamos discutindo se Austen gostaria de ver ou não seu cenário sendo infestado por mortos-vivos", Miranda revelou a Sherman.

"Ah, o livro dos zumbis", Sherman exclamou. "Uma leitura bem divertida."

Jane conteve o riso. Miranda fechou a cara.

"Veja bem, eu prefiro o original", Sherman prosseguiu. "Mas não vejo nada de errado em dar uma sacudida nos clássicos. Dei esse livro para meu sobrinho... Não, não... Para minha sobrinha-neta. De qualquer maneira, ela tem doze anos. Ela adorou. Agora, ela está lendo todos os livros de Austen. Não é bom?" Ele olhou para Miranda como se essa fosse a última palavra a respeito do assunto.

"Miranda receia que vampiros virão logo a seguir", Jane disse, incapaz de resistir. "*Razão e sensibilidade e Drácula*, talvez."

"Gosto de lobisomens", Sherman revelou. "Acho que Emma daria uma ótima licantropa."

Miranda bebericou o vinho. "Bem, se é para degradar alguém, não fico surpreso que seja Austen", ela disse, friamente.

Jane irritou-se. Miranda era fã das irmãs Brontë, e como a maioria dos aficionados delas, sentia-se mal, e não tão discretamente, em relação ao fato de que os livros de Jane regularmente vendiam mais do que os livros das amadas Brontë.

"Austen é nossa autora mais popular", Jane revidou.

Miranda reagiu à manobra de Jane sem se esquivar. "Suponho que a popularidade exija satisfazer o gosto popular", ela observou.

Ela se sairia muito bem em uma batalha de salão, Jane pensou, admirando Miranda, apesar de sua aversão pessoal por ela. *Dificilmente alguém saberia o que ela diria, ou de que lado a opinião dela estaria.*

Inesperadamente, Jane sentiu uma pontada de dor. Ela quase gritou. Colocou a mão no lugar da dor. Sentiu uma nova pontada, dessa vez com mais intensidade, seguida por um brilho atrás dos olhos.

Não, não, não, ela pensou. *Não agora. Não aqui.*

Ela precisava se alimentar.

"Tudo bem com vocês?"

Jane levantou os olhos e viu um sorridente Walter parado diante dela. "Tudo ótimo", ela disse, sentindo uma nova pontada.

"Isso é o que eu gosto de ouvir", afirmou Walter. "Então, do que vocês estavam falando?"

Jane encolheu-se quando a dor voltou, emudecendo-a. Ela precisava sair dali antes de a coisa piorar. Mas como ela se justificaria sem parecer rude ou, pior, deixando Miranda achar que ela estava desistindo da batalha?

Pensando rápido, Jane empurrou o braço de Miranda, fazendo a taça dela entornar. O vinho caiu sobre o colo de Miranda, manchando seu vestido. Ela soltou um gritinho.

"Desculpe-me!", Jane exclamou.

"Vai manchar", Miranda disse, furiosamente.

"Não se cobrirmos com água gasosa", Jane observou. "Venha comigo."

Jane ficou em pé e, pegando o pulso de Miranda, arrastou-a. Miranda emitiu outro gritinho de surpresa, sem dúvida admirada com a força de Jane.

"Desculpem-nos, cavalheiros", Jane disse para Walter e Sherman, afastando-se.

"Sem dúvida", Walter afirmou. "Mas volte a tempo da contagem regressiva."

"Farei o melhor possível", Jane assegurou-lhe.

Jane driblou a multidão, ainda puxando Miranda. Vendo a porta do banheiro do corredor fechada, pegou o rumo do quarto de Walter. Desviou da cama, coberta de casacos, e levou Miranda até o banheiro da suíte. Fechando a porta, virou-se para Miranda.

"Agora, então, me deixe cuidar de você."

"Mas e a água gasosa?", Miranda objetou. Ela abriu a torneira da pia e começou a molhar uma toalha de mão. "Será que vai funcionar?"

"Antes a prioridade", afirmou Jane. Ela falou baixinho, concentrando-se em enevoar a mente de Miranda. Enfeitiçar era um dos poucos truques vampirescos que Jane tinha à sua disposição. Muito raramente os usava, deixando-os para momentos como esse. Naquele instante, concentrava-se em manipular os pensamentos de Miranda.

Miranda hesitou, com a toalha debaixo da torrente de água. Lentamente, deixou cair a toalha na pia, virou-se e olhou para Jane. "Antes a prioridade", Jane repetiu baixinho.

Mantendo os olhos em Miranda, Jane pôs a mão na parte posterior do pescoço dela. "Relaxe", pediu. "Só vai levar um minuto."

Jane mordeu a pele macia debaixo da orelha esquerda de Miranda, onde os longos cabelos dela cobririam as marcas da mordida até elas cicatrizarem. Miranda despencou contra o corpo de Jane, inconsciente. O sangue deslizou para dentro da boca de Jane.

À medida que bebia, as pontadas de dor diminuíam. O sangue de Miranda era amargo, o que não surpreendeu Jane de modo algum dada as preferências literárias dela. Mas deu conta do recado e, mais importante, talvez, impediu Jane de beber mais do que o necessário. Quando a dor passou, ela soltou Miranda, que tombou no piso. Passando a mão sobre a boca, Jane murmurou irrefletidamente: "Austen, um, Brontë, zero".

Entreabrindo a porta, Jane espreitou o quarto. Estava vazio. Erguendo Miranda em seus braços, carregou-a para a cama e a acomodou ali. Então, arrumou os casacos ao redor dela, sem cobri-la, mas ocultando-a o suficiente para que alguém que desse uma olhada acidental no quarto não a percebesse de imediato. *E se percebesse*, ela pensou, *acharia que Miranda estava tirando um cochilo por causa do vinho.*

Ao voltar para a sala, Jane encontrou Sherman no sofá, exatamente onde ela o deixara. Sorrindo muito, sentou-se ao lado dele. "Aqui estou eu", ela disse. "Como prometi."

"Você cuidou da senhorita Fleck?", Sherman perguntou.

"Sim, mas receio que ela decidiu trocar nossa companhia por amigos mais convenientes", Jane informou.

"Pena", Sherman afirmou. Jane percebeu que na ausência dela ele pegara uma nova bebida. Também notou que Walter desaparecera.

"Como anfitrião, Walter foi convocado a cumprir seus deveres", Sherman revelou, como se lendo a mente de Jane. "Fico feliz com seu retorno. Estava muito chato."

"Bem, então vamos compensar o tempo perdido", Jane falou. "Diga-me tudo o que você sabe a respeito de todos os convidados."

Rapidamente, Jane soube que o senhor e a senhora Primsley estavam ambos tendo um caso com um professor da escola; que a dissertação de Miranda Fleck estava atrasada não por causa da sua necessidade de pesquisar mais fontes primárias, mas porque sua obra original não foi considerada muito original;

e que muitos convidados já tinham sido presos por roubo de lojas, embriaguez ao volante, atentado ao pudor ou uma combinação das três coisas.

"Agora você vai me contar a respeito do passado sórdido de Walter", Jane comentou.

"Walter não tem passado", observou Sherman, sorrindo. "Acho que ele não saiu com nenhuma outra mulher desde que sua esposa morreu."

"Sua esposa?", Jane tossiu, engasgada pelo vinho. "Não sabia que ele foi casado."

Sherman confirmou com um movimento afirmativo de cabeça. "Evelyn", ele revelou o nome da mulher. "Ela morreu. Há quase quinze anos. Foi uma tragédia. Era um casamento recente."

"O que aconteceu com ela?", Jane quis saber.

"Ela se afogou", Sherman revelou, com um suspiro profundo. "No Dia da Independência. Quatro de julho. Fizeram um piquenique no lago. Ela foi nadar. Ninguém sabe exatamente o que aconteceu. Foi tudo muito de repente. No momento em que alguém percebeu que havia algo errado, ela já estava morta."

"Que coisa horrível", afirmou Jane. "Pobre Walter."

"Ele ficou arrasado", Sherman contou. "Ficamos preocupados com ele por muito tempo."

"Ele nunca me contou", Jane disse.

"Não fico surpreso. Ele nunca fala de Evelyn. Acho que nem existem fotos dela na casa. É como se ela nunca tivesse existido."

Jane procurou Walter com o olhar e o encontrou conversando com o diretor da Historical Society. Ele estava sorridente e agitava enfaticamente as mãos. *Nunca poderia imaginar que ele sofreu uma tragédia dessas*, ela pensou. Ela ficou penalizada por ele. Repentinamente, sentiu vontade de se aproximar de Walter e se solidarizar com ele.

"Dez!", um convidado gritou. Jane deu um pulo.

"Nove!"

Jane deu uma olhada no seu relógio. Era quase meia-noite.

"Oito!"

"Sete!"

As pessoas ficaram de pé e começaram a contagem regressiva para o ano novo. Vestiram os chapéus e ergueram as cornetinhas de plástico na expectativa.

"Seis!"

"Cinco!"

Jane foi puxada por Sherman, que colocou um chapéu pontudo de papelão na cabeça dela e lhe entregou uma cornetinha.

"Quatro!"

"Três!"

De repente, Walter surgiu diante de Jane. "Você não achou que eu ia deixar você brindar o ano novo sozinha, achou?", ele perguntou, sorrindo.

"Dois!"

"Um!"

Walter pegou Jane nos seus braços e a beijou levemente na boca. "Fiquei feliz que você veio."

"Feliz ano novo!"

Ao redor deles, as pessoas se abraçavam, se beijavam e tocavam suas cornetas. Walter soltou Jane e foi cumprimentar as outras pessoas. "Feliz ano novo", desejou Jane, mas a celebração abafou sua voz.

CAPÍTULO 7

Londres era tão diferente de Glenheath como um pavão era diferente de um rouxinol. Era cheia de vida, agitada e orgulhosa. As cores eram mais brilhantes, os cheiros, mais ricos, os sons, mais cacofônicos. Mesmo os cães pareciam cheios de propósito, caminhando ao lado de seus donos, como se eles também estivessem indo fechar um negócio importante ou assistir a uma ópera.

— JANE AUSTEN, *CONSTANCE*, PÁGINA 80 DO MANUSCRITO.

Pegar um trem não era tão interessante quanto fora há duzentos anos. Mas era mais rápido, e isso já era alguma coisa. Enquanto Jane observava a passagem veloz da melancólica paisagem invernal, seu espírito flutuava, na expectativa de estar em Nova York dentro de pouco tempo. Jane podia ter ido de avião, mas ainda não confiava plenamente neles. Independentemente de quantas vezes o princípio foi explicado para ela, Jane não era capaz de acreditar totalmente que algo tão pesado quanto um avião conseguia se manter no ar.

Fora difícil se concentrar na administração da livraria nos últimos dias. A perspectiva de encontrar Kelly pessoalmente a deixou muito agitada. Ao mesmo tempo, ficou aliviada de deixar Brakeston. A cidadezinha tinha começado a ficar claustrofóbica. Sua conversa com Sherman a lembrou que muitas pessoas sabiam muito a respeito dos assuntos dos outros.

Depois, a história da morte da mulher de Walter. Jane não sabia o motivo, mas o fato de Walter nunca ter mencionado o fato para ela era perturbador. E a incomodou que isso a incomodasse. Por que ela devia ligar se ele tinha sido casado?

"Não", ela disse, com firmeza. "Não ligo."

No outro lado do corredor, um menino de cerca de oito anos virou-se e a observou. Ele embarcara em Utica, com uma mulher mais velha, que Jane supôs ser sua avó. Desde então, ele ficou jogando uma espécie de videogame portátil, que emitia um fluxo contínuo de bipes e zumbidos, que soavam para Jane como cigarras eletrônicas. Naquele momento, a avó estava dormindo.

"Não ligo", o menino disse, imitando Jane. "Eu não ligo." Ele repetiu a frase diversas vezes, sem desgrudar o olho da tela. De forma irritante, o som do jogo produzia um fundo musical para a ladainha dele. "Eu não ligo." *Bipe... bipe... bipe.* "Eu não ligo." *Bipe... bipe... bipe.* "Eu não ligo." *Bipe... bipe... bipe.*

Jane lançou um olhar furioso na direção dele. O menino virou a cabeça e sorriu ironicamente para ela. "Eu não ligo", repetiu mais uma vez.

Jane expôs seus caninos e observou como a expressão do menino mudava do convencimento para o horror. Ele ofegou, deixando cair o videogame. Remexeu debaixo do assento em sua procura, e, quando ressurgiu, Jane sorriu para ele. Ele virou o rosto e se sentou muito quieto, como um passarinho na presença de um gato.

Talvez ela devesse dar uma chance a Walter, Jane refletiu, voltando a observar a paisagem pela janela. Se fosse honesta consigo mesma, teria de admitir que gostava muito dele. Ele era exatamente o tipo de homem que ela permitia que suas heroínas se apaixonassem: decidido, mas disposto a deixar a mulher ser ela mesma; atencioso e curioso sem assumir ares protetores; talentoso, mas sem vaidade. No entanto, se ela se permitisse ficar com ele, ela se arriscaria a machucar Walter profundamente. Jane ficou mais cautelosa agora que sabia do seu passado trágico. Uma esposa morta não era pouca coisa. *Será que ele aceitaria uma morta-viva?*, ela pensou.

Isso estava tirando Jane do sério. Independentemente de como abordava a questão, não conseguia chegar a um fim satisfatório para a história. Walter morreria e ela continuaria viva. Ou ele pediria a ela para transformá-lo em um vampiro, o que ela se recusaria a fazer.

Jane refletiu por um longo tempo, não chegando a nenhuma conclusão, e ficou aliviada quando uma voz anunciou a chegada iminente na Pennsylvania Station, em Nova York. Ela se ocupou vestindo o casaco e reunindo suas coisas. Então, sentou-se e observou enquanto o trem avançava lentamente através de longos túneis, até finalmente parar em uma plataforma e as portas se abrirem.

Jane saiu do vagão e caminhou pela plataforma, com os saltos batendo sobre o piso e sua mala de rodinhas deslizando atrás dela. As viagens ficaram muito mais fáceis desde sua época, mas, em parte, perderam a aura de sofisticação. Hoje em dia, as pessoas se deslocavam de um lado para outro com tanta facilidade que algo da aventura parece ter desaparecido com as inconveniências. Atualmente, a sensação era menos de *viagem* e mais de *ir para algum lugar.*

Enquanto Jane subia pela escada rolante para o saguão principal, percebeu o menino do trem caminhando ao lado da avó na frente dela. Ele virou a cabeça para trás e, ao notar que Jane os seguia, puxou sua avó rapidamente para a direção oposta. Jane se perguntou, entre risos, por quanto tempo ele teria pesadelos com a mulher do trem e quando, enfim, acharia que ela jamais existira.

No cavernoso saguão principal, Jane parou por um instante, deixando a multidão circular ao seu redor. Sentiu a agitação, a pressa, a ansiedade e a euforia das pessoas. A sensação propagava-se através dela como eletricidade. Jane esquecera como era estar em uma cidade grande, especialmente uma tão gloriosa como Nova York. Naquele momento, estremeceu de expectativa. Apesar da passagem de dois séculos, ainda se sentia como uma menina do campo chegando a Londres pela primeira vez.

Jane acelerou o passo, ansiando estar nas ruas e entre as multidões. Ao passar pela portas da estação, sentiu Nova York envolvê-la. Os sons cacofônicos encheram seus ouvidos e sua respiração gelou sua pele. Por um instante, ficou absolutamente imóvel, com a visão e a audição se ajustando aos diversos estímulos que inundavam sua mente.

"Mexa-se, senhora."

Um homem roçou nela, com a cabeça inclinada na direção da calçada e as mãos enfiadas nos bolsos do casaco. Jane riu da sua rudeza. Era parte do encanto de Nova York.

Dentro de um táxi, Jane mal conseguia acreditar que estava em Nova York, a caminho de uma editora. Seu irmão Henry havia sido o agente encarregado de negociar os direitos de todos os seus livros anteriores. Ela nunca tinha estado com um editor antes. Também nenhum deles nunca soube que ela era a autora das suas obras. Mas isso estava prestes a mudar.

Queria que Cassie estivesse aqui, Jane pensou. Imaginou compartilhar a cidade com ela, observando a expressão da irmã enquanto admirava os prédios e as pessoas, ouvindo a voz alegre dela, sentindo Cassie pegar sua mão, como ela sempre fazia quando visitavam Henry em sua casa, em Londres. Jane daria tudo para poder rever sua amada Cassie.

O táxi avançava pelo trânsito pesado e, dez minutos depois, parou na frente do prédio da Editora Browder. O edifício se elevava na direção do céu invernal, com seus vidros escuros reluzentes refletindo a neve que caía preguiçosamente das nuvens que cobriam a cidade.

Jane cruzou a calçada com sua mala e passou pela porta giratória, entrando em um saguão com as paredes adornadas com as capas ampliadas e emolduradas dos livros de maior sucesso dos últimos anos. Enquanto se dirigia até os elevadores, contemplou as capas, imaginando a capa do seu livro entre elas. Então, ao chegar aos elevadores, viu que ela já estava ali. Na parede, a capa de *O livro de fitness de Jane Austen* estava pendurada entre as capas dos últimos romances de um escritor famoso e as dos livros de suspense do melhor autor do gênero.

Horrorizada, Jane fitou a imagem da capa: o desenho de uma mulher (supostamente ela, Jane achou) usando um vestido com cintura em estilo "império" e segurando um pequeno haltere em cada mão. Era medonho, e ela sentiu o estômago embrulhar.

A campainha avisando a chegada do elevador a distraiu. Ela desviou o olhar da capa e entrou na cabine. Apertou o botão do décimo sétimo andar. Ficou de olhos fechados durante a subida. *Não pense a respeito*, disse para si mesma. Mas a imagem da capa do livro permanecia em sua mente.

Quando o elevador parou, Jane saiu em uma área de recepção bem iluminada. Atrás de uma mesa de vidro e cobre, uma bela recepcionista falava no microfone dos fones. "Vou transferi-lo para a publicidade. Um momento", ela disse. Ela pressionou uma tecla do telefone e, em seguida, sorriu para Jane. "Posso ajudá-la?"

"Estou aqui para ver Kelly Littlejohn", falou Jane. "Tenho um encontro marcado", ela acrescentou, receando que a jovem não acreditasse nela.

"Seu nome?", perguntou a moça.

"Jane. Jane Fairfax."

A garota voltou a pressionar uma tecla do telefone. "Olivia, é Chloe. Jane Fairfax está aqui para ver Kelly."

Olivia, Jane pensou. *Chloe*. Eram nomes tão chiques. Jane gostaria de saber se todas as moças que trabalhavam na editora eram jovens estilosas, com cabelos perfeitos, roupas lindas e nomes que pareciam saídos de seus romances. *Se as assistentes são atraentes desse jeito, imagine Kelly Littlejohn.*

"Kelly vai atendê-la em um minuto", Chloe afirmou. "Você pode se sentar ali." Com um gesto de cabeça, indicou uma elegante poltrona de couro perto da parede.

Jane sentou-se, colocando sua mala ao lado da poltrona. Ficou um tanto nervosa, e não sabia o que fazer com as mãos. Escutou Chloe rindo, e, por um momento, achou que a jovem estava rindo dela, antes de perceber que a jovem estava atendendo a um novo telefonema. Olhou para seus sapatos. *Como são horríveis*, ela pensou. *Onde eu estava com a cabeça?*

Jane pensou na possibilidade de ir até a toalete para trocar os sapatos (ela tinha sapatos mais elegantes em sua mala), mas foi interrompida por alguém dizendo seu nome. Ela levantou os olhos e viu parado diante dela um homem bem-apessoado, de talvez quarenta anos. Ele usava um belo terno feito sob medida de lã castanha, e o nó da gravata de padrões vermelhos e dourados estava perfeito. Seus cabelos, escuros mas grisalhos nos lados, eram cortados curtos, e Jane sentiu a suave fragrância de violeta, laranja e carvalho vinda dele quando ele estendeu a mão.

"É um prazer finalmente conhecê-la", ele disse, com a voz cordial e grave. "Sou Kelly Littlejohn."

CAPÍTULO 8

Ela aceitou a uva de Jonathan, separando os lábios e permitindo que ele a colocasse delicadamente na sua boca. Quando mordeu a fruta, a polpa rebentou, banhando sua língua em doçura. Levou seus dedos à boca e a cobriu enquanto mastigava a uva. Não queria que Jonathan percebesse seu prazer tão claramente, como se ele tivesse entrado no quarto no exato instante em que ela saía nua do banho.

— JANE AUSTEN, *CONSTANCE*, PÁGINA 97 DO MANUSCRITO.

"Kelly", Jane repetiu, pegando a mão estendida e sentindo os dedos fortes apertarem os seus. "Oh, não!"

"Tudo bem?", Kelly perguntou.

"Não", Jane respondeu, piscando. "Quero dizer, sim. Tudo bem. É que eu achei que você fosse uma mulher." Constrangida, ela falou mais rápido. "Quer dizer, antes de vê-lo. Por causa do seu nome. Nós nunca conversamos", concluiu Jane, sentindo-se uma idiota. "Posso sair e voltar?", ela perguntou.

Kelly riu. "Está tudo bem", ele falou. "Não é a primeira vez que isso acontece. Você não imagina a quantidade de cartas que recebo endereçadas à senhorita Littlejohn." Ele percebeu a mala de Jane. "Deixe-me levá-la para você", ele disse.

"Ah, não se incomode...", Jane começou a falar.

"Eu insisto", Kelly disse, abrindo um largo sorriso.

"Tudo bem", Jane concordou, ruborizando-se, enquanto Kelly se inclinava para pegar a alça da mala. *Pare de se comportar como uma colegial,* ela se repreendeu.

Ela seguiu Kelly enquanto ele mantinha a porta aberta. "Primeiro as damas", ele disse, e, novamente, ela não conseguiu deixar de pensar o quanto ele era elegante. *Um verdadeiro cavalheiro.*

Eles atravessaram um corredor cheio de salas. Dentro de cada uma, um editor estava sentado em uma escrivaninha, observando uma tela de computador. Todos pareciam muito jovens, não eram como os editores do seu tempo, a maioria dos quais homens de meia-idade, que perscrutavam o mundo por detrás dos seus óculos de lentes grossas, com a vista comprometida por anos de leitura feita com iluminação inadequada, e os dedos sempre manchados de tinta e ásperos por constantemente virar as páginas dos originais.

"Aqui estamos nós", Kelly informou, entrando em uma sala de canto. "Bem-vinda ao meu castelo."

A sala não era muito grande. Uma escrivaninha, amontoada de pastas, que Jane supôs que fossem originais, colocada diante de uma fileira de janelas, que davam vista para a rua. O piso também estava coberto com pilhas de originais, e toda uma parede estava ocupada por estantes com livros. Jane, aliviada por confirmar a evidência do mundo editorial que sempre tinha imaginado, sentiu-se relaxada.

"Não é grande, mas é toda minha", Kelly afirmou. "Por favor, sente-se."

Jane sentou-se em uma das duas cadeiras, no outro lado da mesa de Kelly. Ela percorreu com os olhos a sala, tentando com dificuldade não colocar os olhos em Kelly. "Você já leu tudo isso?", ela perguntou, indicando as pilhas de originais.

"Minha assistente lê a maioria primeiro", ele respondeu. "Mas eu tento olhar tudo. Gosto de tomar decisões por mim mesmo."

Jane perguntou-se se seu original tinha mofado entre os textos, e como Kelly o resgatou dos montes.

"É uma espécie de milagre que algo seja publicado", comentou Kelly, como se lendo os pensamentos dela. "Especialmente um original não solicitado, como o seu. Posso perguntar por que você não tem um agente?"

"Nunca me ocorreu", Jane respondeu, sinceramente.

Kelly riu, balançando a cabeça. "Devo lhe confessar, é reconfortante conhecer uma autora cujo único objetivo na vida é ser publicada. A maioria dos autores chega aqui e o que eles realmente querem é ser famosos. Não notei isso em você, nem em seu livro."

Jane gostaria de saber o que Kelly diria se soubesse que ela já era uma das autoras mais famosas do mundo, que era, de fato, indiscutivelmente a escritora mais popular de todos os tempos. E que ela queria muito ser publicada novamente.

"A maioria quer ser Stephen King ou Danielle Steel", Kelly observou. "Não sei em que momento os autores decidiram deixar de ser contadores de histórias para querer se tornar celebridades."

Enquanto percorria a sala com o olhar, Jane concordava com um movimento de cabeça. Então, percebeu um livro no alto de uma pilha, no canto da mesa de Kelly. Ficou desanimada.

Kelly percebeu. "Ah, esse", ele disse, suspirando. "Isso representa exatamente o que eu quero dizer", acrescentou, pegando o exemplar de *O livro de fitness de Jane Austen*. "Ridículo, não? Mas garanto que venderemos cem mil exemplares." Ele observou a capa e riu com desdém. "Austen deve estar rolando na tumba", disse.

"Realmente", concordou Jane, rindo aliviada.

"Você é inglesa?", Kelly perguntou.

"Como?", disse Jane. Ela ainda estava observando sua imagem na capa do livro.

"Seu sotaque", Kelly afirmou. "É inglês."

"Ah!", Jane exclamou. "Sim, é."

"Há quanto tempo você vive aqui?", perguntou Kelly.

"Algo como cem anos", respondeu Jane, rindo. "Meus pais se mudaram para cá quando eu era muita pequena", adicionou, rapidamente.

"Achei que havia uma sensibilidade britânica em seu texto", revelou Kelly. "Acho que foi isso que me atraiu. Sou algo anglófilo." Ele voltou a sorrir. "Às vezes, acho que nasci no século errado."

"Sei exatamente o que você quer dizer", afirmou Jane.

"A viagem não lhe deu fome?", perguntou Kelly. "Vamos almoçar?"

"Seria ótimo", Jane respondeu.

Kelly ficou em pé e pegou seu casaco na parte posterior da porta da sala. "Você pode deixar sua mala aqui", ele disse a Jane. "Vamos voltar aqui antes de eu levá-la para o hotel."

Eles desceram até o saguão e antes de saírem do prédio, Kelly perguntou: "É sua primeira vez em Nova York?"

"Estive aqui uma vez antes", Jane informou. "Mas faz muito tempo." *Antes de existirem carros nas ruas*, ela lembrou. *E muito tempo antes de você nascer.*

Jane e Kelly, a pé, atravessaram diversos quarteirões até chegarem ao restaurante. Ao entrar, Jane achou o lugar uma réplica razoável de um bistrô francês.

"Então", Kelly disse, depois de um garçom servir duas taças de vinho merlot, "vamos falar sobre seu livro".

"O fato de você ter gostado dele me deixou muito feliz", revelou Jane.

"Eu não gostei apenas", Kelly respondeu. "Eu amei. Na realidade, não ficava empolgado com um livro há muito tempo."

"É muito gentileza sua", Jane disse, corando de orgulho.

"Há algo nele que é intemporal. As pessoas não escrevem mais livros como o seu. Especialmente para mulheres. Atualmente, todos falam de mulheres de meia-idade indo para as Bermudas e se apaixonando por instrutores de surfe de 22 anos, ou de mulheres jovens trabalhando em revistas de moda e não sei mais o quê. Às vezes, me pergunto se as pessoas seriam capazes de reconhecer um livro de qualidade. Mas seu livro é realmente sobre algo."

"Obrigada", Jane afirmou. Ela ficou um pouco constrangida com o elogio efusivo de Kelly, embora ouvir isso não fosse desagradável após tantos anos de decepção. "Acho importante que o livro faça as pessoas pensarem e sentirem."

Kelly ergueu a taça e disse: "Ao seu livro. Que ele fique no topo da lista dos mais vendidos por muitas semanas".

"Tomara", Jane concordou. "E a você, por seu excelente gosto literário."

Os dois riram. Jane deu um gole de vinho e pousou sua taça. "Quando você está pensando em publicar o livro?"

"É bom que você tenha tocado no assunto", Kelly revelou. "Normalmente, levamos um tempo relativamente longo, por causa do trabalho conjunto com a publicidade. Mas quero lançar seu livro o quanto antes, de preferência no verão."

"Verão", repetiu Jane. *Daqui a cinco ou seis meses apenas*, ela calculou.

"Quero que esteja disponível para as férias de verão", Kelly explicou. "Sei que parece estúpido, mas é uma realidade do mercado: livros para mulheres vendem melhor no verão."

Depois de concordar com um gesto de cabeça, Jane bebeu quase todo o vinho da taça. "E você vai vendê-lo em sua própria livraria", Kelly afirmou. "Quando os clientes o levarem para a caixa registradora, você pode autografar os exemplares."

Jane abriu um grande sorriso. Ela quis contar para Kelly a quantidade de vezes que ficou tentada a pegar um exemplar de *Orgulho e preconceito* das mãos do cliente e fazer exatamente isso. Agora ela poderia. *Mas e se Lucy — ou outra pessoa — perceber as semelhanças?*, ela pensou. *E se descobrirem quem eu sou?* A ideia refreou sua alegria.

"Para publicar o livro no verão, tenho de colocá-lo em produção imediatamente", Kelly informou. "A boa notícia é que o livro não precisa de muita edição. Sei que ainda nem mesmo assinamos o contrato, mas tomei a liberdade de já fazer isso. São algumas sugestões. Nada muito importante. Se você concordar com elas, então o livro pode seguir direto para produção."

"Tenho certeza de que são todas pertinentes", Jane disse, falando mais para si mesma do que para Kelly. Suas preocupações a respeito de ser desmascarada estavam desaparecendo. Afinal, dificilmente alguém pensaria em associá-la à Jane Austen de outrora.

"De verdade, esse é o seu primeiro livro?", perguntou Kelly, inclinando a cabeça.

Por um instante, Jane entrou em pânico. Será que ela tinha falado mais do que devia? Será que Kelly percebeu alguma coisa? "Não", ela respondeu, apressadamente. "Quero dizer, sim. Tenho certeza. Por que você perguntou?"

"É que você me parece muito tranquila", afirmou Kelly. "Em geral, os autores de primeira viagem ficam uma pilha de nervos."

"Se ajudar, sinto-me assim em meu interior", Jane assegurou-lhe. "Mas sou inglesa. Não demonstramos nossas emoções, sabe. Elas se degeneraram há séculos."

Kelly riu. "Vou me lembrar disso", ele afirmou. "Então, agora, depois de ter contado a você a respeito dos nossos grandes planos, falarei sobre nossa oferta."

Jane ouvia enquanto Kelly explicava os termos do contrato. De fato, ela realmente não se interessou pelo valor do adiantamento, pelo percentual de direitos autorais ou pelos direitos subsidiários. No entanto, fingiu ouvir com atenção, concordando nos pontos apropriados e até hesitando em um ponto, fazendo Kelly aumentar o valor do adiantamento em 10%.

"Claro que você provavelmente vai querer conversar com seu advogado antes de assinar o contrato", ele concluiu. "Mas espero que você diga sim."

"Sim", Jane disse.

Kelly prendeu a respiração. "Você tem certeza?", ele perguntou. "Você não quer conversar com ninguém antes?"

"Você acha que devo?", Jane indagou. "Achei você muito confiável, mas talvez deva reconsiderar minha opinião." Ela estava brincando, mas Kelly aparentemente entendeu mal o comentário de Jane, considerando-o uma hesitação.

"Então vou aumentar o percentual de direitos autorais para 15%", ele informou. "Mas não posso passar disso. Sinceramente."

Jane estendeu a mão e deu um tapinha no braço dele. O nervosismo dele era encantador, especialmente porque até então ele tinha parecido imperturbável. "Relaxe", ela disse. "Você parece um editor de primeira viagem."

Kelly deu um risinho e balançou a cabeça. "Você me deixou preocupado por um segundo", ele admitiu.

"Deixando bem claro: eu vou assinar o contrato", Jane asseverou. "Negócio fechado."

"Ótimo", exclamou Kelly. "Agora posso comer."

Jane consultou o cardápio. Como sempre, ela não sentia fome, mas sabia que tinha de pedir alguma coisa. Considerou *musse* de chocolate, mas escolheu sopa de cebola e uma saladinha. Não fazia sentido expor todas as suas excentricidades para Kelly de uma vez.

O garçom chegou, eles fizeram os pedidos e a conversa recomeçou. Com a conversa a respeito do livro terminada, Kelly fez perguntas pessoais a Jane, que respondeu com um mínimo de detalhes. Assim que foi possível, ela inverteu a situação. No momento em que os pratos chegaram, ela já sabia que Kelly crescera na Pensilvânia, frequentara a escola em Chicago e se mudara para Nova York logo depois de se formar na faculdade, para trabalhar no ramo editorial.

"Meus pais ficaram muito decepcionados", ele revelou. "Eles esperavam que eu me tornasse um banqueiro de investimentos ou, como meu pai disse certa vez, algo útil. Receio que livros não são muito estimados no lar dos Littlejohn."

Jane sentiu vontade de fazer mais perguntas, mas não considerou justo ele falar tanto a respeito da vida dele e ela não falar quase nada da dela. Era uma situação com a qual ela estava mais do que familiarizada depois de duzentos anos da prática da arte da evasão. Em vez disso, quis saber a respeito dos autores editados por Kelly. Jane reconheceu diversos nomes, embora não tivesse lido nenhum livro dos citados. Faria isso quando voltasse para casa.

Depois do almoço, Jane e Kelly voltaram para o escritório, onde ele apresentou quatro vias de um contrato. Depois de lembrar Jane mais uma vez de que ela tinha todo o direito de mostrar o contrato para alguém, ele observou com ansiedade ela assinar a última página de cada via. Quando Jane entregou para ele todas as vias assinadas, ele se mostrou radiante.

"Você quer conversar sobre o original?", Jane perguntou.

Kelly concordou com um gesto de cabeça. "Mas antes tenho uma pequena surpresa." Ele pegou o telefone e pressionou algumas teclas. "Joana, Jane Fairfax está aqui. Você pode vir até minha sala, por favor?"

Ele desligou o telefone. "Acho que você vai amar isso", ele disse. "Espero."

Pouco depois, uma jovem entrou na sala, carregando uma cartolina.

"Jane, essa é Joana Clarke. Joana é a chefe do departamento de design."

Joana e Jane trocaram saudações. Então, Kelly disse: "Fiquei tão empolgado com seu livro que mandei um e-mail para Joana de Paris. Assim, ela pôde trabalhar nisso".

Ele fez um sinal para Joana, que abriu a cartolina, revelando um estudo para a capa do livro de Jane. Mostrava a fotografia de uma casa de fazenda no crepúsculo. Em uma das janelas do andar superior, iluminada, através das cortinas abertas, via-se uma mulher, de costas para a janela. No canto direito inferior da capa, um homem parado, de olhos erguidos para ela, segurando um buquê de margaridas na mão.

"*Constance*", Jane leu o título. "Jane Fairfax."

"Não tinha certeza a respeito do nome que você queria usar. Assim, usei o que estava na sua carta", afirmou Kelly. "Você gosta?"

Jane continuou a fitar a capa. *Esse é o meu livro*, ela pensou. Ela estava tão acostumada com as capas insípidas que os editores escolhiam em seus romances mais antigos — pinturas desinteressantes de casas de campo inglesas e garotas de vestidos brancos — que tinha esperado a mesma coisa. Mas essa capa era diferente. Era moderna, mais atemporal.

"Gosto", ela disse. "Acho encantadora."

Joana sorriu. "Fiquei muito satisfeita com o resultado. Claro que vai haver alguma tentativa de ajuste quando o marketing se meter. Mas acho que esta é quase a versão definitiva."

"Você gostaria de levar uma cópia para casa?", Kelly perguntou para Jane.

"Sério? Claro que sim. Adoraria."

"Vou tirar uma cópia para você", disse Joana.

"Obrigada", Jane agradeceu, enquanto Joana saía da sala.

Jane olhou para Kelly. "Não consigo acreditar que isso está acontecendo", ela disse. "É como um sonho."

"Vamos ver se você vai continuar se sentindo assim depois de ver minhas sugestões", lembrou Kelly. "Vamos começar?"

Jane hesitou apenas por um instante antes de concordar com um movimento de cabeça. "Sim, vamos", ela disse, enquanto Kelly abria o original.

CAPÍTULO 9

Ela tinha prometido a si mesma que não se apaixonaria por ele. Experiência — e não amor — era seu objetivo. Ela lembrou a si mesma que uma mulher conhecedora da vida deveria poder distinguir com facilidade entre as duas coisas. No entanto, ela era incapaz de fingir que Jonathan não era, simultaneamente, tudo o que ela via com maus olhos em um homem e tudo o que ela desejava em um homem. Apesar do que sabia a respeito dele, ela se viu desejando muito que ele a pegasse em seus braços.

— JANE AUSTEN, *CONSTANCE*, PÁGINA 102 DO MANUSCRITO.

Pela janela do quarto, Jane observava Times Square. Era uma da manhã, e ela não se sentia nem um pouco cansada. Mal conseguia acreditar no que tinha sido o seu dia. De manhã, estava em Brakeston. Agora, estava em Nova York, tendo assinado um contrato para a publicação do seu livro e tendo-o revisado com seu editor. Seu belo, divertido e inteligente editor.

Jane afastou o pensamento da mente. Realmente, Kelly era todas essas coisas. Mas pensar a seu respeito dessa forma não era muito profissional. No entanto, no jantar que eles compartilharam depois do trabalho de revisão do original, ela se comportou cada vez mais como uma colegial inebriada e cada vez menos como uma mulher de 233 anos. Foi durante a apresentação do musical *Gypsy*, para o qual Kelly a levou após o jantar, que ela notou que ele lembrava muito Richard Mansfield, o sedutor ator do século XIX e estrela da companhia de ópera de D'Oyly Carte. Ela assistiu a dezessete apresentações consecutivas de *The Mikado*, só para ver Mansfield, e sua devoção a ele não diminuiu nem mesmo durante o desagradável episódio de Jack o Estripador, quando ele foi um dos principais suspeitos. (Ela conheceu o Estripador, e, embora encantador, ele não chegava nem perto da beleza de Mansfield.)

No fim, sua súbita paixão por Mansfield desvaneceu, e Jane suspeitava que a que sentia por Kelly teria o mesmo destino. Era apenas a empolgação de ser novamente uma autora publicada. Ela se virou e olhou para a capa do seu livro, o pôster que ela colou no espelho da penteadeira do quarto. Parecia quase impossível que fosse realmente seu livro. "*Constance*", ela disse, em voz alta. "De Jane Fairfax." Deu uma risadinha, constrangida pelo fato de quão excitante era dizer seu nome desse jeito.

O título do livro, Jane tinha de admitir, não era o seu melhor. Ela preferia algo substancioso. Afinal, algum título podia ser melhor que *Orgulho e preconceito* ou *Razão e sensibilidade*? De fato, *Mansfield Park* e *a Abadia de Northanger* eram um pouco insípidos, mas essa era a moda da época. E, ao menos, não eram tão ruins quanto *Contos do meu senhorio*, de Walter Scott.

De qualquer jeito, ela gostou da capa. E principalmente gostava de ser Jane Fairfax. Teria preferido ser Jane Austen, mas isso, é claro, era impossível. Além disso, estava acostumada a ser uma Fairfax agora.

Abrindo o frigobar, Jane pegou dois tabletes de chocolate amargo Scharfeen Berger e meia garrafa de vinho shiraz. Em seguida, deitou sobre a cama, afundando no colchão macio com um suspiro de contentamento. Desembrulhou parte do primeiro tablete e mordiscou um pedaço. Em seguida, ligou a tevê e começou a zapear. Assistiu a um minuto ou dois de diversas coisas, mas nada despertou seu interesse. Ela tinha comido metade do tablete quando reconheceu um rosto familiar em um dos canais.

Era Peter Cushing. E o filme, ela percebeu logo depois, era *As noivas do vampiro*. Era um dos seus favoritos, e ela não o via há muito tempo. Naquele instante, acomodou-se para assisti-lo, alternadamente bebendo vinho aos golinhos e comendo pedaços do chocolate.

Um dos infames filmes de horror do estúdio inglês Hammer, *As noivas do vampiro* era muito engraçado, especialmente, Jane pensou, se você também fosse um vampiro. Ver a jovem heroína cair sob o feitiço do belo e trágico vampiro, barão Meinster (o nome a fazia encolher-se de medo), divertia Jane, assim como a trama ridícula em geral.

No entanto, à medida que a história se desenrolava, Jane foi ficando cada vez mais triste. Pela primeira vez, ela se identificou com a jovem Marianne Danielle, a inocente professora, induzida a ajudar Meinster a escapar do recinto em que era mantido prisioneiro pela sua mãe, a baronesa. Em vez de considerá-la uma garota estúpida, que não enxerga o óbvio, Jane a viu como uma garota apaixonada, uma garota que percebe um homem magoado, precisando do consolo dela.

Perto do fim do filme, com a garrafa de vinho vazia e o segundo tablete quase terminado, Jane sentia-se algo enjoada. E apesar de se sentir feliz pelo fato de que Marianne havia escapado do destino das outras noivas do vampiro, as cenas em que o barão é, primeiro, desfigurado por água benta e, depois, morto pela sombra em forma de cruz aumentaram seu mal-estar.

Jane não podia se ajudar pensando no tempo em que era tão inocente quanto Marianne. Ela também tinha confiado em alguém que a traiu. Ao contrário de Marianne, contudo, Jane não havia escapado.

"Não", ela disse. "Você não vai pensar nisso."

Jane sentia-se uma tola ruminando seus pensamentos em voz alta. Era um truque que ela aprendera em um curso livre, em 1972. Foi o ano que ela decidiu se repaginar. Com uma permanente no cabelo e uma calça jeans boca-de-sino, foi uma das muitas coisas de que ela se arrependeu. Contudo, a técnica de se livrar dos pensamentos doentios, falando-os em voz alta, era realmente útil. Ajudou-a a se livrar de algumas raivas que carregava dentro de si há muito tempo.

Jane se virou e olhou para a janela. Além das cortinas, as luzes da Broadway piscavam e os sons das buzinas dos carros quebravam o silêncio. "Aquele foi o passado, esse é o agora", Jane disse. "Aquele foi o passado, esse é o agora." Outro truque que aprendeu durante aquele longínquo fim de semana.

Jane repetiu a frase diversas vezes, até o som de sua própria voz abafar todo o resto. Quando sentiu os olhos começando a fechar, ela rolou sobre suas costas. No outro lado da cama, a capa do seu romance ainda continuava pendurada sobre o espelho. "Eu sou Jane Fairfax", ela afirmou. "Eu sou Jane Fairfax."

Repetindo esse novo mantra, ela adormeceu.

Ao acordar, o quarto estava tomado por uma luz cinzenta escura. Uma rápida olhada pela janela revelou que estava nevando novamente. Jane ficou tentada a puxar as cobertas e dormir mais um pouco, mas o relógio ao lado da cama mostrava que ela deveria se encontrar com Kelly para o café da manhã dentro de uma hora, para terminarem a revisão. Supostamente, ela tinha de ter examinado o original, mas este permanecia intocado na mesinha de centro perto da janela.

Jane se forçou a levantar. Tomou um banho. Em seguida, vestida com um roupão felpudo branco do hotel, pegou o original e começou a adicionar palavras em vários lugares, e, às vezes, a resmungar seu desacordo com algo sugerido por Kelly. No entanto, na maioria das vezes, as sugestões dele faziam sentido. Ao terminar a revisão, teve tempo para se vestir e fazer a mala para a viagem de volta.

Kelly marcara o café da manhã no restaurante do hotel de Jane. Assim, ela só tinha de descer alguns andares. No entanto, ela se atrasou cinco minutos e encontrou Kelly já sentado à mesa.

"Desculpe", Jane disse. Ele se levantou e a beijou de leve no rosto. "Fiquei até tarde revisando o original."

"Acabei de chegar", Kelly informou.

Quando Jane sentou-se e colocou o original sobre a mesa, notou o quão elegante Kelly estava. Ele usava um terno preto, uma camisa branca e uma gravata azul listrada. Os cabelos estavam penteados para trás e ele parecia revigorado e vistoso. *Enquanto isso, pareço e me sinto uma morta-viva*, Jane pensou.

"Você dormiu bem?", Kelly perguntou, enquanto Jane aceitava uma xícara de café da garçonete.

"Muito bem, obrigada", Jane respondeu.

"E há alguma coisa no original que você quer discutir?"

Jane balançou negativamente a cabeça enquanto colocava creme no seu café. "Tudo parece bem", ela disse. "Talvez algumas poucas coisas. Nada muito importante."

"Devo lhe confessar uma coisa: até agora, você é a autora dos sonhos de qualquer editor", Kelly revelou. "Espero que o livro não dê certo."

"Por quê?", Jane perguntou, surpresa com a afirmação.

"Estou brincando", Kelly disse, observando a reação de Jane. "É que, muitas vezes, quando os livros de novos autores se convertem em *best-sellers*, esses autores se tornam, como posso dizer..." Ele sacudiu as mãos, procurando a palavra certa.

"Convencidos?", Jane sugeriu.

"Isso. Convencidos", Kelly concordou.

Jane fez um ar de espanto e sorriu. "Acho que você não precisa se preocupar com isso", ela disse.

Ela e Kelly fizeram as últimas correções no original. Quando terminaram, Kelly enfiou as folhas na sua pasta.

"Temos de ir para a Penn Station. Seu trem parte em meia hora", ele informou.

Jane subiu até o quarto para pegar a mala. Depois, Kelly pediu um táxi e eles foram para a estação ferroviária.

"Boa viagem", desejou Kelly, beijando Jane no rosto novamente, antes de ela sair do táxi, diante da Penn Station. "Ligo para você em breve para discutir os próximos passos."

Jane acenou um adeus e observou o táxi se afastar, com a mente abastecida com pensamentos a respeito de Kelly, do livro e das novas possibilidades em sua vida.

O trem não estava cheio, e Jane tinha uma fileira para si. Ela se acomodou no assento da janela e abriu o livro que começara a ler na viagem do dia anterior. Mas não conseguiu se concentrar. Claro que teria de contar para as pessoas a respeito do seu livro. Lucy, com certeza. Walter, talvez. De repente, lembrou de Walter. Visualizou o rosto dele e imaginou sua empolgação quando soubesse que o livro dela seria publicado. Seus cumprimentos seriam genuínos, não as palavras falsas de alguém com inveja do seu sucesso. Walter era incapaz de ser insincero.

Apesar de saber que era uma tolice, Jane não se conteve em comparar Walter e Kelly. Eles eram muito diferentes. Enquanto Kelly se movia em um mundo de ritmo acelerado, Walter estava satisfeito com a vida de uma cidade pequena. Enquanto Kelly era cosmopolita, Walter era simples. No entanto, os dois eram homens de bom coração. Mais importante, Walter já havia manifestado seus sentimentos por ela. Kelly era somente seu editor.

Mas quem sabe Kelly não pudesse se tornar algo mais do que isso?, Jane pensou. Eles tinham — ao menos até onde Kelly sabia — aproximadamente a mesma idade. Tinham muitos interesses em comum. E trabalhariam bem próximos. Será que um caso de amor não poderia florescer?

Jane se sentiu culpada por pensar dessa maneira. Mas era inevitável. Ela não podia negar que achou Kelly muito atraente. E, em parte, acreditava que ele poderia aceitar a inevitável verdade a respeito da sua condição com mais facilidade do que Walter. *Imagino que existam coisas muito mais inacreditáveis em Nova York do que vampiros,* ela pensou.

À medida que o trem se afastava da estação e começava a avançar para o norte do estado, Jane continuou a pelejar com a questão da sua vida romântica como um cão mordendo um osso. Depois de duzentos anos de privação sentimental, era hora de uma mudança.

"Não vou fazer nada de modo imprudente. Vou aceitar as coisas como vierem."

Era uma decisão sensata e ficou satisfeita com ela. Afinal, Jane não tinha prometido nada a Walter. Assim, estava livre para fazer o que quisesse. E, naquele momento, não estava fazendo nada além de especulações. Se achasse que Kelly estava interessado, então faria a coisa certa e tomaria uma decisão entre eles.

Depois de resolver a questão, Jane voltou ao livro. Mas não conseguia se concentrar na leitura de *A doce pomba morreu*, de Barbara Pym. *Ela não tem nada a ver comigo*, Jane pensou, fechando o livro. *Não sei por que as pessoas acham que somos parecidas. Ela só fala de chás, festas no jardim e chapéus femininos.*

CAPÍTULO 10

Ela não esperava que ele fosse à festa. Mas quando entrou na sala de estar, ela o viu sentado no sofá em atitude bem íntima com Barbara Wexley. Ele sussurrou no ouvido dela. A garota ofereceu-lhe uma risadinha e um tapa de leve no joelho dele, ao qual Jonathan reagiu com uma dor simulada, voltando os olhos para a entrada. Vendo Constance parada ali, ele sorriu com ironia, e ela sentiu seu coração bater de ódio por ele.

— **JANE AUSTEN, *CONSTANCE*, PÁGINA 127 DO MANUSCRITO.**

"Alguma mudança?", Jane perguntou, percorrendo a livraria com os olhos.

"Bem-vinda ao lar!", Lucy exclamou, dando um abraço forte em Jane.

"Só fiquei fora dois dias", Jane disse. "Não fui para a guerra."

Lucy, que foi pendurar o casaco de Jane no escritório, respondeu: "Pensei que você tivesse sentido minha falta, sabia?". Ao voltar do escritório, perguntou: "Então, você me trouxe um presente?"

"Na verdade, sim", Jane respondeu. Tirou da bolsa um presentinho que comprou para Lucy em uma das diversas arapucas para turistas que cercam Times Square. Era uma esfera de vidro contendo uma réplica do Empire State Building. Um King Kong de plástico, urrando furioso, escalava o edifício, com um braço estendido. Lucy sacudiu o globo e minúsculos flocos de neve de plástico rodopiaram dentro dele.

"É legal", Lucy disse. "Obrigada. Não tinha Nova York na minha coleção. Agora só falta Dakota do Sul, Arkansas e Maine. Ah, quebrei o da Flórida. Preciso trocá-lo."

Repentinamente, o olhar de Jane se fixou na área à esquerda do balcão do caixa. "O que é isso?", perguntou, apontando para um expositor giratório contendo dezenas de corpos minúsculos.

"Não é incrível?", Lucy afirmou, sorrindo de forma travessa. "São bonecos de autores famosos. Fiz o pedido há muito tempo, mas só chegaram ontem."

Jane foi até o expositor e pegou um deles. Os cabelos grisalhos formavam um coque e a expressão era solene.

"Virginia Woolf", disse Lucy. Ela pegou outro boneco e o pousou sobre seu dedo. Esse tinha cabelos escuros revoltos. "Dylan Thomas. Praticamente todos estão representados. Bem, todos que já morreram. Provavelmente, o fabricante não quis pagar direitos para os vivos. Assim, J. K. Rowling e John Grisham não fazem parte da coleção. Mas temos James Baldwin, Louisa May Alcott, Samuel Pepys, Poe. Claro, Shakespeare. E esse, acho que vai ser o nosso campeão de vendas." Ela segurou um boneco de cabelos castanhos e vestido branco.

"Jane Austen", Jane disse, observando seu próprio boneco.

"Pedi quinze", revelou Lucy. "Já vendi cinco."

"Ótimo", afirmou Jane, tentando parecer alegre. "Vendemos algum livro de verdade ontem?"

"Está muito bom para janeiro", Lucy respondeu. "Mas falemos disso mais tarde. Me conte sobre sua viagem. Foi bom rever sua amiga?"

"Foi", Jane respondeu, sucintamente. Ela queria revelar para Lucy a razão verdadeira da sua ida a Nova York, mas não agora. Apesar do entusiasmo de Kelly por seu livro, ainda temia que algo pudesse dar errado. "Vimos *Gypsy*."

"Adoraria ver", afirmou Lucy, suspirando. "Gostaria de ver qualquer coisa em Nova York."

"Quem sabe possamos fazer uma viagem na primavera", Jane disse, surpreendendo-se. "Você e eu."

"Sério?", afirmou Lucy, admirada. "Eu adoraria."

Jane pegou as notas fiscais do dia anterior e começou a examiná-las. Ela confiava totalmente em Lucy, mas precisava de algo para distraí-la. Agora, que estava mais uma vez cercada por livros, tudo que conseguia pensar era a respeito do seu próprio livro. Imaginava pilhas deles sobre uma das mesas de exposição. Visualizava os clientes pegando os exemplares e reconhecendo seu nome na capa. Pensou nela registrando as vendas e colocando os livros nas sacolas. Estava tão ocupada com seus devaneios que mal notou o som da campainha quando alguém entrou na livraria. Poucos minutos depois, alguém se aproximou do balcão e pousou um livro sobre ele. Jane percebeu que era um exemplar de *Emma*. Instantaneamente a alegria que sentira enquanto pensava a respeito do seu novo livro desapareceu ao se lembrar do tempo que foi forçada a manter seu segredo.

"É o meu favorito de todos os seus livros", disse uma voz de homem.

"É um livro muito bom", Jane afirmou, enquanto registrava a venda. Somente quando o scanner leu o código de barras e emitiu o som de aceitação, ela entendeu o que o cliente dissera.

Os olhos de Jane se ergueram. O homem parado diante dela era impressionante, com uma bela pele clara e um belo rosto. Seus olhos escuros combinavam com seus cabelos escuros, que estavam cortados um pouco longos, e, assim, um cacho caía sobre um olho. O coração de Jane quase parou e ela sentiu falta de ar.

"Você?", ela murmurou.

O homem sorriu e seus olhos brilharam. "Eu", ele disse.

Jane atrapalhou-se com o livro em suas mãos e o deixou cair no chão. Inclinou-se para apanhá-lo, esperando que, ao se levantar, o homem tivesse desaparecido. Mas ele não desapareceu. Na verdade, seu sorriso ficou ainda mais amplo.

"Vejo que vocês já se conhecem." A voz de Walter trouxe Jane de volta. Ele estava parado ao lado do homem.

"Você também o conhece?", Jane perguntou, olhando para Walter.

"Brian é meu cliente", Walter respondeu.

"Brian?", Jane repetiu.

"Brian George", o homem afirmou.

"Você sabe que restaurei a antiga residência dos Roberts, não sabe?", Walter disse.

Jane fez que sim com a cabeça. Walter fizera um trabalho magnífico de trazer de volta ao seu antigo esplendor uma construção vitoriana abandonada. Ele revelara para Jane que comprara o imóvel por uma ninharia e a revenderia assim que concluísse a obra.

"Brian é a pessoa que me contratou para fazer o serviço", disse Walter.

"Pedi para o Sr. Fletcher manter minha aquisição em segredo", revelou Brian.

Jane quis muito perguntar o motivo pelo qual Brian George desejava manter sua mudança para Brakeston em segredo, mas, felizmente para ela, Walter recomeçou a falar.

"Brian é escritor", ele disse.

"Escritor?", Jane afirmou, olhando para o homem.

"Bem, eu tento", Brian revelou.

"Ah, sim", Jane disse. "Agora me lembro. Você escreveu aquele livro sobre... hum... aquele..."

Walter, observando o esforço de Jane, ficou claramente constrangido. Jane sabia que ele ficou constrangido por causa do seu cliente, embora o próprio Brian não parecesse nem um pouco perturbado.

Jane suspirou. "Sinto muito. Com dezoito bilhões de livros ao redor, não consigo me lembrar de todos", ela disse, ignorando o sorriso largo de Brian.

"Brian é o autor de *O inverno chega lentamente*", Walter revelou.

"*O inverno chega lentamente?*", afirmou Lucy, ao lado das prateleiras dedicadas aos livros de jardinagem. "Adoro esse livro." Ela pegou o corredor e se dirigiu até o balcão.

"E quem é essa adorável jovem?", Brian perguntou.

"Lucy", revelou Jane. "A gerente da livraria."

Lucy virou a cabeça na direção de Jane. "Gerente? Desde quando..."

"Surpresa!", interveio Jane, esperando distrair Lucy. "Ia contar para você à tarde."

"Puxa!", Lucy exclamou. Então, voltou a olhar para Brian. "Puxa!", repetiu, sorrindo. E Jane percebeu que sua tática havia falhado. "Realmente adorei seu livro. Seus poemas são maravilhosos. Concisos e pungentes."

Brian levou a mão ao peito. "Fico honrado", ele disse. "Obrigado por dizer isso."

"Lucy", Jane afirmou, com severidade.

Lucy girou a cabeça, mas lentamente, não conseguindo desviar o olhar de Brian.

"Hum...?", ela disse.

"Percebi que o expositor dos novos títulos está um pouco desarrumado", Jane afirmou. "Você se importaria de arrumá-lo?"

"Claro que não", Lucy respondeu.

"Foi um prazer conhecê-la", Brian disse para ela.

"Igualmente", revelou Lucy, sorrindo.

Jane observou Lucy se afastar. A garota virava a cabeça, contemplando Brian pelas costas de um jeito que parecia interessado. Jane resistiu ao impulso de gritar para que Lucy não se envolvesse com ele.

"Estive aqui ontem procurando você", Walter revelou, interrompendo os pensamentos de Jane. "Lucy disse que você estava em Nova York."

"Sim", Jane confirmou, com a garganta subitamente seca. "Eu...Ah... Fui encontrar uma velha amiga."

"Eu adoro Nova York", Brian disse. "A cidade tem uma energia incrível."

"Não gosto muito", Walter revelou. "Muito barulho. Muita gente." Jane notou um sinal de irritação na voz de Walter, como se ele estivesse chateado pelo fato de ela ter viajado sem contar para ele.

"Não há nada de errado com isso", Brian afirmou, rindo discretamente. Então, olhou para Jane. "E você, Jane? Você é uma garota de cidade pequena?"

Brian a estava provocando, e ela sabia disso. *Como você ousa*, ela pensou. Mas ela forçou um sorriso e disse: "Acho que os dois tipos de cidade têm algo a oferecer, se você souber para onde olhar."

Jane olhava de relance para Walter enquanto falava e notou, com certa satisfação, que os olhos de Brian seguiram seu olhar.

"Você está certa, sem dúvida", Brian afirmou.

"Bem, então...", Walter disse, aparentemente alheio à tensão no ar. "Brian vai comigo até a casa dos Crandall hoje", contou para Jane.

"Estou pensando em escrever um romance", Brian explicou. "Quero usar um construtor como personagem. Achei que seria bom ter uma experiência direta com o assunto antes de tentar escrever a respeito."

O que você está tramando?, Jane se perguntou. *Qual é a razão que o trouxe até aqui?* Qualquer que fosse, sabia que nada de bom resultaria disso.

"Jane", Walter disse. "Ligarei para você mais tarde. Talvez possamos jantar todos juntos hoje à noite na minha casa."

"Poderia ser uma boa ideia", Jane afirmou.

"Ótimo", exclamou Walter. "Agora vamos largar do seu pé."

"Até à noite, então", Brian disse, olhando para Jane e curvando um pouco a cabeça. "Estou ansioso por isso."

Jane permaneceu em silêncio. Observou Walter e Brian saírem da livraria. Só quando estavam fora do alcance da visão, ela levou a mão à testa. *Não*, ela pensou. *Não, não, não, não.*

Pouco depois, Lucy se aproximou do balcão. "Mal posso acreditar que acabei de conhecer Brian George!", ela exclamou. "Adoro seu sotaque. É britânico, não?"

"Escocês, na verdade", Jane corrigiu.

"Você está com dor de cabeça?", perguntou Lucy.

"Um pouco", respondeu Jane, tirando a mão da testa. "Já, já, ficarei boa."

"Gostaria de saber como seria sair com um escritor", Lucy afirmou, pensativa.

"Horrível", Jane revelou. "Seria horrível. Especialmente com esse autor."

"O que há de errado com ele?", quis saber Lucy. "E como você sabe?"

"Ele é um poeta", Jane disse, rapidamente. "Os poetas são parceiros terríveis. Estão sempre devaneando e perguntando a você o que rima com o quê. São muito chatos."

"Tudo bem", Lucy afirmou, lentamente. "Me lembrarei disso. Mas, de qualquer maneira, ele é um gato."

Jane queria falar mais algumas coisas, mas não quis se arriscar. De nenhuma forma queria que Lucy se aproximasse de um homem que se deu o nome de Brian George. No entanto, não seria capaz de explicar o motivo sem ter de revelar muitas outras coisas que desejava manter em segredo. Principalmente, não queria parecer uma mulher amarga.

Exatamente o que você é, ela disse para si mesma.

CAPÍTULO 11

Ela e Charles estavam voltando do piquenique perto do rio. Ela usava a coroa de margaridas que ele fez para ela e carregava os sapatos na mão. Apesar do chapéu, o sol tinha queimado seu rosto, mas Charles, acostumado com as horas passadas nos jardins, estava simplesmente mais moreno. Ele estendeu o braço e pegou a mão dela, e, por um instante, ela esteve muito feliz. Então, uma sombra caiu sobre a trilha, e, ao erguer os olhos, ela viu Jonathan parado no caminho deles.

— **Jane Austen, *Constance*, página 293 do manuscrito.**

Jane parou na varanda da casa de Walter. *Relaxe*, ela disse para si mesma. *Não há motivo para se preocupar.*

Mas havia, sim, motivo para se preocupar, e nenhuma autoilusão apaziguaria sua ansiedade. Ela teria de superar os obstáculos da noite da melhor forma possível.

Walter abriu a porta pouco depois de ela tocar a campainha. Ele secava as mãos em um pano de prato, com um avental amarrado em torno da cintura. Estava respingado com algum tipo de molho.

"Entre", Walter pediu, sorrindo e indicando o caminho. Aparentemente, ele estava de muito bom humor.

"Olá." Brian George estava na sala de estar, segurando uma taça de vinho. Uma segunda taça, quase vazia, permanecia sobre a mesa ao lado do sofá.

"Olá", respondeu Jane, friamente, enquanto Walter a ajudava a desvestir o casaco.

"Estou muito contente que você veio", Brian afirmou, como se fosse ele o anfitrião, e não Walter.

"Sim", Jane disse, vagamente, evitando o olhar de Brian.

Walter, inconsciente do que ocorria entre Jane e Brian, voltou com uma taça e uma garrafa de vinho. "Brian trouxe um vinho incrível", ele disse, enchendo uma taça para Jane. "Já bebi duas taças."

Isso explica o bom humor, Jane pensou, pegando a taça. Ela hesitou um pouco antes de dar um gole. Walter tinha razão; era delicioso.

"*Domaine de la Romanée-Conti*", ela afirmou.

"Trouxe algumas garrafas", Brian revelou. "É o meu favorito."

Sim, Jane pensou, *eu lembro*. Era também um dos vinhos mais desejados do mundo, muito caro para o bolso de um poeta. Será que Walter tinha noção do que estava bebendo?, ela quis saber.

"Sente-se", Walter sugeriu.

Jane esperou até Brian se acomodar no sofá. Então, ela sentou-se do lado oposto, em uma das poltronas, ao lado da mesinha de centro. Walter se acomodou na outra poltrona.

"Há quanto tempo você vive em Brakeston, Jane?", perguntou Brian.

"Quase dez anos", respondeu Jane.

"Dez anos", Brian repetiu. "Tempo suficiente para se considerar pertencente ao lugar, eu acho."

"Ah, Jane, sem dúvida, faz parte da comunidade", Walter disse, rindo. "É como se ela tivesse vivido sempre aqui."

"Assim parece", Brian afirmou. Ele olhou mais uma vez para Jane. "Porém, você é inglesa, se identifiquei sua pronúncia corretamente. Faz tempo que você está nos Estados Unidos?"

"Desde criança", Jane respondeu.

"Você não sente saudade da sua terra natal?", Brian perguntou, com um sorriso astuto.

"Era muito menina quando me mudei para cá", ela respondeu. "Não lembro muito da Inglaterra."

"Você já tinha vindo para os Estados Unidos antes?", Walter perguntou para Brian, servindo-se de mais vinho. Ofereceu a garrafa para Brian, que aceitou.

"Não", respondeu Brian. "É minha primeira vez. Minha família viveu na Inglaterra por muito tempo." Ele dirigiu o olhar para Jane. "Você ainda tem família na Inglaterra?"

"Não", respondeu Jane, correspondendo ao olhar. "Todos morreram, suponho."

"Sinto muito", lamentou Brian, tomando um gole de vinho.

Uma campainha soou em outro recinto. Walter levantou-se de repente. "É o jantar", ele informou. "Todos para a mesa!"

Ele saiu depressa para a cozinha. Jane e Brian ergueram-se. Por um instante, os dois se encararam. "O que você está fazendo aqui?", perguntou Jane, em voz baixa.

"Achei que Walter tivesse dito", afirmou Brian. "Vim para absorver o sabor local."

Jane deu uma risada curta e vigorosa. "Que sorte a nossa", ela disse. "Isso é tudo? Você tem certeza?"

Brian estendeu a mão e acariciou o rosto dela. Jane afastou-se. "Eu tinha a expectativa de retomar uma antiga relação."

"O jantar está pronto!", Walter gritou da sala de jantar.

Jane se virou e se afastou, com o toque de Brian ainda queimando no seu rosto. Na sala de jantar, Walter estava colocando uma tigela com ervilhas sobre a mesa, que já tinha uma travessa com carne assada, uma tigela com purê de batatas e o usual sortimento de talheres e copos.

"Você senta aqui", Walter disse para Jane, indicando um lugar à esquerda. "E Brian, você senta aqui", ele continuou, apontando para a cabeceira da mesa.

Todos sentaram, e Walter pegou a travessa com a carne assada. "Espero que você goste da carne mal passada", ele disse, enquanto a oferecia para Brian. "Não gosto bem passada."

"Parece ótima", afirmou Brian, servindo-se de diversas fatias antes de passar a travessa para Jane. "Gosto da minha carne bem sangrenta."

Jane se serviu de uma fatia pequena, e, em seguida, pegou a tigela com ervilhas oferecida por Walter. Depois de se servir, passou-a para Brian e seus dedos se tocaram. O choque que os atravessou a assustou, e Jane soltou a tigela. A mão de Brian a impediu de cair sobre a mesa. Jane recolheu sua mão e a manteve no colo, esfregando-a com a outra. Sua pele ainda formigava.

"Jane, Brian é outro fã de Jane Austen", Walter revelou.

"Realmente", Brian observou. "Diga-me, Jane, qual é sua opinião a respeito da austenmania que tomou conta do seu país?" Ele fez uma pausa. "Desculpe-me. Quero dizer, é claro, deste país."

Jane cortou uma fatia. O suco da carne estava rosado, e ela sentiu a boca salivar. Antes de dar uma resposta para Brian, mordeu a fatia e a mastigou com prazer, saboreando o gosto.

"Acho que os livros de Austen atraem leitores de todos os tempos", ela respondeu.

"As mulheres gostam de casos de amor", Brian disse.

Jane ruborizou. "Os livros de Austen são mais do que meros casos de amor", ela comentou. "E não atraem somente o público feminino."

"Naturalmente", Brian afirmou, agitando o garfo no ar. "Eu mesmo gosto muito da obra dela. Mas, sem dúvida, você concorda que os temas dela são um tanto... leves, por assim dizer." Em vez de esperar pela contestação de Jane, Brian acrescentou: "Certa vez, o crítico G. H. Lewes disse para Charlotte Brontë que ela deveria estudar a obra de Austen, para corrigir suas deficiências como escritora. Você sabe qual foi a resposta de Brontë?"

Jane tomou fôlego e falou com sarcasmo: "Charlotte disse que a obra de Austen era como um 'retrato antigo e preciso de vidas comuns; um jardim cuidadosamente cercado e altamente cuidado, com margens perfeitas e flores delicadas; mas nenhum traço de luz e vivacidade, nenhum campo aberto, nenhum ar fresco, nenhuma colina triste, nenhum belo córrego'".

"Vejo que você leu a correspondência", Brian comentou. "E que você discorda de Brontë."

"Claro que sim", afirmou Jane. "Quanta bobagem. Só porque as heroínas de Austen não se jogam sobre os brejos, não devaneiam a respeito de homens mutilados, não são atormentadas por mulheres loucas e não são queimadas em fogueiras... Só porque sabem que a insensatez dos outros..." A voz de Jane diminuiu de intensidade. Ela pegou sua taça de vinho e bebeu com vontade. *Charlote Brontë*, ela pensou. *Logo quem.*

Para sua contrariedade, Jane percebeu que Walter e Brian estavam rindo. "O quê?", ela bufou.

"Você pareceu tão colérica", afirmou Walter. "Quase como se Austen fosse uma querida amiga. O que, suponho, ela é, realmente."

Jane se mexeu com desconforto em sua cadeira. "Acho que *Jane Eyre* é um bom romance", ela disse. "Ao seu modo. Pessoalmente, considero-o desprovido de calor humano e excessivamente melodramático."

"Ainda bem que Jane Austen morreu antes de Charlotte julgá-la", Brian sugeriu. "O calafrio que teria sentido na sala de estar se elas se encontrassem alguma vez seria descomunal."

"Gostaria muito de ver isso", afirmou Walter. Olhando para Jane, ele acrescentou: "Ou talvez possamos levar você, Jane, para debater com aquela especialista em Brontë. Qual é o nome dela?" Ele tamborilou os dedos sobre a mesa. "Violet Grey. Ela também não é fã de Austen."

"Conheci Grey", revelou Brian. "E, concordo, seria interessante. Muito interessante."

Jane decidiu não estimular novos comentários a respeito do assunto. Em vez disso, ela examinou as ervilhas em seu prato com grande curiosidade. "Você pôs hortelã nas ervilhas ?", ela perguntou para Walter.

"Você gostou?", ele indagou, concordando com um gesto de cabeça.

"Gostei", respondeu Jane.

"Você escreve?", Brian interrompeu.

"Eu?", afirmou ela, inocentemente, olhando para ele.

Brian sorriu. "Aparentemente, você gosta muito de literatura", ele disse. "Achei que talvez escrevesse."

"Quando era mais jovem, escrevi alguma coisa. Nada muito sério. Agora, me contento em vender livros."

"Gostaria muito de ver o que você escreveu", afirmou Brian. "Talvez eu consiga convencê-la a me mostrar."

"Não se dê ao trabalho", Walter disse para ele. "Venho pedindo há anos. Ela não mostra."

"Receio que não haja nada para ler", afirmou Jane. "Joguei tudo fora."

"Fico decepcionado ao ouvir isso", Brian disse.

Jane ficou em silêncio, concentrada no seu prato e comendo mais um pouco. Walter desviou a conversa para outro assunto, mas Jane não demonstrou interesse. Tudo o que ela queria era terminar o jantar e ir para casa. Quando, alguns minutos depois, Walter disse seu nome, Jane ergueu os olhos.

"Você quer café com bolo?", ele perguntou.

Jane pensou em recusar, achando que talvez pudesse escapar dali mais cedo. Mas sentiu que estaria deixando Brian vencer a pequena batalha que ele estava travando com ela. Brian já tinha desferido diversos golpes, e Jane estava decidida a não deixar que ele levasse a melhor contra ela.

"Sem dúvida", Jane respondeu. "Deixe-me ajudá-lo."

Jane ficou em pé antes de Walter poder declinar a oferta, pegou seu prato e a travessa com os restos da carne, e levou tudo para a cozinha. Walter a seguiu e começou a preparar o café. Jane voltou para a sala de jantar para pegar o resto dos pratos e talheres.

"Ele não tem a menor ideia, tem?", Brian perguntou, enquanto Jane pegava a tigela de ervilhas.

"É claro que não", respondeu Jane.

"Você o ama?"

Jane, agarrando com força a tigela, lançou um olhar feroz para Brian. "Não é da sua conta."

Brian deu um sorrisinho, recostando-se na cadeira. "Você não mudou nada. A mesma Jane de sempre."

"Olha quem fala... Não sei o que..."

"Aqui está o café", Walter anunciou, interrompendo-os. "Já volto com o bolo."

Jane começou a seguir Walter, na direção da cozinha, mas Brian agarrou o braço dela. "Vamos nos encontrar amanhã", ele disse.

"Por que eu faria isso?", perguntou Jane, bufando.

"Porque você quer... Eu posso explicar", disse Brian.

Jane hesitou.

"Amanhã", falou Brian. "Você escolhe o lugar."

"A livraria", Jane disse. "Às nove da noite, depois do expediente."

"Estou ansioso por isso", ele afirmou, sorrindo ironicamente.

A sobremesa pareceu passar com uma lentidão angustiante. Jane mordiscou o bolo; embora fosse de chocolate, ela não conseguiu comer mais do que alguns pedacinhos. Ela contribuiu pouco para a conversa, cujo tema era a política norte-americana. Quando finalmente Brian anunciou que era hora de ele ir embora, ela suspirou de alívio.

"Boa noite", Brian disse para Walter, depois de pegar seu casaco. "Vejo você amanhã, acho." Então, ele pegou a mão de Jane. "E também espero revê-la."

Depois da partida de Brian, Jane se ofereceu para ajudar Walter na limpeza. Eles estavam na cozinha, com Walter lavando e Jane secando cada prato que ele passava para ela, quando Walter disse: "Vocês já se conheciam, não?"

Jane terminou de secar o prato em sua mão. Ela não tinha certeza de qual seria a melhor resposta para a pergunta de Walter. Ela decidiu ser honesta. "Sim. Já nos conhecíamos."

"Por que você não disse nada?"

"Não sei, realmente", respondeu Jane, pegando a tigela da mão de Walter. "Inicialmente, fiquei surpresa em vê-lo. Depois... Bem, é difícil de explicar."

"Ele também não disse nada", Walter comentou.

"Acho que ele ficou tão surpreso quanto eu", Jane afirmou.

"Vocês já namoraram?", Walter perguntou, de modo inesperado.

"Não", Jane respondeu, de imediato. "Na realidade, nós somente nos encontramos por pouco tempo."

"Sei", afirmou Walter, terminando de limpar o último prato.

Jane percebeu que Walter não acreditou muito nela. E não o culpava. Ela não contou tudo para ele. Nem de perto. Mas para o momento era tudo que Jane estava disposta a revelar.

"Eu vou indo", ela disse. "Obrigada pelo maravilhoso jantar."

"Obrigado por vir", Walter afirmou. Ele ficou em silêncio por um instante, e, então, inclinou-se e a beijou.

Para surpresa de Jane, ela retribuiu o beijo. *Quando eu decidi fazer isso?*, ela se perguntou.

Walter recuou. "Vou pegar seu casaco", ele disse.

Na porta, ele voltou a beijá-la. Em seguida, ela partiu, caminhando para casa através da noite gelada e revigorante. Ao chegar a sua casa, Jane pegou a chave no bolso e começou a encaixá-la na fechadura. No entanto, ao agarrar a maçaneta, a porta se abriu. Ela se lembrava de que tinha trancado a porta ao sair.

Ao entrar em casa, olhou em volta. Aparentemente, tudo estava no lugar. Se roubaram a casa, foram ladrões muito ordeiros. Então, Jane sentiu alguém atrás dela. No momento seguinte, uma boca quente roçou seu pescoço, pouco abaixo da orelha.

"Você realmente não achou que eu conseguiria esperar até amanhã, achou?", Brian sussurrou.

CAPÍTULO 12

"Você sabia o que queria quando veio aqui", Jonathan disse. "Nós dois sabíamos o que você queria. E agora você me odeia por lhe dar o que queria? Isso é o que me parece o mais injusto."

— JANE AUSTEN, *CONSTANCE*, PÁGINA 159 DO MANUSCRITO.

Jane empurrou Brian, mas ele era muito forte. Os braços dele a enlaçaram e Brian continuou a beijar seu pescoço. "Não sei como consegui me conter na casa dele", ele disse. "Você continua tão atraente como quando a conheci."

"É porque estou *morta*", Jane afirmou. Ela deu uma cotovelada no estômago dele. Pego de surpresa, Brian gemeu e teve de soltá-la. Jane o encarou. "Saia daqui!", ordenou.

Brian, curvado tentando recuperar o fôlego, levantou os olhos e sorriu sedutoramente. "Não", respondeu.

Jane começou a argumentar, mas ela o conhecia. Brian era teimoso. Poderia gritar com ele o quanto quisesse, mas sabia que ele não iria embora. Pensou em ligar para a polícia para intimidá-lo, mas não adiantaria.

"Você é desprezível", Jane disse, friamente.

"Se bem me lembro, você gostava muito de mim", Brian afirmou, enquanto Jane se encaminhava para a sala de estar e acendia a luz.

"Só porque você me fez acreditar que também gostava muito de mim", Jane revelou.

Brian sorriu. "Mas eu gostava de você, querida. Ainda gosto. Se não gostasse, por que viria até aqui?"

"Engraçado. Foi exatamente isso o que quis saber desde o momento em que você apareceu na minha livraria."

Brian sentou-se em uma das cadeiras da sala de estar. "Suponho que foi há muito tempo", ele admitiu. "Provavelmente, você achou que eu estava morto. Quer dizer, mais morto ainda."

Sentando-se no sofá, Jane reprimiu o riso. "Não pensei nisso", ela disse. "Como você mesmo falou: 'Não tenho certeza se uma vida longa é desejável para alguém com meu temperamento e minha depressão constitucional de espírito'".

"Eu disse isso?", indagou Brian, rindo.

Jane o fitou furiosamente. "Como você me achou?"

"Ah", disse Brian, erguendo um dedo. "Foi difícil, mas você tem de admitir que não se esforçou muito para se esconder. Elizabeth Jane Fairfax, na verdade."

"Sim, bem, fiquei um tanto cansada disso depois de um século ou dois", Jane revelou. "Além disso, você não se desgarrou muito do seu caminho nesse aspecto, Lorde *Byron*." Ela disse o nome dele com toda malignidade possível.

"Então, nós dois ficamos cansados de ser outra pessoa", Byron afirmou, sorrindo.

Jane não pôde discutir esse ponto. Ela hesitou antes de perguntar: "Por que agora?"

Byron recostou-se na cadeira e respirou fundo. "Não sei", respondeu. "Acho que senti certa nostalgia do passado. Saudade dos bons tempos."

"Não me lembro de ter sido tão bom assim", Jane comentou. "Ao menos, no que se refere a você."

"Por favor. Nosso tempo juntos não foi tão ruim assim, foi?"

"Não", Jane admitiu. "O jantar da primeira noite foi muito agradável, como me recordo. O que veio depois, porém..."

"Por favor, Jane!", exclamou Byron. "Veja o que eu fiz por você. Apesar da sua idade, você ainda é uma criança. Você estava praticamente presa naquele vilarejo. Eu a salvei de tudo isso."

"Me salvou?", Jane exclamou. "Estava plenamente feliz no meu mundinho."

"Se você estava feliz, então por que veio até mim?", indagou Byron.

Jane começou a falar, mas não prosseguiu. Ele havia atingindo o ponto fraco na argumentação dela. Sentindo isso, Byron sorriu, com os olhos brilhando. "Viu?", ele disse. "Você veio porque queria uma experiência. Você estava decidida a oferecer sua virgindade para mim."

"Você me convidou!", Jane objetou.

"Sim, sim", Byron concordou. "Mas foi você que escreveu para mim primeiro. Simplesmente fiz o que percebi que você queria. Você não tinha de vir. De fato, acredito que você se esforçou ao máximo para fazer a viagem."

Jane levantou-se. "Você é impossível", ela disse. Ela se virou para ele não perceber sua frustração.

Em um instante, Byron se pôs ao lado dela. "Estou arrependido", ele disse, suavemente.

"Não está. Nunca esteve."

Byron colocou as mãos nos ombros de Jane. Ela não as afastou. "Agora estou", ele disse. "Mudei ao longo do tempo. Sei agora que o que eu fiz estava errado."

"É um pouco tarde para essa compreensão."

Byron beijou os cabelos de Jane. "Nunca pretendi magoá-la", ele disse. "Fui descuidado."

"Descuidado", Jane repetiu, balançando a cabeça. "É assim que você chama isso?"

"Que outra palavra poderia ser?"

Jane se virou e o encarou. "Diabólico", ela afirmou. "Chamaria de diabólico."

Jane ficou surpresa ao perceber que Byron estava sinceramente ferido. Ele recuou, com uma expressão confusa. Ela quase estendeu a mão para ele, mas se forçou a não fazer isso.

"Você realmente me odeia tanto?", Byron perguntou. A voz estava embargada e o olhar denunciava a tristeza do seu coração.

Houve um longo silêncio. Jane lutava com suas próprias emoções. *Não deixe ele entrar*, ela se admoestava. *Nem mesmo um pouquinho.* Jane sabia que devia ouvir. Ela devia acabar com tudo de uma vez por todas. Mas outra parte dela vertia lágrimas ao ver Byron em desespero. *Ele disse que mudou*, ela sustentou.

"Não", Jane disse, finalmente. "Não odeio você. Não mais. Por sua causa vi e fiz coisas maravilhosas. Se eu o odiei algumas vezes no passado? Estaria mentindo se dissesse que não. Mas que proveito vamos ter disso?"

Byron caiu de joelhos diante de Jane e segurou suas mãos, encostando o rosto sobre elas. "Sabia que você não me odiava", ele disse. "Jane, você não sabe quantas vezes eu a desejei. Mas não era capaz de encará-la sabendo como você devia se sentir a meu respeito. A respeito do que eu fiz."

Jane fechou os olhos. Ela estava se lembrando de muitas coisas. Coisas que enterrara fundo na sua mente estavam emergindo à superfície. Memórias. Imagens. Sentimentos. Nenhuma das coisas eram bem-vindas.

"Levante-se", ela disse para Byron, puxando-o. Frente a frente, ela continuou segurando as mãos dele. "Não odeio você. Mas também não amo você", ela afirmou.

Byron trouxe uma das mãos de Jane para sua boca e a beijou. "Não agora. Mas talvez você volte a me amar."

Antes de Jane poder contradizê-lo, ele a beijou com paixão. Ela não conseguiu resistir. Retribuiu o beijo, odiando-se, mas incapaz de recuar. Os braços dele a enlaçaram, puxando-a para perto, de modo que os corpos ficaram bem unidos. Quase imediatamente, Jane sentiu um arrepio que a fez estremecer. Ela esquecera o que era beijar outro vampiro.

Quanto mais se beijavam, mais a sensação crescia. Jane sentiu seus pensamentos começando a se fundir com os de Byron. Sabia que logo perderia todo o controle. Não lhe restava muito tempo.

Juntando o que restava de sua força de vontade, Jane afastou-se dele. A separação foi dolorosa, e ela suspirou. Era como se tivesse se desligado de um sonho e se ligado na realidade. Repentinamente, sentiu um frio intenso e pôs os braços em torno de si mesma, no que já sabia ser uma tentativa inútil de se aquecer.

"Não posso", Jane sussurrou, enquanto Byron estendia o braço para ela.

"Você pode", ele disse. Sua voz era sedutora, e, por um momento, Jane se sentiu deslizando de volta para o estado onírico.

"Não", Jane afirmou, balançando a cabeça com força. "Por favor, vá embora."

Jane se surpreendeu ao ver Byron se virar e caminhar na direção da porta. Ele a abriu e se virou para observá-la. "Quem ouve uma vez ouvirá duas", Byron disse, com suavidade. "Seu coração, sem dúvida, não é de gelo, e uma recusa não é suficiente para repelir." Então, ele partiu, e Jane ficou sozinha, em sua sala de estar.

"Maldito seja!", Jane exclamou.

Ela apagou as luzes e subiu para o quarto. Na cama, Tom estava enroscado no travesseiro. O gato abriu um olho, observou-a brevemente e voltou a dormir. Jane sentou-se na cama e começou a acariciá-lo. Tom ronronou baixinho.

Jane ainda sentia os efeitos do beijo de Byron. Sabia que duraria por algum tempo, provavelmente até se alimentar de novo. Ficou mal com o fato de que teria de se alimentar antes do habitual. Mas podia fazer isso outro dia, até que a necessidade exigisse. Se tivesse ficado nos braços de Byron mais tempo, não resistiria.

De certo modo, seus pensamentos se misturaram. E alguns eram de Byron. Ela viu rostos que nunca vira, farejou cheiros estranhos a ela, sentiu ansiedade, medo e desejo que não eram seus. Era como se ela tivesse tomado uma droga.

Jane tirou a roupa e deitou-se, tentando dormir. Mas seu corpo estava quente demais. Afastando o acolchoado e os lençois, procurou esfriar a pele. O suor escorria da testa e umedecia a camisola. Rasgando-a com dedos trêmulos, tirou-a pela cabeça e a jogou no chão. O ar ao redor dela estava denso, e ela respirava com dificuldade.

Mãos invisíveis a acariciavam, percorrendo seus braços e envolvendo seus seios expostos. Bocas importunavam seu pescoço, as pontas dos seus dedos, seus mamilos. A quem elas pertenciam? Eram duas bocas, três, uma dúzia. Jane vasculhou a penumbra em busca de rostos, mas não viu nada.

São as memórias dele, Jane pensou. Ela tentou expulsá-las, para recuperar o controle da sua mente, mas era como lutar contra os efeitos de muito vinho. Em vez disso, ela ficou ainda mais confusa. A cama parecia cheia de corpos, com braços e pernas entrelaçados. Uma respiração quente a fustigava enquanto tentava virar a cabeça para o outro lado.

"Não!", ela gritou.

O frio diminuiu. Jane estava sozinha, parada na margem de um lago grande e escuro. Acima dela, o céu estava repleto de diamantes brilhantes e a lua, inacreditavelmente cheia, estava refletida na água aos seus pés. Ela estava nua. Então, braços a enlaçaram, e Jane sentiu a batida lenta do coração de outra pessoa em suas costas.

"É o momento do seu renascimento", disse a voz de Byron em seu ouvido. "Venha comigo."

Ele pegou a mão dela e entrou na água. O corpo dele, branco ao luar, ficou como mármore. Os olhos dele cintilavam como as estrelas. Jane permitia que Byron a conduzisse para dentro do lago. Ela ficou envolvida pela água. Em seguida, ele a ergueu, e ela começou a boiar sobre a água, com os olhos voltados para o céu.

Com seu corpo sob o de Jane, e a cabeça dela pousada sobre seu peito, Byron a mantinha em seus braços como uma criança. Ele avançava para águas mais profundas. Enquanto nadava, sussurrava uma canção de ninar. Jane tentava captar as palavras, mas elas logo se perdiam.

Aparentemente, nadaram durante horas, ou talvez dias. Então, pararam e flutuaram na superfície imóvel do lago. Byron pegou os pulsos de Jane, cruzando-os sobre o peito dela, deixando seus braços em cima dos dela.

"Sinto como se estivesse sonhando", Jane murmurou.

Byron a soltou, com os braços se deslocando até os ombros dela. Ele a acariciou delicadamente. "A grande arte da vida é a sensação", afirmou. "Para sentir que existimos, mesmo na dor." As mãos dele a agarraram com mais força. "Desculpe", ele sussurrou, e Jane foi empurrada para debaixo da água.

Jane lutava para respirar. Através da água, podia ver as estrelas. Elas se decompunham, espalhando-se como abelhas, enquanto ela se sacudia. Seus ouvidos soavam com os sons abafados dos seus gritos. No entanto, as mãos de Byron, como pesos de ferro, mantinham Jane submersa.

A água entrava por sua boca, enchendo a garganta. Jane ofegava e sentia falta de ar. Seus olhos se enevoaram, e, no alto, as estrelas se apagaram uma a uma, até tudo enegrecer.

Jane acordou do afogamento. Ele estava na cama de Byron, deitada nos braços dele. Ela acariciava os cabelos dela e, de novo, sussurrava desafinado a canção de ninar. Jane se virou e cuspiu no chão, limpando a boca.

"Está tudo bem", Byron disse. "Está tudo bem agora."

Do lado de fora, a tempestade prosseguia furiosa. As estrelas tinham desaparecido e não havia nem sinal da lua no céu. Embora ainda nua, Jane estava seca, como se nunca tivesse estado no lago, nunca tivesse flutuado sob o céu, nunca tivesse sido empurrada para debaixo da água.

"O que você fez?", Jane quis saber. Ela sentiu seu coração batendo, mas algo estava diferente. Ela estava mudada de alguma forma.

"Você renasceu", Byron respondeu. "Tirei sua vida e, depois, a devolvi para você." Ele mostrou o pulso dele para Jane. O sangue escorria de um ferimento recente. Jane percebeu horrorizada que o líquido em sua boca não era água. Ela passou a língua sobre seus dentes, e eles estavam grossos, com gosto de carne e ferro.

"Não", Jane exclamou, tentando se afastar de Byron. "Me solte!"

Byron a puxou, segurando-a com firmeza em seu peito. "É muito tarde. Está feito."

"Você me afogou!", Jane gritou, batendo nele com os punhos.

"Um sonho", revelou Byron. "Do seu renascimento. Nós vivenciamos isso de modo diferente. Mas você nunca deixou esta cama."

"O que você fez?", Jane gemeu. "O que você fez comigo?"

O alarme do despertador acordou Jane. Tom estava sentado ao lado dela, fitando-a esperançosamente. Ele miou uma vez.

Jane sentou-se. O pesadelo já estava desvanecendo. Mas ela se lembrava o suficiente dele. Não o tinha há muito tempo. Agora, ela receava, o pesadelo retornaria repetidas vezes. O beijo de Byron tinha dado nova vida a ele.

"O diabo que o carregue", ela disse para Tom. "Maldito seja por ter voltado."

CAPÍTULO 13

Ser uma escritora, ela pensou, deve ser a coisa mais maravilhosa do mundo. Há algo melhor do que personagens agindo exatamente segundo a vontade de alguém? Diferentemente dos homens de carne e osso, eles não tendiam a se comportar de modo contraditório, sempre deixando a outra pessoa perplexa e confusa, nunca sabendo direito o que estavam pensando.

— **JANE AUSTEN, CONSTANCE, PÁGINA 167 DO MANUSCRITO.**

"Tenho boas notícias."

Jane demorou um pouco para reconhecer a voz de Kelly. "Devo me sentar?", perguntou.

"Melhor não. Você logo vai ter de se levantar de novo. Margot Aldridge mandou uma nota elogiosa para seu livro."

Jane não conseguiu conter um grito de alegria: "Margot Aldridge, de *A beleza das mentiras*?"

"Existe outra?", perguntou Kelly.

"Espero que não", respondeu Jane, rindo.

"Ela nunca elogia nada", Kelly revelou. "Mas conheço o editor dela e me arrisquei. Jennifer mandou o original para Margot, e ela simplesmente adorou. Você quer ouvir o que ela disse?"

"Não sei. Devo?"

Kelly ignorou o comentário de Jane e começou a ler: "'*Constance* é um romance surpreendente, que investiga tão habilmente as vidas dos seus personagens, que esquecemos que eles existem somente literariamente. A estreia de Jane Fairfax é absolutamente mágica'".

Jane ficou muda. "Você está aí?", Kelly perguntou após vinte segundos de silêncio.

"Releia", Jane falou, finalmente.

Kelly obedeceu. "E isso não é tudo", revelou. "Acho que vamos conseguir notas de Fisher McTavish e Anne Gardot."

"Continue mencionando meus autores favoritos e vou sofrer um ataque cardíaco", Jane disse, agarrando o telefone com firmeza. "Não consigo acreditar."

"Falei para você que o livro era incrível", afirmou Kelly. "Todas as pessoas daqui da editora estão empolgadas com ele. Não ficam assim desde o lançamento do livro daquela mulher que teve o caso com o presidente. As cópias pré-publicação já estão sendo enviadas para os resenhistas, e o departamento de vendas está pressionando as redes e a Amazon para que comecem a promoção o quanto antes."

"Agora estou sentando", Jane revelou. "Não consigo acreditar nisso. Não faz duas semanas que estive aí."

"E só está começando", Kelly informou. "Nick Trilling vai entrar em contato com você ainda hoje. Ele é o responsável pela divulgação do seu livro. Precisamos incluir sua biografia no material que vamos enviar para a imprensa."

Subitamente, o entusiasmo de Jane diminuiu. Ela ainda não tinha pensado a respeito de uma biografia. A publicação do livro era a única coisa que havia lhe interessado. Ter de se promover nem passara pela sua mente.

"Vou preparar alguma coisa", ela disse. "Mas não sou nada interessante, sabe."

"Você está brincando?", exclamou Kelly. "Uma dona de livraria, que escreve seu primeiro livro aos quarenta e poucos anos? Você é o sonho de qualquer relações públicas. Todas as mulheres americanas serão capazes de se espelhar em você, Jane."

Duvido, pensou Jane. "Talvez", respondeu para Kelly. "Seja como for, ficarei feliz de falar com... como ele se chama mesmo? Nick?"

"Nick Trilling", Kelly repetiu. "Tenho de ir a um encontro agora. Mas quis lhe contar o que está acontecendo."

"Obrigada. Devo dizer que é tudo um pouco surreal."

"Pense nisso como um sonho que se torna realidade", Kelly disse. "Falo com você em breve, Jane."

Jane desligou o telefone. *Um sonho que se torna realidade*, pensou. *Nem sempre é uma coisa boa.*

Jane se lembrou do jantar com Walter e Byron e do que aconteceu depois. Recordou-se vividamente de tudo da noite passada. A visita secreta à casa de Byron nas margens do lago de Genebra. A perda da sua inocência. A dor subsequente. Tudo voltou a ela. Sua morte e ressurreição. Sua declaração de amor a Byron depois de ele explicar o que ela era agora. A rejeição insensível dele em relação ao amor dela, e seu regresso vergonhoso para a Inglaterra.

O pior das lembranças foi ter de deixar Cassie. Representar sua própria doença e subsequente morte ao longo de um ano foi difícil, mas ela conduziu isso com a ajuda de um médico solidário, recomendado por outro vampiro, um dos diversos que ela conheceu aparentemente por acaso, embora agora suspeite que Byron falou a eles a respeito dela. Deixar Cassie foi quase insuportável. Por meses, Jane não fez nada além de chorar.

Jane não podia perdoar Byron por essa perda. Por ora, tudo que ela queria era contar para Cassie a respeito do livro. Sua obra anterior fora toda publicada anonimamente, com sua identidade conhecida somente por um pequeno círculo de amigos. A fama só veio depois de sua morte. Jane sabia que Cassie ficaria ainda mais empolgada do que ela estava quando finalmente segurasse um livro com seu nome na capa.

Jane conseguiu evitar Byron por muitos dias, e ele não ligou para ela. Supôs que ele estivesse atarefado com o trabalho e sentiu-se aliviada de se livrar dele, mesmo que temporariamente. Forçou-se a se alimentar, para que pudesse se livrar da perplexidade residual causada pelo encontro deles. Foi até uma cidade a uma hora de distância e, assumindo a identidade de uma dona de casa cansada, pediu para um garoto de supermercado com o rosto cheio de espinhas ajudá-la a levar para o carro as sacolas cheias de petiscos de milho, molhos e cerveja de baixo teor calórico. Jane se alimentou rapidamente e deixou o garoto dormente no estacionamento do supermercado, ao lado de uma caçamba de lixo, com a cabeça pousada sobre uma caixa de *donuts* vencidos. Naquele momento, sentia-se mais e mais ela mesma.

"Ei? O que você está fazendo?"

A voz de Lucy surpreendeu Jane, que rodopiava em sua cadeira giratória.

"Desculpe", pediu Lucy. "Não quis assustá-la. Mas é que não temos mais nenhum boneco de Mark Twain. Só queria saber se peço mais."

"Acho que não", Jane respondeu, pestanejando. "Temos ainda de nos livrar de meia dúzia de Tennysons, não temos?"

Lucy apoiou-se na mesa do escritório. "Sim", respondeu. "Mas as Austens também estão quase no fim. O Sr. Gato comprou uma ontem."

"Quem?"

"O cara novo. Brian George."

"Ele esteve aqui ontem?", Jane indagou.

"Na hora em que você foi ao banco. Acho que ele sentiu algo por você."

"O quê?", Jane falou um pouco alto. Será que Lucy notara algo entre os dois? A ideia a atemorizou.

"Ele disse que Austen parecia muito com você", Lucy explicou. Ela olhou de soslaio para Jane. "Sabe, você, de certo modo, é mesmo parecida com ela."

"Besteira", afirmou Jane. "Todas as mulheres inglesas de meia-idade se parecem. Seja como for, basta de bonecos. Foi uma ideia divertida, mas acho que devemos persistir nos livros."

"Pena. Estava ansiosa pelo boneco de Betty, a Feia, com escarlatina."

"Fora", Jane disse, apontando a porta.

Lucy gargalhou maliciosamente e saiu correndo, deixando uma sorridente Jane para trás. Lucy a lembrava algo de Cassandra, sempre procurando o divertido das coisas. Era previsível que Jane gostasse tanto da sua jovem assistente.

Ela estava prestes a se levantar quando o telefone tocou. Achando que pudesse ser Nick Trilling, atendeu.

"Bom dia", disse Walter.

Jane sentiu uma pontada de culpa quando disse: "Bom dia para você também". Embora tecnicamente nada tenha acontecido entre ela e Byron, ela ainda sentiu como se tivesse enganado Walter.

"Será que você não gostaria de almoçar comigo? Não a vejo há dias", disse Walter.

Jane hesitou. Na realidade, ela não queria ver nem Walter nem Byron no momento. Mas sabia que não podia adiar isso por muito mais tempo. "Gostaria sim", ela disse, finalmente. "Por que você não passa aqui por volta da uma? Podemos ir ao Soup Kitchen."

"Ótimo. Está combinado."

Pouco depois de ela desligar, o telefone tocou novamente. "Uma da tarde", ela disse, supondo que era Walter, que quase sempre ligava de novo porque não conseguia se lembrar o que decidira. "No Soup Kitchen."

"Como você sabia que eu estava ligando para convidá-la para almoçar comigo?"

A voz de Byron praticamente ronronou através da linha. Jane sentiu o coração disparar. "Achei que era outra pessoa", ela gaguejou.

"Poderia fingir ser", Byron sugeriu. "Já fui muitos homens diferentes desde que você me conheceu."

"Tenho certeza", afirmou Jane. "E não posso almoçar com nenhum deles. Já tenho um encontro marcado."

Byron suspirou como se estivesse profundamente decepcionado. "Perdi seu amor para outro homem", ele disse.

"Você nunca o teve para perder", Jane disparou.

"Veremos. Talvez jantar, então?"

"Não."

"Vou insistir até você concordar", afirmou Byron. "Além disso, tenho certeza de que você é capaz de encontrar algo melhor para comer do que aquilo que comeu na outra noite."

"Você me seguiu", disse Jane, irritada.

"Mais gente também saiu para caçar. Você não foi a única", afirmou Byron. "Qual era o nome do rapaz que você escolheu?

Paul? Aposto que tinha gosto de creme para acne. Fiquei surpreso que você tenha conseguido digeri-lo."

"Alimento-me para sobreviver", Jane falou baixinho, receosa de que Lucy pudesse escutá-la. "E não por prazer."

"É uma diferença entre nós", afirmou Byron. "Descobri que gosto de comida americana."

"Vou desligar", Jane informou-lhe. "Por favor, não volte a me ligar."

"Espere", Byron disse, interrompendo-a. "Você não me disse quando podemos nos encontrar de novo."

Jane fechou os olhos e cerrou os dentes. Ele já dissera que não pararia de incomodá-la até ela concordar em vê-lo, e Jane sabia que ele não brincava com isso. Ela teria de vê-lo, mas não entregaria os pontos tão facilmente.

"Você saberá", ela disse.

Ela escutou Byron rindo baixinho. "Muito bem. Mas lembre: não sou um homem paciente."

"Até logo", Jane disse, e desligou.

Ela não conseguia acreditar na montanha-russa que estava sendo aquela manhã. Primeiro, houve a euforia em relação às notícias incríveis de Kelly, e, agora, ela se sentia para baixo pelo fato de sua vida ter virado de ponta-cabeça com a chegada de Byron. No meio, estava Walter. O doce e amável Walter, que só queria que ela o amasse.

Homens, ela pensou. *A ruína das mulheres desde que Adão culpou Eva por aquela estúpida maçã.* Ela se perguntou se era muito tarde para virar lésbica. "Tenho certeza de que também não é fácil para elas", ela disse para o recinto vazio. "O amor é perigoso para todos."

Pelo resto da manhã, Jane ficou no escritório, pondo em dia a papelada interminável, consultando os catálogos das editoras para saber que livros pedir, e, em geral, tentando evitar interagir com qualquer outra pessoa. Estava se sentindo puxada em muitas direções para pensar corretamente, e seus pensamentos iam de uma coisa a outra enquanto tentava ordenar as ideias a respeito do seu livro, de Walter, de Byron e de quase toda sua vida. Pensou simplesmente em desaparecer, fugir para outra cidade e recomeçar tudo. *Mas seria somente uma solução temporária. Também seria grosseiro.*

Exatamente uma da tarde, Walter bateu na porta do escritório. "Pronta?", ele perguntou.

"Só vou pegar meu casaco", informou Jane, fazendo exatamente isso.

Cinco minutos depois, eles estavam sentados em uma mesa no Soup Kitchen, consultando o cardápio.

"Acho que vou pedir sopa de mariscos", Walter disse. "E você?"

Jane escolheu algo ao acaso, sem se importar com o que colocaria no estômago. "Talvez frango com arroz selvagem."

Fizeram os pedidos e se acomodaram no que Jane considerou um silêncio incômodo.

"Quero me desculpar pela outra noite", Walter disse após alguns minutos.

"Do quê?", perguntou Jane.

"Por lhe perguntar a respeito de Brian", Walter explicou. "Não era da minha conta."

Jane colocou açúcar no seu chá gelado. "Ah, tudo bem. E você me perdoe por ter sido tão misteriosa a respeito da coisa toda. Espero que não tenha ficado chateado."

"Um pouco, talvez", Walter admitiu, brincando com o garfo. "Afinal, ele é um cara popular."

"Você acha?", perguntou Jane.

"Todas as mulheres da cidade estão impressionadas com Brian", ele informou. "Elas o seguem por aí."

Para sua surpresa, Jane sentiu uma pontada de ciúmes. Ela afastou o sentimento pondo um pouco mais de açúcar no seu chá, girando a colherzinha vigorosamente.

"Pessoalmente, acho que é o sotaque. As mulheres parecem amar homens com pronúncia britânica", afirmou Walter.

"É escocesa, na realidade", disse Jane, automaticamente. "Mas são praticamente as mesmas", acrescentou, apressadamente.

"De qualquer jeito, ele é um sucesso."

A sopa chegou naquele momento, poupando Jane de ter de dar uma resposta.

"Também quero pedir desculpas por outra coisa", afirmou Walter. "Desculpe-me por não ter lhe falado nada a respeito de Evelyn."

Jane olhou para ele, com meia colher na boca.

"Sherman me disse que você e ele conversaram sobre Evelyn na festa de réveillon. Devia ter falado a respeito dela para você há muito tempo."

"Walter, você não tem de...", começou Jane.

"Sim, eu tenho", ele interrompeu.

Jane se concentrou na sopa. Segredos eram algo que ela não estava preparada para dividir com Walter. Mas ela o deixou falar, não só porque isso evitava que ela tivesse de falar, mas também porque sinceramente queria ouvir o que ele tinha para dizer.

"Por muito tempo me culpei pela morte dela", ele revelou. "Sei que não foi minha culpa, mas me perguntava, repetidamente, por que não entrei na água com ela, por que não estava lá. Por que não pude salvá-la. No fim, me cansei de ficar fazendo essas perguntas. E não quis mais falar a respeito. Não que eu tenha me esquecido de Evelyn, mas, em minha mente, essa perda aconteceu para outra pessoa. Não para mim, mas para algum outro homem. Faz sentido?"

Jane estava quase chorando. O que Walter dizia era muito parecido com o que ela sentia em relação à perda da sua própria família. Ela estendeu o braço e pegou a mão de Walter. Naquele momento, sentiu como se dividissem algo que ia além da simples amizade ou mesmo amor.

"Faz sentido", ela disse, enquanto uma lágrima rolava pelo seu rosto. "Faz todo o sentido do mundo."

CAPÍTULO 14

Fugiu furiosa do aposento. O que Jonathan propôs era impensável. Ela nunca podia aceitar aquele arranjo, nem mesmo para proteger Charles da dor. Ela amaldiçoou sua vaidade. Ela também se amaldiçoou por admitir Charles no seu coração. Ao fazer isso, ela talvez tivesse condenado os dois.

— JANE AUSTEN, *CONSTANCE*, PÁGINA 181 DO MANUSCRITO.

Lucy bocejou e sacudiu a cabeça. "Não sei o que está acontecendo comigo. Sinto como se não tivesse dormido", ela disse para Jane, na manhã seguinte.

"É todo o café que você bebe", Jane provocou. Lucy estava na terceira xícara e mal passavam das dez da manhã.

"Talvez", afirmou Lucy, tomando mais um gole. "Mas não bebi nada de café ontem à noite." Ela pousou a xícara. "Além disso, tive sonhos muito estranhos."

"Como assim?", Jane perguntou, enquanto arrumava um expositor com os novos lançamentos. Ela estava com um humor especialmente agradável. Além de estar se sentindo bem por causa da conversa que ela e Walter tiveram alguns dias atrás, Byron também não a tinha incomodado mais. Embora a presença dele em Brakeston ainda fosse perturbadora, e Jane tivesse certeza de que ele a atormentaria em breve, por enquanto ela estava decidida a aproveitar a relativa calma em sua vida.

"Eu estava em uma casa", revelou Lucy. "Perto de um lago. Não sei onde era nem como cheguei ali. Havia uma tempestade. Então, um homem apareceu. Ele estava usando uma máscara, imitando algum tipo de pássaro. Um corvo, acho."

Jane sentiu um calafrio percorrer sua espinha. Lucy continuou: "Ele pegou minha mão e me levou para o quarto". Ela olhou para Jane e sorriu com timidez. "É algo embaraçoso", admitiu. "Não foi como esses sonhos comuns em que um homem transa comigo."

"Continue", pediu Jane, pigarreando.

"Bem, na cama, estendi minha mão para tirar a máscara dele. Lembro de tocar as penas e lembro-me de afastar a máscara. Vi de relance o rosto dele antes de acordar."

"Você se lembra da aparência dele?", perguntou Jane, com o coração disparado.

"É engraçado. Às vezes, acho que lembro muito bem. Posso até descrever mentalmente. Mas, então, tudo muda para outra coisa e esqueço-me da aparência do primeiro rosto. É como se estivesse vendo ele em um espelho, mas o espelho reflete outros homens que estão passando atrás de mim."

"Sei", afirmou Jane. Uma ideia terrível estava se formando em sua mente, uma que ela não quis cogitar nem mesmo por um instante.

Lucy coçou o pescoço. Jane, ao notar, teve de reprimir o pânico que estava começando a sentir.

"Malditas picadas de aranha", queixou-se Lucy. "Elas coçam muito. Ei, talvez elas tenham provocado os sonhos. Veneno de aranha." Ela riu. "Não seria diferente?"

Jane se aproximou de Lucy, abandonando o expositor. "Deixe-me ver", ela disse, tentando manter a voz firme. Afastou os cabelos de Lucy e examinou o pescoço dela. Como temia, duas marcas vermelhas minúsculas apareciam alguns centímetros abaixo da orelha esquerda de Lucy. Tinham cicatrizado rapidamente. Não é de se estranhar que Lucy considerava que fossem picadas de inseto.

"Acho que você tem razão", afirmou Jane. A mão dela começou a tremer e ela a afastou rapidamente. "Não coce. Você vai piorar o machucado."

Lucy respondeu com um bocejo, que tampou com a mão. "Estou tão cansada", ela disse.

"Melhor você tirar a tarde para descansar", Jane sugeriu. "Você pode estar tendo uma pequena reação às picadas das aranhas. Tenho de fazer algumas coisas, mas devo estar de volta em uma hora, mais ou menos. Posso cuidar das coisas pelo resto do dia."

Lucy esfregou os olhos. "Talvez eu me sinta melhor depois de tomar um pouco mais de café", ela disse.

Não, você não deve, Jane pensou. Os efeitos de uma mordida não desaparecem tão rápido. Nem os efeitos do sonho que Byron aparentemente plantou nos pensamentos de Lucy. Ele fez isso de propósito, é claro, sabendo que Lucy provavelmente contaria para Jane. Ele também sabia que Jane faria o que ela estava prestes a fazer.

"Volto logo", ela garantiu para Lucy. "Lembre: não coce."

Jane saiu da livraria e entrou no carro. Enquanto dirigia para a casa de Byron, se prometeu a si mesma que não deixaria que ele brincasse com ela. "Nada das loucuras dele", ela disse.

Jane estacionou no meio-fio e caminhou até a porta principal da casa. Só quando tocou a campainha ocorreu-lhe que Byron podia não estar. Mas, então, ela ouviu a voz dele: "Um momento, por favor".

Quando Byron viu Jane parada na soleira da porta, abriu um grande sorriso. "Que surpresa. Entre", ele disse.

Jane entrou. Logo começou a falar, mas parou quando viu o interior da casa. Fora meticulosamente restaurado. Era muito bonito. A marcenaria de nogueira fora toda despida de anos de pinturas e revestimentos, o vitral no alto da escadaria fora reparado, e as luminárias e outros acessórios foram substituídos por peças de época. Mesmo o papel de parede — um elegante desenho de William Morris de papoulas cor-de-rosa sobre um fundo negro — parecia original da casa.

Walter fez um trabalho excelente, Jane pensou. Ela ficou tão deslumbrada pela casa que quase esqueceu o motivo que a levara até ali. Então, lembrou. Sem esperar por Byron, entrou na sala de estar e parou atrás de uma *bergère* de couro. "Eu sei o que você fez com Lucy", ela informou enquanto ele entrava no recinto. "Como ousa?"

"Não achei que ela fosse inacessível para mim", Byron disse, inocentemente. "Além disso, não a exauri. Só tomei um ou dois goles." Ele sorriu, com maldade.

"Pare com esses seus joguinhos!", Jane exigiu, com o rosto corado e o maxilar tremendo. "Deixe-a em paz!"

"Você gosta muito dela, não? Talvez ela seja quase como uma filha para você, não é mesmo?" Ele fez uma pausa momentânea e, então, apontou o dedo para Jane. "Não. Filha, não. Uma irmã."

Jane compreendeu perfeitamente o que Byron quis dizer. Ela apoiou as mãos no encosto da poltrona, agarrando com tanta força que as unhas deixaram marcas no couro.

"Você não vai mais tocar nela." Ela escandiu as palavras como se fossem uma arma.

"Não sei por que não deveria", Byron respondeu, franzindo as sobrancelhas. "Afinal, ela é apenas uma garota."

Ele avançou pela sala e chegou tão perto de Jane que ela achou que ele fosse beijá-la.

"Não é Lucy que eu quero", ele disse. "É você. Mas enquanto você não se entrega para mim tenho de me contentar com o que tenho."

"Você não vai me ter", afirmou Jane.

Byron chegou ainda mais perto. "Então, terei Lucy", ele disse. "Talvez eu até mesmo a torne imortal. Você acha que ela gostaria disso?"

"Não. Você não pode", Jane respondeu, quase sem conseguir falar.

"É claro que posso", disse Byron, rindo e se afastando. "Quem vai me deter?" Ele estalou os dedos. "Ou talvez não seja uma companhia feminina que eu precise. Talvez seja o momento de um amigo. Um cavalheiro com quem eu possa discutir literatura."

Walter, Jane pensou. *Ele está pensando em Walter.*

"Sim", afirmou Byron, como se lesse os pensamentos dela. "Pode ser interessante. Por outro lado, não há motivo para que eu não possa ter os dois."

"Chega. O que você quer?", Jane perguntou.

"Você sabe o que eu quero, Jane. Eu quero você", Byron respondeu, rindo.

"E como isso funcionaria?", Jane quis saber. Sua raiva estava voltando e isso conferiu uma incisividade irônica à sua voz. "Nós nos casaríamos e moraríamos aqui? Nós nos tornaríamos membros respeitáveis da comunidade? É assim que você vê a coisa funcionando?"

"Espero que você parta comigo", ele disse, com a expressão severa. "Para a Inglaterra, de onde somos."

"Ah", exclamou Jane. "Talvez possamos fixar residência nas margens do lago de Genebra. Acredito que uma estrela de cinema veraneia em nossa antiga casa agora. George Clooney, acho, ou talvez os Jolie-Pitts. Mas tenho certeza de que nos deixariam alugar a casa no resto do ano."

Jane fitou Byron, esperando uma das suas famosas explosões de mau humor. Ela o tinha pressionado, talvez muito, mas não conseguiu conter sua raiva. Ficou surpresa quando Byron riu ruidosamente.

"Você mudou muito desde nosso último encontro", ele disse. "Gosto disso."

Byron ficou subitamente pensativo. "Você sabe que essa vida dos seus sonhos tem de acabar um dia", disse, por fim. "O que você tem, mais cinco anos? Talvez dez? Quantos anos? Você vai contar para seu Walter quem é você? Você vai convertê-lo?"

"Nunca faria isso", Jane falou, asperamente.

"Convertê-lo? Ou contar para ele?"

Jane desviou o olhar, em silêncio.

"Viu, você já decidiu. O que deixa somente minha proposta", Byron disse.

Jane balançava a cabeça enquanto Byron falava. Naquele instante, ela encheu-se de coragem e ergueu a cabeça. "Não amo você", ela afirmou, com firmeza.

Uma vez mais Byron riu dela. "Quem falou algo a respeito de amor?", ele contestou. "Nós dois somos muito velhos para acreditar na felicidade eterna, Jane."

"Talvez você não acredite", Jane disse.

"O amor é, na vida de um homem, uma coisa à parte", Byron afirmou, sorrindo. "Para a mulher, é a existência completa."

"Pare de se autocitar", Jane pediu. "É vaidoso até para você."

"No entanto, você sabe que é verdade."

"Ainda não sou tão cínica."

"Dê mais um tempo", Byron afirmou. "De qualquer modo, minha proposta permanece a mesma. Venha comigo ou sacrificarei Lucy e Walter. É esse o preço que você está disposta a pagar?"

Jane conteve a vontade de escapar dali. Seria inútil. Byron a encontraria. E também sabia que, se ela o rejeitasse, ele faria exatamente o que estava ameaçando fazer.

"Walter nunca entenderia o que você é", afirmou Byron, interrompendo os pensamentos de Jane. "E você o observaria envelhecer e morrer. Comigo, você não sofreria isso."

"Sim. Seria mais fácil."

"Então você já decidiu. Ótimo."

"Eu decidi", Jane respondeu, sua voz ganhando força à medida que falava. Ela respirou fundo. "Decidi contar para eles a verdade."

CAPÍTULO 15

Ela fechou os olhos. Os braços dele a enlaçaram, puxando-a para perto. Os dedos dele acariciaram seus cabelos. Ela resistiu somente por um instante. Então, ela abriu os olhos e observou o rosto dele. Enquanto ele a beijava, ela imaginou que era a boca de Charles.

— **JANE AUSTEN, *CONSTANCE*, PÁGINA 181 DO MANUSCRITO.**

"Você acredita em fantasmas?"

Walter, que estava cortando cenouras em cubos, parou por um momento. "Não sei", ele respondeu. "E você, acredita?"

Walter reiniciou seu trabalho com a faca. O som da faca contra a tábua era irritante. Os nervos de Jane já estavam desgastados e o som soava em seus ouvidos como se alguém estivesse batendo na porta incessantemente. *Quem pode cortar assim verduras inofensivas?*, ela se viu pensando. Jane queria que ele parasse.

"Eu costumava vê-los", ela disse, falando mais alto do que o habitual, para ser ouvida. "Quando era criança."

Walter terminou de cortar as cenouras, colocou-as em uma panela e pegou uma cebola. "Verdade?", ele disse. Ele não pareceu incrédulo nem zombeteiro, e Jane se perguntou se ele a ouviu. "Minha avó acreditava que podia ver fantasmas."

Jane estava fazendo a salada para acompanhar o jantar. Rasgava as folhas de alface. Fez um trabalho tão meticuloso que formou uma pilha constituída por pedacinhos que lembravam confetes verdes úmidos. Eram imprestáveis, e ela rapidamente jogou-os na lata de lixo antes de Walter poder vê-los. A conversa não estava indo tão bem quanto esperava, principalmente porque Jane não tinha ideia de como começar.

"Sim", Jane disse. "Diversas vezes. Uma vez era um homem que ficava nas escadas de uma igreja, e outra vez, era uma garotinha que apareceu no nosso jardim. Ela disse que estava procurando por seu gato. Ela disse que seu nome era Mogger."

"Ela falou com você?", Walter perguntou, enquanto cortava a cebola no meio. Embora estivesse a alguns metros de distância, os olhos de Jane começaram a lacrimejar quase imediatamente.

"Isso não é estranho?", Jane disse.

Walter deu de ombros. "Quem pode saber? Há mais coisas entre o céu e a terra do que supõe nossa vã filosofia, Horácio."

"Hamlet era maluco, é claro", Jane respondeu. "Mas o sentimento é apreciado."

"Por que você está perguntando?", Walter quis saber. "Você anda vendo fantasmas?"

Jane fez um gesto negativo de cabeça e cortou com força uma nova folha de alface. *Queria que isso fosse tudo*, ela pensou. Para Walter, Jane disse: "Não. É que justo hoje Lucy falou a respeito deles e percebi que não sei se você acredita nessas... coisas", ela concluiu, desajeitada.

Depois de terminar de cortar a cebola, Walter lavou as mãos e as secou com um pano de prato. "Coisas", ele repetiu.

"Sim. Coisas."

"Como fantasmas", Walter afirmou.

"Fantasmas", Jane concordou. "E... Não sei. Deus, suponho. Céu. Inferno. O que acontece quando morremos."

Walter fez um ar de espanto. "Essas são grandes perguntas", ele disse. "Acho que vou precisar de um vinho se tiver de enfrentá-las. Você gostaria?"

"Por favor", Jane respondeu.

Walter pegou duas taças do armário e escolheu uma garrafa entre meia dúzia deitada no porta-vinhos. Ele desarrolhou a garrafa e encheu as taças, entregando uma para Jane.

"Isso vai levar cerca de trinta minutos", Walter disse, indicando com a cabeça um cozido de cordeiro que borbulhava no fogão. "Por que não nos sentamos?"

Jane abandonou com gratidão a desastrosa salada e acompanhou Walter até a sala de estar. Ele tinha acendido a lareira, e o recinto estava aquecido e tinha um pouco o cheiro de fumaça de pinho. Sob outras circunstâncias, Jane teria relaxado, mas considerando o que ela estava prestes a fazer, sentia-se incapaz disso.

"Você quer começar com fantasmas e chegar até Deus, ou começar com Ele e descer até fantasmas?", Walter perguntou, enquanto afundava nas almofadas do sofá. Jane ameaçou sentar-se em uma das cadeiras, mas Walter deu um tapinha no lugar ao lado dele. "Sente-se aqui", ele pediu.

Embora Jane estivesse querendo manter alguma distância entre eles, ela fez o que Walter pediu. No entanto, sentou-se o mais longe possível dele, sem parecer que o estava rejeitando.

Ele virou de lado, com o braço estendido atrás do sofá, e olhou para ela: "Deus ou fantasmas?", ele perguntou.

"Deus", Jane respondeu. "Pode ser melhor tratar da coisa maior primeiro."

"Fui criado como episcopal", Walter começou, apoiando o copo de vinho no seu joelho. "Em geral, celebrávamos o Natal e a Páscoa, mas não gostava das cerimônias." Ele riu. "Em certo momento, na faculdade, pensei na possibilidade de fazer o seminário, até perceber que era só porque eu achava que não conseguiria pagar a pós-graduação. Se não fosse por uma bolsa de estudos, poderia muito bem estar dando sermões em vez de arrumando pisos de madeira e restaurando fachadas vitorianas."

"Então, você não acredita em Deus?", Jane perguntou.

Walter bebeu um pouco de vinho antes de responder. "Existe algum modo de realmente saber? Pode-se provar?"

"Um pouco como os fantasmas", afirmou Jane, cautelosamente.

"Exceto se você disser que viu e falou com eles", Walter a lembrou. "Algumas pessoas acreditam que falam com Deus regularmente, e que Ele responde. Só por causa de você ou de mim, não significa que elas estão mentindo."

"Verdade", afirmou Jane. "Então, você acha que as coisas — as criaturas — podem existir. O que para a maioria das pessoas parece completamente improvável?"

"Me dê um exemplo", pediu Walter.

"Unicórnios", Jane deixou escapar, depois de pensar por um momento. "Anjos. Lobisomens. Vampiros." Ela quase murmurou a última palavra.

"Agora eu sei o que provocou isso", Walter afirmou. "Você e Lucy estão lendo aqueles livros de Posey Frost, não estão? Sei que você acha que eles não têm valor, mas sinto que você é incapaz de resistir."

Levou certo tempo para Jane entender que Walter estava fazendo referência a uma série muito popular a respeito de uma mulher que era uma estilista consagrada de lingerie de dia e uma caçadora de monstros à noite. Eram romances muito ruins, mas vendiam muito. Jane tentou ler um, mas desistiu logo na página quinze, quando a heroína, a ardente Vivienne Minx, matou um demônio com um espartilho.

"Você me pegou", afirmou Jane, com uma expressão comicamente culpada.

"As pessoas, sem dúvida, adoram fazer de conta que essas coisas existem", Walter disse, depois de pensar um pouco. "Mas se elas existem ou não, quem pode saber?"

"Você é impossível", afirmou Jane.

"O que você quer me dizer?", perguntou Walter. "É possível a existência de Deus, fantasmas ou lobisomens? Sem dúvida. Tudo é possível. Mas eu vi algum? Sei se eles existem? Não!"

"Muito bem", disse Jane.

"Não seja louca", afirmou Walter.

"Não sou louca", Jane falou, em um tom que contradisse suas palavras. "Só achei que, se vamos continuar nos vendo, deveríamos ser capazes de conversar a respeito de qualquer coisa."

"Estamos conversando", Walter disse. "Você tem certeza de que não há outra coisa que você quer falar? Você quer saber realmente o que penso acerca de Deus?"

"Não. Quer dizer, sim. Não acerca de Deus. Na realidade, não me importo a respeito do que você pensa acerca de Deus."

"Então o que é?", Walter quis saber.

Jane se virou e olhou para ele. Era agora ou nunca. "Há algo que você precisa saber a meu respeito", ela começou. "Algo importante. Acerca de quem sou. A respeito do que eu sou."

"O que você é? Não entendi. Do que estamos falando aqui?", perguntou Walter, com os olhos arregalados. "Você é uma cientologista!", ele exclamou. "É isso. Ou uma seguidora da Wicca! Ei, tudo bem para mim."

"Não", Jane disse, erguendo as mãos. "Não sou nenhuma dessas coisas. Sou..."

Walter estava olhando para ela com uma expressão inquiridora. Jane observou o olhar honesto e cordial dele, e percebeu que ele acreditava, de todo coração, que, o que quer que ela dissesse, ele seria capaz de lidar. *Eis o quanto ele se importa comigo*, ela pensou.

"Vou ser publicada", ela se ouviu dizendo.

"Publicada?", Walter afirmou, piscando.

"Publicada", Jane confirmou, perguntando-se de onde aquela revelação tinha vindo. "Um romance."

"Você escreveu um romance?", Walter quis saber. "Por que não falou nada?"

"Não sei", Jane respondeu. "Acho que eu temia parecer uma idiota se não conseguisse vendê-lo."

"Um romance", Walter repetiu. Ele estava radiante. "Bem, meus parabéns! Estou muito orgulhoso de você."

Walter escorregou pelo sofá e deu um abraço em Jane. "Como se chama?", ele perguntou.

Jane não conseguiu se lembrar por um instante. "*Constance*", falou, por fim.

"*Constance*", Walter repetiu. "Como surgiu esse título?"

"Deixe pensar", Jane respondeu.

"Não consigo acreditar", Walter interveio, batendo a mão no joelho dela. "Achei que íamos ter uma conversa séria a respeito da nossa incompatibilidade em relação a pontos de vista religiosos. Unicórnios. Vampiros." Ele riu. "Você realmente me enganou."

"Enganei, não?", Jane disse. "Bem, agora não é mais segredo."

"Há quanto tempo você sabe?", Walter perguntou.

"Não muito", Jane respondeu. "Algumas semanas."

"Por isso você foi para Nova York?"

"Foi."

"Sem dúvida, você é surpreendente", Walter disse. "Uau. Um romance. Isso é incrível, Jane. Realmente incrível. Mal posso esperar para lê-lo." Então, ele lançou um olhar sério. "Há algum outro segredo que você está escondendo de mim?"

"Acho que não", Jane respondeu. Ela tomou um gole de vinho e engasgou. "Não, não existe", acrescentou quando conseguiu falar de novo.

"Alguém mais sabe?", Walter quis saber.

"Só você", Jane respondeu. "E gostaria que isso ficasse entre nós por enquanto. Não quero as pessoas fazendo um grande alvoroço por causa disso. É só um livro."

"Não é só um livro. É o seu livro. E isso é muito importante. Você é uma escritora não inédita."

E uma vampira imortal, bebedora de sangue, Jane pensou. "Essa sou eu", ela disse, animadamente.

No jantar, Walter só quis falar a respeito da obra. Jane lhe deu pedacinhos do livro como se fossem bocados de comida, em quantidade suficiente para mantê-lo satisfeito, mas não o bastante para que ele soubesse de tudo. Agora que ela revelara sua publicação iminente, percebeu que o livro era, na realidade, uma distração bem-vinda em relação ao seu problema real. Esse ainda subsistia em sua mente. Jane não tinha revelado para Walter seu segredo mais importante, o único que provavelmente resultaria na morte dele se ela o mantivesse por muito mais tempo.

"Teremos uma grande festa de lançamento na livraria", Walter disse. "Ah, e você terá de fazer uma leitura."

No fim do jantar, Jane estava exausta de ouvir Walter falar a respeito do seu livro. Às oito e meia, ela o agradeceu pelo convite, deu-lhe um beijo de boa noite e foi embora sentindo tanto alívio quanto culpa. Ela não fizera nada para melhorar sua situação em relação à ameaça de Byron.

Jane entrou em sua casa, meio esperando encontrar Byron sentado na sala de estar de novo. Quase teria preferido isso. Ao menos, saberia que Walter e Lucy estavam seguros por ora.

"Não acho que ele fará algo no momento", Jane disse, em voz alta, enquanto subia para o quarto.

"Será que não?"

Jane, assustada, soltou um grito sufocado. Na sua cama, Byron estava deitado, com as mãos atrás da cabeça, completamente nu. Tom estava empoleirado sobre sua barriga, observando Jane sem interesse.

"O que você está fazendo aqui?"

"Esperando por você", afirmou Byron. "Suponho que a conversa com seu namorado deu certo. Ele pareceu aceitar as novidades surpreendentemente bem."

"Ainda não sei", Jane respondeu. Em seguida, ocorreu-lhe um pensamento. "Você ficou nos espionando", ela disse.

"Reconheço a culpa", Byron disse. "Para ser honesto, estava esperando mais do evento. Foi realmente decepcionante."

Ele nos viu, Jane pensou. *Mas ele nos ouviu?* Sendo assim, então Byron saberia que ela realmente não contou para Walter a respeito do seu segredo. Mas se isso fosse verdade, por que ele não estava zombando dela por seu fracasso? Será que ele sabia que ela estava blefando?

"Walter é muito compreensivo", ela afirmou.

Byron se virou, empurrando Tom para fora da cama. O gato saiu do quarto, deixando-os sozinhos. Jane procurava evitar olhar algo além do rosto de Byron, mas ele dificultava isso.

"E você contou para a jovem Lucy?"

"Ainda não."

Byron esfregou os dedos no peito. "Então, ainda posso visitá-la", ele informou. "É, sem dúvida, uma... possibilidade apetitosa."

"Não se atreva!", Jane exclamou. "Eu vou contar para ela."

"Ah, mas você ainda não contou", afirmou Byron. Ele sentou-se reto e estendeu o braço para pegar a calça, que estava no chão.

"Não", Jane pediu, segurando o braço dele. "Por favor."

"Minha querida Jane", Byron murmurou, acariciando o rosto dela com a mão livre. "Minha bela e querida Jane. Por você, faço qualquer coisa."

"Então deixe Lucy em paz", Jane implorou.

"Muito bem", Byron afirmou. "Mas se não for para dividir a cama com ela, então exijo uma substituta."

Jane, entendendo muito bem o que ele quis dizer, começou a se afastar. Então, a boca de Byron se abriu, revelando dois caninos muito afiados.

"Estou faminto, Jane", disse Byron, com a voz baixa e sedutora. "Ah, muito faminto."

Jane imaginou Lucy adormecida em sua cama, com Byron a observando. Ele já tinha se alimentado dela uma vez. Outra mordida, e ela estava propensa a se converter. A não ser que ele a matasse. E o que decidiria a questão eram as palavras que Jane diria a seguir. Ela fechou os olhos e imaginou Lucy sorrindo.

"Tudo bem", ela disse. "Fique comigo."

CAPÍTULO 16

Ela se perguntou se realmente existia expiação. Será que Charles, se soubesse quem ela realmente era, a perdoaria?

— JANE AUSTEN, *CONSTANCE*, PÁGINA 207 DO MANUSCRITO.

Byron partiu de manhã. A única prova da sua presença eram os golpes que Jane sentia em sua cabeça, como badaladas dos sinos de igreja. Todo seu corpo doía, e Jane mal conseguia suportar a claridade. Havia esquecido como era quando dois da sua espécie se juntavam. Todos os sentidos se intensificavam, mas a desvantagem era que as fragilidades também se acentuavam. Jane ficou extremamente faminta. Odiava procurar por alimentos de manhã, mas teria de fazer isso se quisesse chegar ao final do dia.

Primeiro, no entanto, Jane tinha de ter certeza de que Byron havia cumprido o trato até o fim. Pegou o telefone e ligou para Lucy. Enquanto aguardava, coçou vagarosamente as marcas minúsculas de mordida em sua coxa.

"Alô?"

"Lucy?", Jane disse. "Sou eu." Então, ela percebeu que não tinha elaborado nenhuma desculpa para justificar a chamada para Lucy às — ela deu uma olhada no relógio — oito e vinte e dois da manhã.

"Oi, Jane", disse Lucy. "Como vai?"

"Tudo bem", Jane respondeu, tentando fazer sua brumosa mente funcionar. "Eu, hum, só queria saber se você quer que eu compre uma rosca para você quando eu for para a livraria."

"Com certeza."

"Ótimo. Qual?"

"Que tal recheada com passas e ricota?"

"É só esperar", Jane disse, com muito entusiasmo. "Vejo você em cerca de uma hora. Ah, me diga, como estão aquelas picadas de aranha?"

"Tudo bem. Não estão mais coçando."

"E você dormiu bem?"

"Como um bebê. Algo mais, mamãe?"

"Engraçadinha. Vejo você daqui uma hora."

Jane desligou, sentindo-se uma completa idiota. O que Lucy deve pensar dela? "E você dormiu bem?", ela disse, imitando sua própria voz. "Honestamente, você, às vezes, é uma completa idiota, Jane Austen. Jane Fairfax", corrigiu-se. Sua cabeça recomeçou a doer.

Após um banho rápido, Jane passou na delicatéssen e comprou algumas roscas. O cheiro da comida a enjoou, e ela sabia que não podia resistir por muito mais tempo. Tinha de se alimentar, e o mais breve possível.

O problema era que não havia tempo suficiente para Jane ir a algum dos seus locais habituais. Ela teria de caçar localmente, o que era um grande problema, na melhor das circunstâncias. À luz do dia, com apenas vinte minutos de tempo para chegar à livraria, era quase impossível. No entanto, não tinha opção.

Jane dirigiu a esmo por alguns minutos, esperando que o "café da manhã" caísse em seu colo. Pensou na possibilidade e rejeitou um praticante de corrida, um bêbado dormindo no ponto de ônibus e um homem entregando frutas em uma quitanda. Ela estava prestes a retornar para o bêbado quando se viu na frente de uma igreja. Uma placa do lado de fora dizia: "Deus está sempre pronto para ouvir. Confissões durante todo o dia".

Não, ela disse para si mesma ao ver a placa. *Você não pode. Isso não está certo.*

Apesar disso, dirigiu o carro até a esquina e parou numa vaga reservada para os clientes de um salão de cabeleireiro ainda fechado. No assento traseiro do automóvel, pegou sua bolsa de roupas de caça e escolheu uma peruca curta loira, que vestiu e ajeitou da melhor forma possível. Já estava usando óculos escuros, para proteger seus olhos cada vez mais sensíveis, e cobriu quase todo rosto com um lenço de pescoço.

Ao sair do carro, caminhou rapidamente até a igreja e subiu os degraus. No interior, correu os olhos pelo santuário. O confessionário ficava à direita. As cortinas dos recintos dos penitentes estavam abertas, mas a que cobria o recinto central do padre estava fechada.

Jane entrou no confessionário à esquerda e fechou a cortina. Ajoelhada sobre o estreito apoio acolchoado, esperou até a janelinha da parede que a separava do padre deslizar para trás. Só conseguiu distinguir o contorno do rosto dele quando ele disse: "O que você tem a confessar, filha?"

Concentrando-se, Jane falou com uma voz muito diferente da sua. "Perdoe-me, padre", ela disse, com as palavras soando mais como um feitiço do que uma confissão. "Eu pequei."

Jane raramente utilizava seu poder encantatório. Mas, às vezes, tinha de usar meios mais esotéricos. Naquele momento, fez isso. Sabia que, ao falar, suas palavras enevoavam a mente do padre.

"Sim?", o padre disse, parecendo confuso.

"Eu menti. Perdoe-me."

"Você está perdoada", o padre afirmou, embora não parecendo seguro disso. "Você deve..." A voz dele extinguiu-se aos poucos.

Jane saiu do confessionário e entrou em silêncio no recinto do padre. Ele estava sentado em uma cadeira dobrável comum, olhando para frente com um sorriso beatífico. Jane se curvou e retirou o colarinho em torno do pescoço dele. Em seguida, segurou com cuidado a cabeça do padre nas mãos e se alimentou.

Quase imediatamente se sentiu melhor. Em um minuto, a cabeça parou de doer e os olhos, de arder. Bebeu só mais um pouco de sangue do padre antes de soltá-lo. Pegando um lenço de papel do bolso do casaco, fez uma pressão contra as duas pequenas picadas na garganta dele. Após pararem de sangrar, recolocou o colarinho e o prendeu.

"Perdoe-me, padre", Jane disse, e saiu correndo da igreja.

Jane chegou à livraria quando Lucy estava abrindo a porta. Lucy esperou Jane sair do carro. "Cortou e tingiu o cabelo?", Lucy perguntou.

Jane, não entendendo, disse: "Não fui à cabeleireira".

"Parece que foi", Lucy respondeu.

Então, Jane se lembrou da peruca. Ela se esquecera de tirá-la. "Ah, isso", ela disse. "Certo. Estava só experimentando. O que você acha? Dizem que as loiras são mais sexies."

Lucy observou a peruca, mordendo os lábios. "Sinceramente? Faz você parecer uma mãe que passa o dia levando os filhos do judô para a natação, passando pela aula de inglês."

"Acho que você tem razão", Jane afirmou, abrindo a porta e entrando na livraria. "Foi uma má ideia." Ela pôs o saco da delicatéssen sobre o balcão e tirou a peruca.

Lucy abriu o saco e pegou uma rosca. "Está tudo bem?", perguntou.

"É claro. Por quê?"

"Você parece um pouco... Não sei. Ansiosa", Lucy disse. "Você nunca ligou para minha casa antes. Não de manhã. E a peruca. Não parece você."

Jane se ocupou tirando o casaco e arrumando os cabelos. Não sabia como responder ao questionamento de Lucy. Não podia contar para Lucy que tinha passado a noite com Lorde Byron, a fim de salvá-la de se juntar às fileiras dos mortos-vivos, e que, logo cedo, havia seduzido um padre a fim de beber um pouco do seu sangue. No entanto, tinha de dizer alguma coisa. Por tudo que sabia, Byron as observava, pois observara seu encontro com Walter na noite passada.

"Você tem razão", Jane disse. "Nem tudo está bem."

Lucy mastigou um pedaço da rosca e a engoliu. "O que está acontecendo?", perguntou. "Problemas com Walter? A livraria não está indo bem? Eu fiz alguma coisa errada?"

"Não", Jane respondeu, rapidamente. "Não. Você não fez nada. E Walter e a livraria estão bem. É outra coisa."

"Alguém está visitando você?", perguntou Lucy, parecendo simpática.

"Não...", Jane começou a falar, mas logo percebeu que Lucy estava usando seu eufemismo favorito para falar de menstruação. "Não", Jane disse. "Não tenho visitas no momento."

"Bem, então não sei o que pode ser", Lucy afirmou. "Ah, a menos que você esteja grávida. Esqueci dessa possibilidade."

"Não estou grávida", afirmou Jane.

Lucy amassou o papel de embrulho da sua rosca. "Então, desisto."

Jane começou a dizer alguma coisa, fez uma pausa e, em seguida, olhou nos olhos de Lucy e afirmou: "Brian George é um vampiro. E, como quis o destino, eu também sou. Ele está ameaçando prejudicar você e Walter se eu não fugir com ele.

Sinceramente, não sei o que fazer. Ah, e Brian a visitou na outra noite e mordeu seu pescoço. Não foram aranhas".

Jane e Lucy ficaram se fitando no que pareceu uma eternidade. Naquele momento, que ela falara a verdade, Jane se sentiu muito melhor. Naturalmente, Lucy ia achar que ela estava louca, mas não havia nada que pudesse fazer a respeito. *A não ser que dissesse a Lucy que era tudo uma brincadeira.*

Na verdade, Jane estava prestes a dizer isso, ao menos para romper o silêncio, quando Lucy disse: "Isso ainda não explica a peruca".

"A peruca. Certo. Bem..."

"Tudo bem", interveio Lucy. "Não preciso saber. De qualquer jeito, já sabia a respeito da coisa de vampiros."

"O quê? Você sabia? Mas como?", Jane se surpreendeu.

"Brian me contou", Lucy explicou. "Ontem. Bem, na realidade, ontem à noite. Ele me levou para jantar."

"E ele contou para você que ele e eu somos vampiros?"

Lucy fez que sim com um gesto de cabeça. "Porém, ele não falou nada de ter entrado no meu quarto na outra noite. Estou chateada com isso."

"Espere", Jane disse, erguendo as mãos. "Você acredita nele?"

"Você mesma acabou de dizer...", Lucy começou a falar.

"Eu sei o que eu disse", Jane interveio. "Essa não é a questão. A questão é que você não parece nem um pouco perturbada com as revelações."

"Não diria isso", revelou Lucy. "Há toda essa coisa de ele ter invadido o meu quarto."

"Vamos deixar isso de lado por um momento, tudo bem?", Jane disse. "Vamos começar na seguinte parte: você realmente acredita que ele e eu somos vampiros", prosseguiu. "Vampiros!", repetiu. "Somos mortos-vivos. Bebemos sangue. Todas essas coisas nojentas."

"Tenho uma ideia geral do que isso significa, Jane."

"Sim, Lucy, mas você está me dizendo que realmente acredita que eles... nós... existimos".

"Por que não?", Lucy afirmou. "Um monte de gente acredita que um cara invisível no céu criou o mundo. Meu tio Todd acredita que foi abduzido por extraterrestres e tem um chip de rastreamento implantado na cabeça. Além disso, estão sempre descobrindo coisas novas que nunca vimos antes. Na semana passada, um pesquisador, na Amazônia, descobriu uma rã que mata sua presa por meio de som. Para mim, isso é uma coisa ainda mais estranha do que vampiros."

"Você está sendo muito racional", Jane afirmou. "Você não tem medo do que isso significa?"

"Talvez um pouco", Lucy admitiu. "Mas também é romântico, sabe. Como Vivienne Minx." Assim que disse esse nome, cobriu a boca com a mão.

"Você lê Posey Frost!", exclamou Jane.

"Só o primeiro livro da série", Lucy revelou. "Juro. Tudo bem, talvez os dois ou os três primeiros. É isso. Não consegui resistir."

"Como você pôde?", Jane perguntou, chocada.

"Eu?", afirmou Lucy. "Quem é que se esqueceu de mencionar algo a respeito de ser uma vampira?"

"Você tem razão", Jane afirmou. "Você tem razão. Peço desculpas."

"Além disso, os livros não são tão ruins", Lucy acrescentou. "Quero dizer, tenho certeza de que Posey entendeu mal certas coisas, mas eu não seria capaz de dizer." Ela hesitou por um instante e, em seguida, perguntou: "Então, os lobisomens também são reais?"

"Falaremos mais sobre isso depois", afirmou Jane. "O importante é que você precisa ficar longe de Brian." Ela não sabia se Byron tinha revelado sua identidade verdadeira para Lucy. Mais importante, não sabia se ele tinha revelado a identidade dela para sua assistente. Desconfiou que não, já que Lucy dificilmente seria capaz de ficar em silêncio a esse respeito.

"Tudo bem", afirmou Lucy. "Nós estamos bem. Só tive de dizer para Brian que eu deixaria que ele me convertesse numa vampira."

"O quê?", Jane quase gritou. "Você concordaria em deixar que ele fizesse o quê?"

"Que ele me convertesse numa vampira", Lucy repetiu. "Brian disse que não era nenhuma grande coisa."

"Ah, eu vou matá-lo", afirmou Jane. "Primeiro, ele mentiu para mim para poder passar a noite comigo e, agora, você está dizendo que Brian pediu para você concordar em deixar que ele a convertesse?"

"Ele passou a noite com você?", Lucy perguntou. Ela pareceu magoada. "Ele me disse que ia trabalhar no livro dele."

"Isso não me surpreende", falou Jane. "Primeira lição: não acredite em vampiros. Os do sexo masculino, em geral. Brian, em particular."

Os olhos de Lucy começaram a lacrimejar. Jane se aproximou dela e a abraçou. "Ah, querida. Não deixe que ele a machuque. Ele não merece. Acredite em mim."

"Mas ele disse coisas tão bonitas", afirmou Lucy. "Recitou poesias."

"Sim, ele é muito bom nisso", Jane informou.

"O que nós vamos fazer?", Lucy perguntou, fungando.

"Ainda não sei", Jane respondeu. "Mas o que quer que seja, ele vai querer nunca ter morrido."

CAPÍTULO 17

Ao ver Jonathan conversando com a jovem Minerva Jones-Lipton, Constance sentiu vontade de correr até a garota e arrancá-la do caminho do sofrimento. Enquanto Minerva balbuciava, Jonathan a observava atentamente, com seus olhos escuros brilhando. Lembrava um abutre vigiando um desatento ratinho silvestre, esperando o melhor momento para mergulhar e levar a presa agarrada em suas garras.

— **JANE AUSTEN, CONSTANCE, PÁGINA 227 DO MANUSCRITO.**

"Quantos anos você tem exatamente?", Lucy perguntou.

"Idade suficiente para não responder essa pergunta", Jane afirmou. Ela estava abrindo espaço no armário do corredor, descobrindo que tinha muitos casacos e xales.

"Tudo bem", Lucy disse. "Mas estamos falando de idade suficiente para ter participado de uma festa com os Beatles ou com Mozart?"

"Podemos discutir isso outra hora."

Jane ainda não dera detalhes a respeito de sua identidade para Lucy, e não decidira se daria. Apesar da surpreendente disposição de Lucy para acreditar em sua história, Jane estava arrependida de ter contado. *Onde eu estava com a cabeça?*, ela se perguntou, tirando três guarda-chuvas do armário.

Jane culpou Byron. Se ele não a tivesse seduzido, Lucy teria ficado lúcida. Pior, ela cedeu com base nas mentiras dele. Ele já tinha se revelado para Lucy. *De diversas maneiras, tenho certeza*, Jane pensou. *Que homem horrível.*

Mas o que estava feito, estava feito. Naquele momento, a única coisa a fazer era tentar arruinar os planos de Byron. E Jane tinha sugerido algo que achou que poderia dar conta do recado.

"Ele deve chegar a qualquer momento", ela disse para Lucy. "Você está pronta?"

"Acho que sim."

"Bom", afirmou Jane, respirando fundo. "Você fica aqui até chegar o momento."

"Como vou saber?", Lucy perguntou.

"Confie em mim", afirmou Jane. "Você saberá."

A campainha tocou e Jane pôs o dedo sobre a boca. "Dentro", murmurou, empurrando Lucy para o interior do armário e arrumando os casacos da melhor forma possível para ocultar a garota. "Ah, e não se esqueça disso." Ela entregou algo para Lucy.

Lucy concordou com um gesto de cabeça e Jane fechou a porta. Jane examinou sua aparência no espelho do corredor e, em seguida, foi receber Byron. Ao abrir a porta, ele ofereceu seu sorriso mais encantador para ela.

"Boa noite", ele disse com uma voz tenebrosa, saída diretamente de um filme de Bela Lugosi.

"Pare com isso", afirmou Jane. "Essa piada não tem graça há décadas."

"Pessoalmente, considero-a um sucesso com as damas", ele disse, entrando.

"Chamar de damas as mulheres que você associa ao termo é ampliar um pouco o conceito, você não acha?", perguntou Jane.

"Você está de mau humor esta noite", Byron afirmou, rindo. "O que provocou isso?"

"O que você acha? Tive dor de cabeça durante todo o dia."

"Ah. Sinto muito. Fazia tanto tempo assim que você não ficava com alguém da sua espécie?"

"Você foi o último", Jane revelou.

"Sério? Que incrível. Você não se associou com ninguém do nosso povo durante todos esses anos?"

"Não dessa maneira", Jane afirmou. "E, em geral, não. Associei-me nos primeiros cinquenta anos, mais ou menos. Mas achei a maioria dos nossos enfadonhos."

"E os seres humanos não são?"

"Nós somos seres humanos. Ou, ao menos, éramos."

"Verdade", Byron concordou. "Mas não mais. Não sou agora o que fui."

"Você realmente pensa bastante a respeito da sua obra, não?"

"Nesse caso, acho que a crítica concordaria comigo", Byron respondeu. "Se me recordo bem, *Childe Harold* também era uma das minhas obras de que você mais gostava."

Jane sentou-se no sofá. "Sim", disse ela. "Bem, de qualquer modo, agora somos seres humanos muito velhos. Por favor, sente-se."

Byron, então, sentou-se na extremidade oposta do sofá. Ele ficou observando Jane cautelosamente. "Por que você me chamou?"

"Fiquei pensando", Jane afirmou, atentamente, pousando as mãos no colo. "A respeito da sua... oferta."

"E?", Byron quis saber, com curiosidade.

"E acho que cheguei a uma solução."

Byron ficou em silêncio por um minuto. Ele fixou os olhos sobre Jane. Ela se forçou a enfrentar a contemplação dele, sem piscar. "E posso saber qual?", Byron perguntou, finalmente.

"Como você sabe, contei para Walter a meu respeito."

"Aparentemente sim."

Jane hesitou. Muito do seu plano dependia do fato de Byron acreditar ou não na mentira que ela estava prestes a contar. "Ele concordou em me compartilhar com você", ela informou.

"É sério?", Byron exclamou, parecendo realmente surpreso. "E por que ele concordaria com tal coisa?"

"Porque ele me ama", afirmou Jane. "Ele prefere me compartilhar a me perder completamente."

Byron mudou de posição no sofá. *Ele está engolindo a história*, Jane pensou. Ela sentiu alguma esperança.

"Devo dizer que estou um pouco decepcionado", disse Byron. "Esperava um pouco mais de espírito de luta da parte dele. Tentando cravar uma estaca no meu coração ou algo assim. Isso é... inesperado."

"Também me surpreendi", afirmou Jane. "Mas foi ideia dele, não minha."

"E como esse arranjo funcionaria?"

"Acho que existem diversas opções. Noites alternadas. Um fim de semana para cada um. Ou nós três poderíamos dividir a mesma cama."

"Dividir a mesma cama?", exclamou Byron, aparentemente chocado.

"Sim", afirmou Jane. "Walter parece disposto e, afinal, você ficou conhecido por ter tido casos com um ou dois homens."

"Sabia que devia ter queimado aquelas cartas", ele disse, desviando o olhar.

"É muito tarde agora", Jane afirmou, gentilmente. "Isso é até mencionado em seu verbete na Wikipédia. Além disso, ninguém se importa mais com isso."

"Não sei", Byron disse, parecendo uma criança petulante. "Acho que não quero compartilhar. Quero você inteira para mim." Então, surpreendentemente, ele sorriu. "Você consultou meu nome na Wikipédia?", ele perguntou.

Jane o ignorou. "Então, receio que temos um problema", ela disse. "Não quero deixar Walter."

"Eu vou matá-lo!", Byron declarou.

"Então, você nunca vai me ter", Jane disse, com firmeza. "Além disso, sempre posso convertê-lo se for este o caso."

Os olhos de Byron dardejavam para todos os lados. Jane percebeu que ele estava desesperado. Ele odiava perder. Jane rogou para que ele jogasse a carta que ela esperava.

"A garota!", Byron exclamou, como se tivesse acabado de se lembrar dela. "Vou matá-la. O sangue dela vai acabar em suas mãos."

"Ainda assim, você não me teria", afirmou Jane.

Byron ficou furioso. Ele levantou-se bruscamente, com os punhos cerrados.

"Então, vou convertê-la!", ele gritou. "Vou transformá-la em uma de nós."

Jane não disse nada. Contava com seu silêncio para enfurecer Byron ainda mais. Previsivelmente, isso aconteceu. Ele lançou-se sobre Jane, caindo perto dela no sofá e agarrando seus ombros.

"Eu farei isso, Jane! Você sabe que farei. A menos que você concorde em ser minha e somente minha."

"Por favor", Jane pediu. "Não faça isso. Ela não fez nada para merecer isso". Ela forçou uma lágrima.

"Ela faz você se lembrar da sua irmã", afirmou Byron. "Posso ver isso." A voz dele ficou alegre. Ele achou que tinha encontrado o ponto fraco de Jane.

"Lucy merece uma vida normal", Jane afirmou. "Não essa." Ela esperava que Byron não revelasse que Lucy já tinha concordado em se tornar uma vampira se ele desejasse. O que aconteceria a seguir dependia disso.

"Então faça sua escolha", Byron exigiu, sentando-se. "Venha comigo ou eu converterei a garota."

Nesse momento, a porta do armário abriu e Lucy surgiu. "Você se atrasou!", ela gritou.

Byron a encarou, boquiaberto. Em seguida, olhou para Jane. Parecia muito confuso.

"Eu já converti Lucy", afirmou Jane.

"Não", exclamou Byron.

"Você tem razão", Jane falou para ele. "Lucy me faz lembrar da minha irmã. Tanto que decidi que não posso viver sem ela. Assim, podemos ficar juntas para sempre."

Lucy se aproximou do sofá. "Você disse que me amava", ela disse para Byron, com raiva. "Mas você só me usou para ter Jane."

Lucy se ajoelhou no chão, aos pés de Jane. Jane pôs sua mão de modo protetor sobre a cabeça de Lucy, acariciando seus cabelos. Em resposta, Lucy abriu a boca, revelando dois caninos brancos reluzentes.

"Você está vendo?", Jane perguntou para Byron. "Você ficou sem nada para me ameaçar."

"Posso ainda matar os dois", afirmou Byron.

"Correndo o risco de ser estigmatizado como traidor?", disse Jane, rindo. "Você conhece as regras tão bem quanto eu. Você seria caçado até os confins da terra."

Na realidade, Jane não sabia se isso era verdade, mas tinha ouvido muito a esse respeito, e esperava que Byron tivesse também. Ela esperou por uma resposta dele e ficou surpresa quando tudo o que ele fez foi ficar de pé e caminhar até a porta. Ele não olhou para trás quando saiu da casa.

"O que significa isso?", Lucy perguntou, depois de um minuto da saída dele, sem sinal do seu retorno.

"Não sei", Jane respondeu. "Acho que ele acreditou."

Lucy ergueu a mão e tirou os dois dentes de vampiro de plástico que estava usando. "Graças a Deus que ainda tinha alguns deles na loja de conveniência", ela disse, esfregando a gengiva. "Achei que só vendesse na época do Halloween."

"Você representou seu papel muito bem", afirmou Jane. "Obrigada."

"Não me agradeça", Lucy disse. "Você fez todo o trabalho. Sinceramente, não consigo acreditar que ele tenha se deixado enganar."

"Nós eliminamos as opções dele", Jane afirmou. "Sem você ou Walter, ele ficou sem nenhum trunfo para me ameaçar."

"Mas Walter não sabe a seu respeito e eu não sou uma vampira", Lucy a lembrou.

"Mas Brian não sabe disso", Jane também a lembrou. "E, na realidade, não há jeito de ele descobrir."

"Ele deve ter sido um imbecil completo quando estava vivo", Lucy comentou.

Jane pensou em contar para Lucy que ela tinha acabado de escapar de ser transformada em uma vampira por um dos poetas mais famosos de todos os tempos. Provavelmente, Lucy amaria isso. Mas quanto menos a garota soubesse a respeito de Byron, menos ela saberia a respeito de Jane. Jane ainda não estava pronta para contar tudo a Lucy.

"Eu realmente lembro sua irmã para você?", perguntou Lucy.

"Sim", Jane respondeu.

"Qual era o nome dela?"

Jane hesitou. Será que ela devia inventar uma irmã para manter seu segredo? Lucy acreditaria em qualquer coisa que ela dissesse. *Ela merece um pouco de verdade*, Jane refletiu.

"Cassandra", ela disse. "Cassie."

"Cassie", Lucy repetiu. "É um bonito nome."

"Ela teria gostado de você", afirmou Jane.

Elas sentaram-se juntas, olhando para o fogo da lareira. Jane pensou em Cassie. Realmente, Lucy era bastante parecida com ela. As duas tinham um senso de humor refinado. As duas aceitavam a vida como se apresentava para elas. As duas a faziam se sentir como se ela tivesse alguém no mundo em quem podia confiar.

"O que vamos fazer agora?", perguntou Lucy.

"Vamos esperar e ver", respondeu Jane. "Brian vai fazer algo. Lidaremos com isso quando acontecer."

"E eu achei que ele gostava de mim", afirmou Lucy. "Que idiota eu fui."

"Não mais do que eu fui no passado", disse Jane. "Eu também acreditei nele."

"Mas ele ama você", afirmou Lucy.

"Não ama", disse Jane. "Ele só quer acreditar que ama. Ele está começando a perceber como é solitário passar a eternidade sozinho."

"Eternidade", Lucy repetiu. "É um tempo muito longo", brincou. Então, Lucy ficou séria. "Você vai viver para sempre?", perguntou.

"Não sei", Jane respondeu. "As lendas afirmam isso, mas descobri que elas são muitas vezes apenas lendas. Ainda assim, já passou um bom tempo."

"Desde a Grande Depressão ou desde a queda do Império Romano?", Lucy perguntou.

Jane deu um tapinha na cabeça de Lucy. "Chega de perguntas", ela disse. "Tudo no seu tempo."

"Você tem de me contar alguma coisa", ela protestou. "Afinal, eu quase abri mão da minha alma por você."

"Outra lenda", Jane afirmou. "O diabo não tem nada a ver com isso. Minha alma ainda está intacta, muito obrigada. Mas você tem razão: eu devo algo a você. Então, aqui vai uma dica: certa vez, sentei-me em torno de uma mesa enquanto madame Blavatsky tentava evocar meu fantasma para um grupo de investigadores de curiosidades. Ela não tinha ideia de que eu estava sentada na frente dela, e você pode imaginar sua surpresa quando meu espírito começou a falar para os convidados reunidos. Que fraude era aquela mulher."

"Puxa! Isso explicou tudo", Lucy exclamou. "Obrigada."

"Receio que é tudo que você vai conseguir hoje à noite", disse Jane. "Agora, para o quarto de hóspedes. Acho melhor você dormir aqui esta noite. É difícil dizer o que Byron... Brian... vai fazer."

Lucy olhou para Jane e começou a dizer alguma coisa. Então, ela se virou e caminhou até a escada. "Boa noite", ela desejou. "Vejo você pela manhã."

"Boa noite", Jane respondeu. "Já subo. Só quero trancar tudo por aqui."

Lucy subiu e Jane começou a trancar a casa. Ela se perguntou se Lucy ouvira seu ato falho e, sendo assim, compreendera o que significava. *Provavelmente ela vai me interrogar sobre isso pela manhã*, pensou.

Jane verificou a porta da cozinha e as janelas, embora isso fosse um tanto inútil. Byron seria capaz de entrar na casa se quisesse. Mas ela se sentia melhor fazendo isso. Depois, sentou-se em uma cadeira perto da lareira. Embora gostasse disso, pensou se não seria melhor subir e se certificar de que Lucy estava segura. Então, Tom pulou no seu colo e se enroscou.

Jane abriu um livro e começou a ler, mas seus pensamentos se voltavam para Byron. Será que ele realmente os deixaria em paz? Por mais que quisesse acreditar que o ardil o convencera de que ele ficou sem opções para chantageá-la, ela não tinha nenhuma certeza disso. Lucy não poderia representar o papel de uma vampira para sempre, e, no fim, Byron descobriria o disfarce. Quanto a Walter, bastaria uma conversa incisiva com ele para Byron perceber que Walter não tinha a menor ideia do que estava acontecendo.

Jane contava com o orgulho de Byron. Este seria a ruína dele. Byron odiava perder, principalmente nos assuntos do coração, e ela esperava que aquilo que ele acreditava ser sua derrota nessa esfera o forçaria a desistir. Se ele não desistisse, ela teria de contar para Walter e, apesar do que dissera para Byron, não tinha certeza de que Walter seria tão compreensivo quanto ela o pintou.

"Será que cometi um erro?", Jane perguntou para Tom. Ele olhou para ela por um instante, bocejou e voltou a dormir.

"Achei que você diria isso", brincou Jane.

Ela voltou ao livro. O início era chato, mas ela esperava que melhorasse. Seria uma longa noite.

CAPÍTULO 18

Ela tinha vontade de mostrar os poemas para Charles. Queria ouvi-lo lendo-os em voz alta, e desejava saber a opinião dele. No entanto, a ideia de revelar sua paixão por ele e o risco de que ele pudesse rir dela, eram ainda piores do que Charles se afastar enojado ao saber do seu envolvimento com Jonathan Brut.

— JANE AUSTEN, *CONSTANCE*, PÁGINA 139 DO MANUSCRITO.

"O que você disse? Ele foi embora?"

Jane e Lucy trocaram um olhar enquanto esperavam pela resposta de Walter à pergunta de Jane.

"Ele foi embora", Walter repetiu. "Ontem à noite. Aparentemente, houve uma emergência na família. Hoje cedo passei na casa dele para terminar um trabalho na balaustrada da varanda e achei isso colado na porta." Ele acenou um pedaço de papel amarrotado para elas.

"Foi um pouco rude da parte dele deixar para você apenas um bilhete", afirmou Jane, reprimindo um sorriso.

"Escritores", disse Walter. Ele olhou para Jane: "Desculpe".

Lucy, ocupada desembrulhando uma caixa de livros, falou: "Isso é uma pena. Ele parecia um homem tão interessante".

"Não é a palavra que eu usaria", afirmou Walter. "Quer dizer, entendo que houve uma emergência, mas ir embora dessa maneira?"

Jane estava tendo dificuldade para conter seu entusiasmo. Se Byron partiu realmente (e ela não estava totalmente convencida disso), então seu plano funcionou melhor do que ela esperava. Mas ela não podia parecer tão satisfeita na frente de Walter, que não tinha ideia do que Byron teve vontade de fazer com ele.

"Preciso voltar ao trabalho", Walter informou, com impaciência. "Só tinha de contar a novidade para alguém."

"Tudo bem, Walter", Jane disse, fingindo uma expressão de pena. "Essas coisas acontecem."

Walter murmurou algo ininteligível como resposta. "Vejo você mais tarde", ele falou.

Depois da saída de Walter, Lucy se virou para Jane: "Conseguimos!", ela gritou, dando um forte abraço em Jane.

"Talvez", Jane disse. "Ainda precisamos ficar de olhos abertos."

"Pena que ele não autografou alguns desses exemplares antes de partir", Lucy disse. Ela deixou cair um exemplar de *Os poemas completos de Lorde Byron* sobre o balcão. Jane observou o livro por um instante.

"Então, você me ouviu", ela disse. "Eu desconfiava."

"Desde o início, achei que ele parecia alguém", afirmou Lucy. "Pensei em um ator ou em um cliente que estivera na livraria antes. Então, quando você o chamou de Byron, a ficha caiu. Eu o tinha visto antes. Na capa deste livro."

Jane examinou o retrato na capa. “Ele é muito bonito, não é?”

“Muito”, respondeu Lucy. “Um gato. Um gato mentiroso, traiçoeiro e sanguessuga.” Ela encostou-se no balcão. “E você, Jane, quem é?”

“Por que teria de ser alguém?”, Jane perguntou. “Talvez eu seja apenas uma mulher comum, que se envolveu com o tipo errado de homem. Isso é incomum?”

“Pode ser”, Lucy admitiu. “Mas não acho.”

“E por que não?”

“Porque encontrei isto na sua penteadeira”, respondeu Lucy, mostrando um medalhão. Estava aberto e dentro havia um pequeno retrato em aquarela de Cassie.

“Você espionou!”, Jane disse entre os dentes.

“Na realidade, não. Fui até seu quarto para ver se você tinha uma escova de cabelo. O medalhão estava aberto sobre a penteadeira.”

“Mas você o roubou”, Jane disse. “Isso é ainda pior.”

“Eu não roubei. Eu peguei emprestado. Para comparar com este retrato.” Lucy mostrou uma das diversas biografias de Jane Austen à venda na livraria. O livro estava aberto em um retrato de Cassandra. “É a mesma pessoa.”

“Então eu tenho um retrato num medalhão que se parece com esse do livro”, Jane disse. “E daí?”

“Não há salvação”, afirmou Lucy, fechando o livro com força. “Fale!”

Nervosa, Jane embaralhou alguns papéis sobre o balcão. “Tudo bem”, ela disse. “Sim, essa é Cassie. E sim, eu sou...” Ela não conseguiu falar.

“Jane Austen”, Lucy disse, em um tom triunfante. “Você é Jane Austen.” Ela enunciou cada palavra separadamente. Então, ficou parada, boquiaberta, fitando Jane. “Você é Jane Austen”, voltou a dizer, dessa vez com a voz cheia de reverência. "Jane Austen. Você é Jane Austen."

"Sabe, você não precisa ficar me lembrando disso tantas vezes", Jane galhofou.

Lucy balançou a cabeça como se estivesse tentando acordar. "Isso é muito estranho. Tudo bem essa coisa de vampiro. Quer dizer, é bizarro, mas tudo bem. E também tudo bem essa coisa do Byron. Mas isso... Isso é demais." Ela contemplou Jane. "Você é Jane Austen. Que piração!"

"Ah, pelo amor de Deus!", Jane exclamou. "Sim, eu sou Jane Austen. E eu sou uma vampira. E, como você disse, isso é uma piração. Mas é isso aí." Ela estava falando alto. Ficou em silêncio por um instante para se acalmar. Depois, voltou a falar. "Sinto muito. Esqueci que você não teve o tempo que eu tive para digerir tudo isso."

"Certo, Jane. Mas acho que já digeri."

"Como? Até um minuto atrás você estava agindo como se tivesse acabado de ver Papai Noel."

"Sim, Jane, tudo bem, já foi..."

"Você tem certeza de que está se sentindo bem? Você quer deitar, Lucy?"

"Você parece diferente dos seus retratos. Mais bonita."

"Obrigada", disse Jane, algo surpresa. "Sempre me achei um pouco tímida nesses retratos. Também mudei meus cabelos, sabe."

Lucy sorria. "Walter sabe que está namorando Jane Austen?"

"Não", respondeu Jane de pronto. "E ele não vai saber. Lucy, prometa que você vai ficar calada. Se contar, direi a ele que você está pirando, que é viciada em analgésicos ou algo assim."

"Relaxe", afirmou Lucy. "Não vou contar para ninguém. Por um lado, não faria algo assim. Por outro, devo a você minha salvação de ser a escrava sexual vampira de Lorde Byron." Ela hesitou. "Na realidade, talvez eu devesse sentir raiva de você por causa disso."

"Não sei como contaria para Walter. Claro que deveria contar", Jane disse.

"Você está brincando? Você sabe o tipo de pressão que colocaria sobre os ombros do cara?"

"Bem, naturalmente, seria difícil ele aceitar essa coisa de vampira."

"A coisa de vampira?", Lucy exclamou. "Estou falando do fato de você ser Jane Austen. Como seria para você ser o cara que sai com Jane Austen?"

"Isso seria uma coisa ruim?", perguntou Jane, confusa. "Quer dizer, além do óbvio."

"Hum, sim... Quem mandou você criar o Sr. Darcy? Ele é o ideal de toda mulher, Jane. De alguns homens também. Que homem pode viver à altura disso?"

"Você está me acusando de impossibilitar que um homem viva à altura de uma imagem?"

"Sim, Jane. Não negue isso."

"Eu nego, Lucy. Ele é apenas um personagem de um romance."

"Apenas um personagem? Apenas um romance?" Lucy localizou um exemplar de *Orgulho e preconceito* e o agitou no ar. "Este é o maior romance já escrito."

"Você não é a primeira pessoa a dizer isso", Jane disse, ruborizada, tentando parecer modesta.

"Confie em mim, Jane. Não conte nada para Walter. Ao menos, não antes de vocês casarem."

"Casarem? O que faz você achar que eu vou casar com ele?"

"Eu li seus livros. É exatamente como um deles."

"Como assim? Nunca escrevi a respeito de um vampiro na minha vida."

"Esqueça a coisa do vampiro", disse Lucy. "Nos seus livros, a mocinha conhece um homem encantador e de bom coração, que adora ela, mas que ela acha um pouco chato."

"Não, senhora."

"Sim, senhora", afirmou Lucy. "Mas tudo bem. Por outro lado, ela também conhece um cara incrivelmente sexy, mas totalmente mau, que ela não consegue tirar da cabeça."

"Continue", pediu Jane. Agora que Lucy tinha chamado a atenção para o fato, Jane teve de admitir que seus livros eram realmente assim.

"Bem, em algum momento, ela acaba percebendo que o cara bonzinho é um companheiro muito melhor para ela. Então, no fim, eles se casam", concluiu Lucy.

"Walter nunca tocou no assunto de casamento", revelou Jane. "Não diretamente." Ela não contou para Lucy que Walter tinha falado nisso algumas vezes, mas que ela simplesmente fingiu que não.

"Os tempos mudaram", Lucy afirmou. "Por que você não pergunta para ele?"

"Os tempos podem ter mudado", Jane concordou. "Mas eu não. Ao menos, não tanto. Seja como for, não sei se quero me casar com Walter."

"Não me diga que há outro gatinho na história."

A imagem de Kelly surgiu na mente de Jane. "Não", ela disse. "Só não sei se estou pronta para o casamento. Também tem toda a coisa... bem, você sabe", Jane concluiu. Ela mostrou seus dentes, com os caninos projetando-se sobre seu lábio inferior.

"Ele não vai se importar", afirmou Lucy.

"Não quero mais falar sobre isso", Jane disse. "Já houve muita emoção para um único dia."

"É verdade", Lucy concordou. "Suponho que terei de me acostumar em ser seu Alfred."

"Meu o quê?"

"Seu Alfred", Lucy repetiu. "Como no Batman."

"Batman?", repetiu Jane, sem entender.

"Alfred era o mordomo de Bruce Wayne", Lucy explicou. "Ele sabia que Bruce Wayne era o Batman, mas mantinha sua identidade em segredo."

"Ah, certo. Não tinha considerado a questão dessa maneira."

"Precisamos de uma batcaverna. Um refúgio secreto."

"Acho que é aqui", afirmou Jane, indicando o interior da livraria. "Não sou uma super-heroína."

"Você deve ter alguns poderes", Lucy insistiu. "Quais? Ah... Você é capaz de voar?"

"Não", respondeu Jane. "Nem consigo me transformar em um morcego. Então, nem precisa perguntar."

"Por favor! Nenhum poder? Sério?"

"Não fico resfriada", Jane admitiu. "Enxergo muito bem. Não preciso dormir, mas durmo. Minhas feridas cicatrizam rapidamente, ao menos as não sérias. Tenho força bastante para nunca ter de pedir ajuda para abrir as tampas das garrafas. Além disso, não, não há nada de extraordinário em relação à minha pessoa." Ela não mencionou sua capacidade de enfeitiçar, e sentiu culpa, mas imaginou que talvez precisasse usá-la em Lucy algum dia.

"Exceto a parte de que você pode viver para sempre", Lucy sugeriu.

"Sim, exceto isso", afirmou Jane. "Mas acredite, isso tem um preço."

Lucy fez uma careta. "Podemos, ao menos, ter fantasias?", ela sugeriu.

"Fico feliz por você se divertir com isso", disse Jane. "Mas tente se lembrar de que essa é a minha vida."

"Desculpe", pediu Lucy. "É que você é a primeira vampira que eu conheço. E você é Jane Austen. É difícil não ficar um pouco excitada."

"Posso ser todas essas coisas, mas ainda sou sua chefe e isso aqui ainda é uma livraria. Vamos trabalhar um pouco?"

Jane pediu para Lucy reorganizar a seção de livros infantis e foi para o escritório reunir seus pensamentos. Tudo havia mudado da noite para o dia. Pela primeira vez em algum tempo, alguém, além de Byron e alguns outros vampiros, conhecia sua identidade. Ela estava se arriscando muito ao confiar em que Lucy manteria seu segredo. *Ela é jovem*, pensou. *Ela pode cometer um erro.* Perguntou-se se talvez não seria o caso de deixar Brakeston. Então, se Lucy dissesse qualquer coisa, todos achariam que ela era louca. *Não posso fazer isso com ela*, Jane pensou. Também não podia deixar Lucy e Walter expostos ao perigo representado por Byron. Mesmo se ele tivesse partido realmente, ele sempre poderia voltar.

Não, ela teria de ficar e teria de confiar em Lucy. Era a única coisa honrada a fazer. Mas e Walter? Ele não sabia de nada. Era justo esconder a verdade dele apesar de Lucy já saber? Jane sabia que não era. No entanto, também sabia que não poderia contar para ele.

"Você é uma covarde, Jane Fairfax", ela disse. "Você tem medo que Walter deixe de amar você se ele souber."

Era verdade. Embora não tivesse certeza de que poderia alguma vez casar com ele, não estava pronta para desistir dele. Era uma coisa horrível de perceber a respeito de si mesma, mas não havia o que fazer. Mais uma vez o rosto de Kelly surgiu em seu pensamento. Sim, também havia ele. Ela o achou atraente e ainda acreditava que Kelly era terreno o suficiente para aceitá-la do jeito que ela era. Mas ele não demonstrou nenhum interesse romântico por ela.

Realmente estou vivendo dentro de um dos meus romances, ela pensou.

Seu momento de autopiedade foi interrompido pela chegada do correio. "Aqui está, Jane", Paula disse, entregando uma pilha de correspondências. Paula separou um envelope branco. "Este estava na caixa do correio da estação. Sem selos e somente com seu nome nele. Tecnicamente, deveria cobrar de você o custo da postagem. Mas, dessa vez, deixa estar." Ela entregou o envelope para Jane fingindo não ver.

"Obrigada, Paula", Jane disse. Ela colocou a pilha sobre sua mesa e observou o envelope branco. Como Paula dissera, seu nome estava escrito com tinta preta, na frente do envelope, em letras compridas e finas. Deslizou o dedo ao longo do verso e retirou uma única folha de papel.

Minha querida Jane

Correndo o risco de soar melodramático, no momento em que você ler este bilhete, eu já terei partido. Mandei-o pelo correio em vez de deixar no degrau da sua porta ou em algum outro lugar mais óbvio porque não quero que você o leia antes de eu estar no meio do caminho para a Inglaterra. Minhas desculpas por esquecer seu endereço. Estou um pouco apressado. Tenho certeza de que o bilhete encontrará o caminho até você no momento oportuno.

Claro que você vai achar que me derrotou. E talvez tenha me derrotado mesmo. Mas foi somente uma única batalha. Agora estou convencido, mais do que nunca, que acabarmos juntos é o nosso destino.

Por enquanto, deixarei você com a vida que escolheu. Mas saiba que ficarei pensando em você e que algum dia eu voltarei.

Com todo o meu amor

A assinatura de Byron estava rabiscada no pé da página. Jane leu o bilhete mais uma vez e, em seguida, amassou-o e o jogou no lixo. *Somente uma única batalha*, ela pensou. *Quem ele pensa que é, Charles de Gaulle?*

CAPÍTULO 19

Que tipo de escritora ela queria ser? Ela nunca tinha considerado a questão. Agora, que lhe perguntaram, descobriu que queria contar histórias de mulheres. Não de mulheres cujo interesse principal na vida era o casamento, mas mulheres como ela, que queriam mais do que apenas um marido.

— JANE AUSTEN, *CONSTANCE*, PÁGINA 87 DO MANUSCRITO.

O inverno deu lugar à primavera, e, no fim, Jane parou de procurar Byron em todos os lugares. Ela ainda não tinha contado nada para Walter, e, após importuná-la durante semanas a respeito disso, Lucy parou, mas, principalmente, porque passou a atormentar Jane com outra coisa. O anúncio do lançamento de *Constance* apareceu em uma página inteira da *Publishers Weekly*, revista importante do mercado editorial, na primeira semana de março, alardeando como o "livro obrigatório do verão". A capa era apresentada de forma destacada, com uma foto de Jane, que, contra as objeções dela, Nick Trilling insistiu que usassem. Havia diversas notas elogiosas, e, na parte inferior do anúncio, revelava-se uma tiragem inicial de 50 mil exemplares.

"Quando você ia me contar?", Lucy perguntou, no dia que a revista chegou. "Quando eu abrisse a caixa dos livros?"

Desde então, a vida de Jane virou um turbilhão. Primeiro, as provas do livro chegaram, e ela passou duas semanas revisando-as. Diversas vezes, ligou para Kelly, aos prantos, porque estava convencida de que o romance era muito ruim e nunca devia ser publicado. Toda vez, ele a tranquilizava, assegurando que era um livro muito bom. Depois disso, houve o desagrado em relação à sua foto, que Walter tirou com sua câmera digital, e que Jane achou que a fazia parecer uma mulher que passava todo o tempo tricotando xales e compondo acrósticos. Nick a considerou perfeita, o que não minorou nenhum dos receios dela.

Houve uma trégua entre março e meados de abril, quando as primeiras resenhas começaram a aparecer. Foi quando as pessoas da cidade, além de Lucy e Walter, começaram a perceber que havia uma autora entre eles. Em pouco tempo, Jane se tornou uma espécie de celebridade de Brakeston, e não conseguia caminhar mais do que algumas quadras sem que alguém a parasse para cumprimentá-la pelo seu primeiro livro. Ela rapidamente adotou uma resposta padrão ("É muita gentileza sua") e aperfeiçoou a arte de parecer grata mas atarefada ("Adoraria bater um papo, mas tenho de ir ao banco antes de ele fechar. Sim, provavelmente darei uma festa quando o livro sair").

"Se soubesse que seria tão cansativo, nunca teria enviado o original", Jane se queixou para Walter uma noite após o jantar, em sua casa. "Ter de ser simpática o tempo todo está fazendo o meu rosto ter câimbras." Ela massageou o rosto e suspirou.

"É o preço a pagar pelo estrelato literário", Walter brincou.

Jane começou a falar algo a respeito de como as coisas eram mais fáceis quando seus livros eram publicados anonimamente, mas se calou em tempo. Estava ficando cada vez mais difícil lembrar-se do que ela podia ou não podia falar, e para quem. Começara a valorizar a liberdade que sentia quando falava com Lucy. Sempre ficava tensa por ter de se policiar em relação a Walter.

"Kelly me mandou uma resenha", ela disse para ele. "De um jornal de Chicago, acho. É elogiosa." Ela entregou o recorte para Walter, que leu em silêncio.

"Elogiosa?", ele disse quando acabou. "Jane, compara você com Inez Gossford. Não é só elogiosa, é muito elogiosa."

"Sim", Jane admitiu. "Ela é muito popular, não é?"

"Não comece com isso", ele disse, balançando o dedo para ela.

"Começar o quê?", ela quis saber.

"Essa coisa de popular *versus* erudito", Walter respondeu. "Detesto quando as pessoas tentam dizer que um é melhor que o outro. Como se os livros que as pessoas gostam de ler fossem de alguma forma inferiores aos livros que os esnobes eruditos aprovam."

"Nunca vi você tão irritado, Walter."

"Ah, é só uma implicância particular minha. Sempre que falo que gosto de certo livro, alguém diz algo depreciativo a respeito, falando que, se é popular, não pode ser erudito. É uma idiotice. Em seguida, ficam irritados quando os lembro que alguns dos livros que consideramos clássicos hoje foram considerados ficção popular na sua época. Dickens, por exemplo. Mesmo Austen."

Jane sentiu a tensão crescer, mas Walter, aparentemente, não percebeu. Ele continuou falando. "Onde estão todos os romances 'eruditos' daquele período?", perguntou, usando os dedos para enfatizar as aspas. "E quanto a Trollope? Seus livros sobre Barchester são basicamente novelas de tevê, embora, hoje, sejam considerados grandes romances ingleses. E você sabe o que os críticos do seu tempo disseram a respeito dele? Disseram que seu trabalho não podia ser levado a sério porque ele escrevia muito e admitiu que escrevia por dinheiro. Como se os escritores devessem mofar em sótãos úmidos esperando a inspiração chegar."

Jane não sabia o que dizer. Claro que ela sabia o que os críticos disseram sobre Trollope. Ficou indignada quando os maravilhosos livros dele foram tão cruelmente tratados. Ela mesma enfrentou alguns artigos terríveis. Mas ninguém se lembrava deles, agora recuperados por alguns acadêmicos, que insistem em registrar cada coisa minúscula a respeito da vida de uma pessoa. O que as pessoas se lembravam era que seus livros foram lidos e que eram agradáveis.

"Não quis parecer mal-agradecida em relação à resenha", Jane disse para Walter. "Eu gosto dos livros de Gossford. Acho que só estou com medo de não ser levada a sério."

"Eu levo você a sério", afirmou Walter. "Seus amigos levam você a sério. Você realmente se importa com a opinião de um crítico que nem mesmo sabe o que você pensa?"

"Bem, sim", respondeu Jane, depois de refletir por um momento. "Receio que sim. Ah, sei que é frívolo, mas não há nada a fazer. Me importo, Walter. É meu primeiro livro. Quero que os leitores gostem dele como eu gosto."

"Bem, até agora ninguém falou alguma coisa ruim a respeito dele", Walter a lembrou. "Tenho certeza de que alguém irá..."

"Obrigada", Jane interrompeu. "Isso me faz sentir muito melhor."

"Mas essa pessoa vai estar equivocada", Walter concluiu. "Você só tem de se lembrar disso."

Jane sabia que o que Walter disse era verdade. No entanto, era difícil deixar de ver o que estava sendo dito a respeito do livro. Além das resenhas que Kelly enviava para ela, Jane começou a consultar a Internet. Como o livro só estava disponível como cópia para resenha, não havia muito para ver, mas ela encontrou alguns blogs nos quais seu nome era mencionado. Como em relação às resenhas, a maioria das coisas escritas a seu respeito foi positiva, embora dois blogs fossem bastante críticos.

Um deles a incomodara em particular. Era um blog chamado Leitor Constante. A responsável era Violet Grey, acadêmica estudiosa da obra de Brontë, que se apresentava como especialista em "romances do coração". Ela tinha postado recentemente um texto sobre *Constance* — que ela admitia ainda não ter lido —, fazendo comentários depreciativos a respeito da foto de Jane e expressando dúvidas de que aquela "mulher, com uma expressão tão comedida, pudesse escrever algo carregado de paixão". Em um acesso de ressentimento, Jane deixou um comentário indignado (anonimamente, é claro) sobre o post, sugerindo que Grey limitasse seus comentários à obra. Ela não recebeu resposta.

"O que você quer fazer no grande dia?", Walter perguntou.

"Grande dia?", Jane respondeu, tentando se lembrar se tinha se esquecido de um aniversário ou feriado iminente.

"O dia do lançamento do seu livro", Walter explicou. "Devemos fazer alguma coisa para celebrar."

"Ainda não pensei a respeito", Jane afirmou. "Acho que podemos colocar um expositor na vitrine."

"Não estava falando da livraria", Walter disse. "Estava querendo saber o que você quer fazer."

"Deixe-me pensar a respeito, Walter."

"É só o começo, Jane."

"Kelly disse quase a mesma coisa para mim esta manhã."

"Ele tem razão. Você vai ser uma estrela. Eu sei."

Algo na voz de Walter perturbou Jane. "Você soou como se isso pudesse ser uma coisa ruim."

"Não é ruim", ele disse, sorrindo rapidamente. "Não para você. Talvez para mim."

"Por que seria ruim para você, Walter?"

"Você fará muito sucesso, Jane. Eu serei o empreiteiro da cidade pequena, que não pode oferecer nada a você."

Jane esperou que ele risse ou que dissesse que estava brincando. Depois que nada disso aconteceu, ela falou: "Você realmente está preocupado a respeito, não está?"

"Um pouco", admitiu Walter. "Do jeito que está, você já não quer casar comigo. Por que você mudaria de ideia depois de obter a atenção das pessoas do mundo literário? Então, você vai querer alguém como... como... Kelly ou... Brian George", ele concluiu.

Jane percebeu que Walter estava falando sério. *Conte a verdade para ele*, uma voz interior ordenou. *Conte agora.*

"Isso não é tudo", Jane afirmou, percebendo imediatamente que era a coisa errada a dizer. "O que eu quero dizer é... o casamento... você... eu..."

"Você não precisa dizer nada", Walter falou. "Sei como as coisas são. E estou feliz pelo fato de termos ficado juntos durante esse tempo. Sempre soube que não seria para sempre."

"Não", Jane disse, pegando a mão dele. "Você realmente não entende. Eu gosto de você. Muito."

"Mas?"

Jane sabia que, se fosse para contar a verdade para Walter, teria de ser naquele momento. Ela fechou os olhos. "Mas eu sou...", começou. Ela pôde sentir o nervosismo de Walter esperando ela continuar. *Simplesmente fale!*, a voz em sua mente gritou. *Simplesmente conte já para ele!*

"Sou celibatária", ela deixou escapar.

Jane abriu os olhos um pouco e observou a expressão de Walter. *Celibatária?*, pensou. *Foi o que você pensou primeiro?*

"Celibatária", Walter repetiu.

"Sim. Celibatária."

"Sei", Walter disse. Ele pigarreou. "Isso, sem dúvida, explica certas coisas. Posso perguntar: é uma coisa religiosa?"

"Não", Jane respondeu. "É mais uma... coisa espiritual. Tomei a decisão há cerca de doze anos... Me pareceu... uma decisão correta. Para mim. Não para todas as pessoas, é claro. Então, simplesmente nos extinguimos." Ela se calou, temerosa de dizer algo ainda mais estúpido se continuasse falando.

"Doze anos", repetiu Walter. "É muito tempo."

Jane concordou com um gesto de cabeça, mas ficou em silêncio.

"E esse é o motivo pelo qual você não quer um compromisso mais sério?"

Jane voltou a fazer que sim com a cabeça. "Não seria justo em relação a você", ela disse.

"Desculpe-me dizer isso, mas a decisão não deveria ser minha? Suponha que isso não tenha importância para mim. Suponha que exista alguma razão pela qual eu não possa... você sabe", Walter disse, fazendo um vago movimento com a mão na direção da sua virilidade. "Talvez eu tenha problemas físicos nessa região, ou não goste disso, ou tenha inibições em relação ao meu corpo."

"Mas você não tem nenhum problema, tem?", perguntou Jane.

"Não", ele respondeu. "Mas não é essa a questão. A questão é que você escondeu o fato de mim porque achou que ele me perturbaria. Você não me deu a chance de lhe dizer se me incomodaria ou não."

"Incomoda?", perguntou Jane, esquecendo-se de que inventara sua castidade exatamente para impedir uma discussão semelhante.

"Realmente, não sei", respondeu Walter, recostando-se na cadeira. "Passo sem isso há muito tempo. Talvez não tenha importância."

Jane ruborizou-se. Para seu alívio, Walter nunca tentara outra coisa além de beijá-la. Ela assumira que ele era muito cavalheiro para sugerir algo mais. A verdade era que Jane temia o que poderia acontecer se ela se relacionasse sexualmente com um ser humano. Se sua fome se tornasse insaciável, Walter ficaria em perigo. Quanto a ela, não tinha certeza de que um homem mortal pudesse satisfazê-la da mesma maneira que um vampiro.

"Preciso pensar um pouco", Walter disse. Ele deu uma risadinha nervosa. "E, durante todo esse tempo, achei que eu era o problema. Não que você tenha um problema", ele acrescentou, apressadamente. "Não estou dizendo isso."

"Eu sei o que você está dizendo. Tudo bem, Walter. Deveria ter contado para você antes. Acho que me senti constrangida."

"Você não tem de se sentir constrangida por causa disso, Jane."

Jane se sentia péssima. Mentiu para não ter de contar a ele o motivo real da sua relutância em assumir um compromisso mais sério. Em vez disso, Walter estava reassegurando a Jane que não havia nada de errado com ela. *Agora como contarei para ele?*, ela refletiu.

"Preciso ir", Walter informou. "É tarde e tenho de acordar cedo para ir a Syracuse buscar uma pia."

"Você está tentando ser gentil. Eu transtornei você. Desculpe me."

"Estaria mentindo se dissesse que não fiquei um pouco... confuso. Mas não estou zangado. Vamos conversar amanhã."

"Certo", disse Jane, dando um tapinha na mão dele. "E obrigada por ser tão compreensivo."

Jane acompanhou Walter até a porta, onde ele deu um beijo desajeitado nela. Depois, Walter sorriu. "Sinto-me como um adolescente", ele disse. "Não tenho certeza se consigo escapar impune."

Jane voltou a beijá-lo, dessa vez por mais tempo. "Boa noite", ela desejou.

Jane fechou a porta e se apoiou contra ela. "O que eu fiz?", ela se perguntou. "Piorei ainda mais as coisas. Agora ele acha que sou frígida."

Jane entrou na cozinha e tirou um pote de sorvete de chocolate do congelador. Depois de tirar a tampa, começou a saboreá-lo. Parou depois de meia dúzia de colheradas. Em vez de se sentir melhor, estava se sentindo pior. *E, se o chocolate não é capaz de consertar as coisas,* ela pensou enquanto recolocava o pote no congelador, *nada é capaz.*

Jane apagou a luz da cozinha e foi para o andar superior, onde escovou os dentes, vestiu uma camisola e foi para a cama. Ela teve de afastar Tom, pois ele estava dormindo sobre seu travesseiro. Ele miou em protesto e se deslocou para o outro lado da cama.

Jane apoiou a cabeça no travesseiro e olhou para o teto, percebendo vagamente que devia realmente limpar com o aspirador as teias de aranha nos cantos. Queria adormecer, mas sabia que ficaria pensando a respeito de como estava machucando Walter toda vez que mentia para ele. Tinha feito muito para esconder a verdade dele e, nesse momento, não tinha mais certeza a respeito de quem estava tentando proteger: ele ou ela.

Talvez você não queira ficar com ele, ela pensou.

"Não sei!", disse em voz alta. "Não sei o que eu quero!" Como sempre, quis que Cassie estivesse ali para elas conversarem. A irmã sempre dera conselhos sensatos. Até quando Jane não tinha sido capaz de decidir que escolhas seus personagens deveriam fazer, Cassie ajudara. Mas Cassie não estava ali naquele momento.

"Quero morrer", Jane se queixou para Tom. "Quero dizer, morrer de não morrer. Não. Não ser mais uma morta-viva. Ah, não sei o que eu quero."

Agarrando os lençóis com as mãos, Jane começou a chorar.

CAPÍTULO 20

Ela lançava olhares para os vestidos das outras garotas, comparando-os ao seu. Elas todas pareciam tão encantadoras, deslocando-se no recinto como borboletas esvoaçando nas brisas quentes do verão. Ela, porém, era uma mariposa, pardacenta e imperceptível, sentada no canto, usando um buraco no veludo do sofá para garantir sua invisibilidade.

— JANE AUSTEN, *CONSTANCE*, PÁGINA 11 DO MANUSCRITO.

"O que você acha?"

Jane observava o livro que segurava nas mãos. Seu livro. Ela acabara de abrir o pacote enviado por Kelly, que chegara alguns minutos antes. Naquele momento, ela estava ao telefone, agradecendo-o pelo envio.

"É lindo", afirmou Jane, correndo os dedos pela capa lustrosa. O título e o seu nome estavam em letras em alto-relevo. Seus dedos delineavam as letras. "Não consigo acreditar."

"Você vai receber uma caixa com cinquenta exemplares ainda esta semana", Kelly informou. "Mas não consegui esperar e mandei o exemplar avulso."

Jane abriu a capa e observou o frontispício. Virou as páginas lentamente, observando as palavras passarem. O cheiro da tinta e do papel pairavam como o aroma de uma flor rara. Jane fechou os olhos e o aspirou.

"Obrigado por enviá-lo", ela disse.

"Por nada", Kelly afirmou. "Também tenho novidades para você."

"Não acho que possa haver alguma melhor", Jane disse. "Que novidades?"

"Nick enviou um exemplar do livro para Comfort e Joy."

"É uma livraria?", Jane perguntou.

"Comfort e Joy", Nick repetiu. "Você não sabe quem são elas?"

"Gente da tevê?", Jane afirmou, depois de pensar por um instante.

"Exatamente", Kelly confirmou.

Jane respirou fundo. Comfort e Joy eram as rainhas do horário matutino da tevê. Joy, uma loira animada, conservadora, mãe de trigêmeos insuportavelmente engraçadinhos, de quem fala continuamente, era o oposto de Comfort, afro-americana liberal, da Lousiana, que distribuía conselhos caseiros de modo sensato em pequenas porções. Elas venceram um dos intermináveis *reality shows* que tomaram conta das tevês nos últimos anos. O prêmio — um programa de entrevistas — foi planejado para durar uma única temporada, mas, para surpresa de todos, transformou-se rapidamente em um grande sucesso, especialmente entre o público feminino, e, naquele momento, já estava no ar há cinco anos. Diversas vezes por ano, elas dedicavam uma seção do programa a um lançamento literário. Comfort e Joy entrevistavam o autor ou autora e discutiam a obra com as pessoas da plateia. Quase sempre, os livros que escolhiam sumiam das prateleiras. Na livraria, Lucy fizera um expositor especial com os livros recomendados por Comfort e Joy, e os clientes frequentemente compravam ao menos um título.

"Elas querem que eu vá ao programa delas?", perguntou Jane.

"Nick está acertando os detalhes", Kelly informou. "Devia ter deixado ele contar a você, mas não consegui resistir. Acabei com a surpresa dele. Nick vai me matar."

"Vou aparecer na televisão?", Jane perguntou

"No programa de Comfort e Joy. Isso é demais. Nick ligará para você mais tarde para acertar os detalhes."

Conversaram mais alguns minutos antes de Jane desligar. Ela sentou-se na sua mesa, atordoada, contemplando o livro na frente dela. *Isso não está acontecendo*, pensou. *Houve um erro. É o livro de outra pessoa. De alguma forma, meu nome foi posto na capa.*

"Você recebeu um exemplar!"

A voz de Lucy afastou Jane dos seus pensamentos. Lucy pegou o livro da mesa e o observou. Ela o virou com um movimento brusco e examinou as notas elogiosas na contracapa. Em seguida, abriu-o para ler a biografia da autora. Ela fez Jane parecer uma mãe de primeira viagem, verificando se o bebê tinha vindo com todos os dedos da mão e do pé.

"Posso pôr o livro na vitrine?", Lucy perguntou.

"Ainda não. É só uma prova de impressão. A remessa principal chegará na próxima semana."

"Seu primeiro livro!", Lucy disse, com empolgação. "É tão legal." Então, aparentemente, ela se lembrou de algo. "Bem, não é o seu primeiro livro", ela corrigiu. "Ah, você sabe o que eu quis dizer."

"Sei", Jane afirmou. "Mas também pode ser. Não publico nada há mais tempo do que quero pensar. E, na época, não era tão emocionante. Não existiam coisas como relações públicas, entrevistas ou programas de tevê."

"Programas de tevê?", quis saber Lucy. "Você vai participar de um programa de tevê? Qual, em algum canal local? Espero que não seja naquele *Conversa com Boonie*, no canal 5, aos domingos. A mulher é uma maluquinha. Você sabe que uma vez ela pediu para Amy Tan explicar a diferença entre macarrão *lo mein* e macarrão *chow mein*?"

"Não", Jane respondeu. "Não é no canal 5." Contou para Lucy a respeito de Comfort e Joy. Tapou os ouvidos para evitar os gritos de empolgação da assistente.

"Espere até Walter...", Lucy começou a falar, mas parou, acalmando-se um pouco. "Desculpe", acrescentou um momento depois.

"Tudo bem", Jane afirmou. Desde sua conversa com Walter, a relação tinha esfriado entre eles. Embora ainda se falassem, não tiveram mais o que Jane consideraria um encontro ou mesmo um jantar. Jane não sabia se Walter havia desistido dela ou se estava ainda pensando a respeito das coisas, e ela não o pressionara por uma resposta. Claro que ela se sentia culpada, mas considerava que era ele quem precisava de um tempo.

"Tenho certeza de que ele ficará empolgado, embora vocês não...", Lucy tentou. Fechou a cara. "Vou fechar minha boca agora", disse, e devolveu o livro para Jane. Em seguida, retirou-se para a parte da frente da livraria.

Pouco depois da saída de Lucy, o telefone tocou. Jane atendeu e ouviu a voz de Nick Trilling.

"O filho-da-mãe já lhe contou", ele disse.

"Me contou o quê?", Jane perguntou.

"Não tente protegê-lo. Eu o ouvi falar. Estava justamente entrando na sala de Kelly para contar que sua presença está confirmada no programa. Não liguei antes para você, porque tive de mandá-lo à merda durante alguns minutos. Desculpe o xingamento."

Jane tentou não rir. O modo tempestuoso de Nick era um dos seus encantos. "Eu confesso", ela disse, por fim.

"Você vai ao programa na próxima quarta-feira", Nick a informou. "O livro será lançado na terça. Assim, é perfeito. Se apenas um por cento dos cinco milhões de mulheres que assistem ao programa comprarem o livro, venderemos toda a primeira tiragem. O que me lembra do seguinte: pedirei para Kelly dobrar a tiragem para 100 mil exemplares."

"Cem mil exemplares?", Jane exclamou.

"Sim", Nick disse. "Ah, e Comfort e Joy vão distribuir um exemplar para cada pessoa da plateia. Isso será ótimo para o boca a boca. Não gosto de agir sem cautela, mas acho que você vai chegar ao topo da lista."

"Lista?", perguntou Jane, não entendendo.

"A lista do *New York Times*", afirmou Nick. "Dos livros mais vendidos."

"Você está brincando", disse Jane.

"Você tem madeira por perto? Bata três vezes nela."

"Cem mil cópias", Jane repetiu, perplexa.

"Com cinco zeros", Nick afirmou. "O que me lembra do seguinte: tenho de pedir para Kelly aumentar a tiragem. Se ele não topar, lembrarei a ele que minha irmã é editora na Random House e que não estou proibido de dar seu número de telefone para ela. Seu contrato tem uma cláusula de opção?"

"Não sei. Acho que sim."

"Uma pena", afirmou Nick. "Isso o amedrontaria. De qualquer jeito, tenho de correr. Minha assistente ligará para você mais tarde com as informações do voo e do hotel."

Nick desligou antes que Jane pudesse lhe fazer algumas perguntas, como, por exemplo, o que ela deveria dizer e o que ela deveria vestir. *Vou ter de assistir a um programa*, pensou.

O telefone tocou pela terceira vez, assustando-a. "Alô?"

"Jane, é Kelly de novo. Nick está aqui me enchendo a respeito da tiragem inicial do seu livro. Odeio admitir isso, mas concordo com ele. Vamos começar com cem mil exemplares. Também quero que você saiba que estarei em Chicago com você. Ah, e mais uma novidade."

"Duas", Jane escutou Nick gritar.

"Duas", Kelly repetiu. "Recebi um telefonema do organizador da conferência da Associação dos Autores de Romance. Começa na próxima sexta-feira e querem você para autografar os livros. É em Nova Orleans. Você voará de Chicago para lá."

Jane estava ficando tonta com todas as notícias recebidas na última hora. *Comfort e Joy. Cem mil. Lista dos livros mais vendidos do New York Times.* As palavras flutuavam na sua mente como nuvens. *Chicago. Nova Orleans. Autografar livros.* Era avassalador. *Preciso preparar uma lista*, ela pensou. Então, lembrou-se do que Kelly dissera antes.

"Qual é a segunda novidade?", perguntou. Estava quase temerosa de ouvir a resposta.

"*Entertainment Weekly*", Kelly respondeu. "Querem traçar seu perfil na seção de literatura. Estão preparando uma grande edição a respeito dos livros mais incríveis para as férias de verão. Você é a principal seleção de ficção deles. Por acaso, uma das repórteres da revista mora em Chicago. Ela vai entrevistá-la no hotel."

Jane ouviu Nick dizer alguma coisa no fundo. “Nick pediu para lhe dizer que a revista trocou Nora Collins por você”, Kelly informou. “Acho que ela não ficou nada feliz com isso.”

No fundo, Jane escutou Nick gritar “aquela vaca velha e cansada”. Kelly gargalhou. “Bem, acho que essas são todas as novidades de hoje.”

“Espero que sim”, afirmou Jane. “Acho que não aguento mais nenhuma. Nessas circunstâncias, nem sei por onde começar.”

“Não se preocupe. Nós ajudaremos você em tudo”, Kelly garantiu. “Dará tudo certo. Lembre-se: você é uma *superstar*.”

“Uma *superstar*”, Jane repetiu. “Tudo bem, então.”

Jane desligou o telefone pela terceira vez naquela manhã. Nos dez minutos seguintes, ficou sentada contemplando o telefone, esperando que tocasse de novo. Não tocou. Então, pegou um bloco de notas e começou a elaborar uma lista de tudo que tinha de fazer antes de ir para Chicago. No fim, incluía somente dois itens.

1. Passar instruções para Lucy a respeito da livraria.

2. Encontrar algo para vestir.

“Apesar de tudo, acho que não há muito a fazer”, ela disse, olhando a lista. Sentiu que devia haver mais coisas. Então, pensou em outra coisa.

3. Tom.

O fato de haver uma terceira coisa a fez se sentir estranhamente aliviada, embora soubesse muito bem que Lucy ficaria feliz de ficar com Tom e cuidar dele. No momento, todo o resto da sua vida parecia totalmente fora de controle. Seu livro estava se impondo sobre sua vida, arrastando-a junto. Depois de esperar tanto tempo para ser novamente publicada, isso, de repente, estava acontecendo de modo muito rápido.

Jane chamou Lucy e apresentou a ela um breve resumo do que estava acontecendo. Como previra, Lucy ficou muito feliz de ficar com Tom por uma semana. As instruções a respeito da livraria também tomaram muito pouco tempo, e, no fim de quinze minutos, Jane só tinha um único item em sua lista de tarefas.

"O que uma mulher veste em um programa de tevê?", Jane perguntou para Lucy.

"Nada branco", Lucy respondeu, rapidamente.

"Por que não?"

"No caso de você ficar menstruada", Lucy explicou. Quando Jane olhou para ela com uma expressão confusa, acrescentou: "Não é legal você estar no palco e ficar de paquete".

"De onde você tira todas essas coisas?", Jane perguntou. "Paquete? Você parece um léxico ginecológico."

"Culpe minha mãe", Lucy afirmou. "Ela nunca chamava as coisas pelos seus nomes reais. Até meus dezessete anos, eu chamava minha vagina de periquita."

"Acho que é melhor do que chamá-la de xaninha", Jane refletiu. "Seja como for, além de não usar branco, não limitamos minhas opções quanto ao estilo da roupa."

"Passo na sua casa hoje à noite", afirmou Lucy. "Vamos abrir seu armário e ver o que você tem. Tenho certeza de que algo vai funcionar. E, se não, sempre podemos ir até o shopping center."

Jane sentiu um calafrio. "O shopping", ela disse, pronunciando a palavra como se fosse uma doença incurável.

"Sim, Jane, você vai ter de fazer uma força. Não vou deixar você ir ao programa do jeito que você anda sempre."

"Do jeito que eu ando sempre? O que isso significa?"

"Desse jeito", Lucy disse, indicando Jane com um aceno de mão.

"Não é tão mal assim!", Jane exclamou.

"Desculpe, mas é."

"Aparentemente, Byron não pensava assim", Jane afirmou, com sua dignidade abalada. "Walter também não."

"Para Byron, bastava ter duas pernas", Lucy a lembrou. "E Walter é... Walter. Confie em mim. Você precisa de uma repaginação"

Jane se olhou em um pequeno espelho pendurado na parede. Ela aparentava cansaço e os cabelos estavam opacos. "Acho que tenho de tomar algum fortificante", ela admitiu.

"Vamos começar logo depois do trabalho", afirmou Lucy. "Será divertido."

A sineta da porta da frente tocou e Lucy saiu para atender o cliente. Jane ficou no escritório, observando-se no espelho.

"Será divertido", ela repetiu a promessa de Lucy, tentando aparentar que acreditava nisso.

CAPÍTULO 21

Charles tocou no seu rosto. "Você é como uma rola-carpideira", ele disse. "Não é a mais ruidosa. Não tem a plumagem mais brilhante. Mas seu canto é o mais belo. Tão belo que parte o coração."

— **Jane Austen, *Constance*, página 246 do manuscrito.**

"O que nós vamos fazer com isso?"

Jane olhava-se no espelho. Atrás dela, estavam Lucy e uma mulher japonesa estonteante, vestida com uma blusa de gola rulê preta e calça preta. A mulher observava os cabelos de Jane com uma expressão confusa, como se mal tivesse chegado ao local do acidente e ainda decidia se a vítima podia ser salva ou não.

"Não se preocupe", Lucy disse para Jane, dando um tapinha no ombro dela. "Aiko faz milagres."

Jane sorriu palidamente, já arrependida de ter ido com Lucy até sua cabeleireira. Naquele momento, ela estava abrigada na cadeira do salão, aguardando o veredito de Aiko.

Aiko remexeu os cabelos de Jane com um pente. "Fracos", ela disse.

"Como?", Jane exclamou.

"Cor horrível", Aiko disse.

"Tingi por conta própria", Jane explicou.

"Eu sei", Aiko afirmou, respirando fundo.

"Você pode ajudá-la?", Lucy perguntou.

"Não sei", Aiko respondeu. "Está muito ruim."

"Mas você vai tentar?", Lucy perguntou, esperançosamente.

Aiko pegou uma tesoura, abrindo-a e fechando-a diversas vezes enquanto observava Jane no espelho. "Tentarei", ela confirmou.

Aiko girou a cadeira, de modo que Jane não conseguia mais se ver no espelho.

"Aiko não gosta que você veja o que ela está fazendo", Lucy explicou para Jane. "Atrapalha seu processo."

"Desde que não seja nada muito drástico...", afirmou Jane.

"Não diga nada", Lucy sussurrou no ouvido de Jane. "Aiko é um pouco temperamental. Confie nela. Ela é um gênio."

Jane percebeu quando Aiko vestiu um par de luvas pretas de látex em suas mãos esguias. "A cor antes", ela anunciou.

Jane decidiu que a melhor coisa era fechar os olhos e pensar na Inglaterra. Não queria saber o que Aiko estava fazendo na sua cabeça. *Vai ficar bom*, ela disse para si mesma.

Jane fingiu que estava tendo um sonho em que era transferida de uma cadeira para outra. Coisas eram aplicadas na sua cabeça, e, depois, lavadas. A tesoura estalava perto dos ouvidos. O ar quente soprava na sua cara.

Então, Aiko disse: "Pronto".

A cadeira foi girada e Jane se viu no espelho. Ela suspirou. "Estou bonita", disse, ofegante.

"Sim", Aiko confirmou. Pela primeira vez desde que Jane entrara no salão, a mulher sorriu. "Bonita."

Jane não sabia se Aiko estava se referindo ao corte de cabelo ou à sua pessoa, mas isso não tinha importância. Ela não conseguia acreditar na sua nova aparência. Seus cabelos estavam tingidos de castanho-dourado. Aiko tinha cortado bastante, de modo que os cabelos agora emolduravam o rosto de Jane em vez de circundá-lo como uma coroa de flores usada. Estavam modernos, naturais e perfeitos, Jane pensou.

"É um milagre." Lucy estava parada ao lado de Jane, observando os cabelos.

"Eu sei", Aiko disse.

Jane levantou a mão e tocou os cabelos que roçavam o rosto dela. Sentiu como se estivesse tocando o rosto de outra pessoa. "Realmente, sou eu", ela disse.

"Agora a maquiagem", Lucy ordenou.

"Sem maquiagem", Aiko disse. "Só os cabelos."

"Vamos fazer a maquiagem em casa", Lucy informou.

"Boa sorte", Aiko desejou, e se afastou.

"Obrigada", Jane disse. Ela olhou para Lucy. "Estou pronta?", perguntou.

Lucy respondeu afirmativamente com um gesto de cabeça. Depois, ajudou Jane a sair da cadeira. Jane pagou pelo corte na recepção, onde um jovem magro, vestido todo de preto, não disse nada quando entregou o comprovante do cartão de crédito para ela assinar.

"Eles são bastante silenciosos, não são?", Jane perguntou, quando ela e Lucy saíram do salão.

"Aiko é muito minimalista", afirmou Lucy. "Achei que ela gostou de você", acrescentou depois de entrarem no carro de Jane. "Normalmente, ela não fala nada."

Jane dirigiu o carro de volta para sua casa, fazendo uma parada na farmácia, para que Lucy pudesse comprar alguns cosméticos que disse que elas precisavam para a segunda parte da transformação de Jane. Jane, a pedido de Lucy, ficou no carro enquanto ela fazia as compras. Jane passou o tempo observando-se no espelho retrovisor do carro. Ela ainda não conseguia acreditar na sua nova aparência e teve de resistir ao impulso de se virar e ver se não havia alguma outra mulher sentada no assento traseiro.

Quando Lucy voltou, estava carregando uma sacola imensa.

"É tudo para mim? Estou tão mal assim?", Jane perguntou.

"São algumas coisinhas", Lucy afirmou, de modo não muito convincente.

Sua mentira se revelou vinte minutos depois quando, no quarto de Jane, ela virou a sacola e despejou tubos, estojos, pincéis, potes e diversos outros itens não identificados por Jane.

"Não sabia que você era maquiadora", Jane brincou.

"Tinha de fazer toda maquiagem para a banda", Lucy informou. "Aprendi algumas técnicas."

Como Aiko, Lucy não deixou que Jane se visse enquanto a maquiagem era feita. No entanto, ela explicou para Jane o que estava fazendo e também mostrou os diversos pincéis, curvex e lápis utilizados.

"Apliquei a sombra mais escura no canto interno do seu olho", Lucy disse. Isso foi seguido por: "Usei o lápis para dar forma à sua boca", "Segurei o curvex no lugar por, no mínimo, dez segundos", e "Passei o *blush* nas maçãs do rosto". "Você está entendendo tudo?", Lucy perguntou entre as explicações.

"Acho que sim", Jane disse, ansiosamente.

"Vou anotar", Lucy afirmou.

"É tudo tão complicado", Jane falou. "No meu tempo, só mordíamos nossas bocas para conferir um pouco de cor a elas."

"Não use a desculpa de que 'você nasceu antes da invenção dos produtos da Maybelline'", disse Lucy. "A maquiagem existe há milhares de anos."

"Não exagere", afirmou Jane. "Simplesmente nunca vi muito uso para ela."

"Você deveria ter visto", falou Lucy. "Sua aparência está fantástica." Ela pegou um espelho de mão e o segurou na frente do rosto de Jane. "Está vendo?"

Se Jane já havia se impressionado com seus novos cabelos, naquele instante espantava-se com a transformação do seu rosto. Ainda era ela — mas nova e melhorada. Melhor de tudo: não estava parecendo uma cortesã.

"Temi que iria ficar parecida com Maria Antonieta", Jane revelou. Ela tocou no rosto. "Não imaginava que poderia ficar com essa aparência." Então, para sua imensa surpresa, começou a chorar. "Não imaginava", repetiu.

Lucy abraçou Jane. "Você foi uma dama por duzentos anos", ela disse baixinho. "Mas, em algum momento ao longo do tempo, você se esqueceu de como era ser uma mulher."

"Obrigada", agradeceu Jane. Ela secou os olhos com um lenço de papel que Lucy tirou do bolso. "Nunca vou ser capaz de fazer isso sozinha, sabe."

"Não é assim tão difícil", afirmou Lucy. "Agora, vamos ver o que você tem naquele guarda-roupa."

"Espere um minuto", pediu Jane. "Sente-se comigo um pouquinho."

Lucy sentou-se na cama. "Algo errado?", perguntou.

"Nada errado", respondeu Jane. "Só estou um pouco cansada. Realmente foi muito tempo. Para tudo. Mas agora voltei a ser uma escritora. Está tudo acontecendo muito rápido."

"Você achou que não aconteceria, não é mesmo, Jane?"

"Sim, Lucy. Até certo ponto, eu tinha perdido as esperanças."

"Você realmente não teve... ninguém desde Byron?"

"Ah, tive. Quer dizer. Não sou nenhuma Marie Duplessis, mas tive alguns assuntos do coração."

"Assuntos do coração", Lucy repetiu. "Em outras palavras, você não fez sexo."

"Não seja vulgar", Jane disse, recatadamente.

"Nem mesmo com outros vampiros?"

"Principalmente."

"Você nunca falou a respeito disso. Por que não? Você não tem amigos vampiros?"

Jane deu uma risadinha. "Você acha que somos sócios de um clube de campo?", disse. Refletiu por um momento, tentando decidir o que iria dizer. Não era um tópico que ela se sentia à vontade para falar. "Eu me associei com outros vampiros. Nos primeiros cinquenta ou sessenta anos, achava agradável ficar com eles."

"Existiam muitos de vocês? Existem muitos de vocês?", Lucy perguntou.

"Não muitos", respondeu Jane. "Mas, naquela época, éramos mais ligados do que agora. Tive amigos. Um deles você até já ouviu falar. Mas não vou contar para você quem são os outros. Uma das regras é não nos expormos, a menos que seja absolutamente necessário. De qualquer jeito, depois que você se converte, você quer ficar com seus semelhantes. É confortador. Mas, ao longo do tempo, descobri que, além do que somos, temos muito pouco em comum. Passei cada vez menos tempo com os outros vampiros. Nos últimos cem anos, praticamente não tive contato com o mundo deles."

"Até agora. Até Byron dar as caras."

"Até Byron", Jane concordou. "Mas não estou fazendo isso para ele", ela acrescentou. "Estou fazendo para mim."

"E talvez um pouquinho para Walter?", Lucy provocou.

"Não estrague um momento adorável", Jane afirmou. Ela pegou a mão de Lucy. "Você é realmente especial para mim. Espero que saiba disso."

"Eu sei", Lucy respondeu. "E você também é especial para mim." Ela se levantou, puxando Jane com ela. "Por isso não vou deixar você vestir nada trágico em uma rede nacional de tevê."

CAPÍTULO 22

Ela observou o jardim. Ali, entre as roseiras, havia um homem parado. Ele ergueu os olhos, na direção da janela, impassível. Era Charles? Ela tentou reconhecer seus traços, mas a chuva os obscurecia. Ela desceu correndo os degraus da escada e saiu pela porta da cozinha. Seus pés escorregavam sobre a grama úmida, no caminho para os fundos da casa. Contudo, ao chegar ao jardim, o homem havia partido. Uma solitária rosa vermelha estava no lugar onde ela o vira.

— **Jane Austen, *Constance*, página 193 do manuscrito.**

Jane observava as bagagens circulando sobre a esteira. Uma a uma, elas eram pegas pelos passageiros, postas sobre os carrinhos e levadas embora. As bagagens tinham parado de chegar há algum tempo, e, naquele momento, restavam somente três malas abandonadas e uma caixa com um aviso "Peixe Congelado". Pouco depois, a esteira parou de funcionar.

"Parece que encalhamos na Ilha da Bagagem Perdida", disse um homem parado perto de Jane. "Melhor pegarmos a fila."

Ele se virou e se afastou. Jane o seguiu e viu que ele estava se dirigindo para uma fila de cerca de vinte pessoas. Elas estavam diante do guichê de reclamações da companhia aérea e todas tinham uma aparência de frustração resignada. Examinando a bagagem remanescente na esteira mais uma vez, na esperança de que não tivesse percebido sua mala, Jane desistiu e se dirigiu até a fila.

Meia hora depois, Jane foi atendida por uma mulher carrancuda, que disse, sem olhar para ela: "Tíquete da bagagem".

Jane entregou seu tíquete: "Você tem ideia de quando posso recuperar minha bagagem?"

O resmungo da mulher continha mais do que uma sugestão de regozijo malévolo, Jane pensou. Ela se perguntou que tipo de pessoa poderia se dedicar a esse trabalho diariamente, lidando com passageiros nervosos e bagagens desobedientes por horas a fio. *Sádica*, Jane pensou, enquanto a mulher digitava algo no teclado com indisfarçável hostilidade.

"Não há registro do seu número", a mulher informou. "Sinto muito."

"Sem registro?", exclamou Jane. "Não entendo. Tenho um tíquete de bagagem." Ela indicou com a cabeça o tíquete, que ainda estava na mão da funcionária.

"Não há registro dele", a mulher repetiu.

"Certamente deve haver algum registro", Jane afirmou, oferecendo seu sorriso mais doce para a mulher.

"Pode estar em qualquer lugar", a mulher disse, com a voz cansada, depois de respirar fundo. "Albuquerque, Nova Délhi, Paris. Faça sua escolha. Se não está no sistema, oficialmente não existe."

"Mas certamente...", Jane começou a falar.

"Preencha isso e envie para a companhia", a funcionária interrompeu, entregando um formulário para Jane. "Você será reembolsada em até US$ 150." Ela olhou para além de Jane. "Próximo", ela disse.

Jane começou a argumentar, mas, sentindo a crescente irritação das pessoas atrás dela na fila, decidiu desistir. Não adiantaria nada insistir com aquela mulher. Além disso, Jane não queria se atrasar. Já eram nove e meia da manhã, e sua entrevista com a jornalista da *Entertainment Weekly* estava marcada para as onze, no hotel. Aborrecida, dirigiu-se até o ponto de táxi do setor de desembarque do aeroporto.

O trajeto do aeroporto O'Hare até o hotel levou mais tempo do que o esperado por Jane, e, ao finalmente abrir a porta do seu quarto, depois de dez minutos no balcão de recepção, faltavam quinze minutos para as onze. Ela mal teve tempo de usar o banheiro e lavar o rosto. Logo, ouviu uma batida na porta.

Ao abrir a porta, Jane viu uma mulher que parecia muito jovem para ser jornalista. Magra como um palito, estava vestida impecavelmente e sua maquiagem era perfeita. Seus cabelos castanhos caíam até os ombros em ondas, combinando perfeitamente com os olhos verdes. Jane a odiou de imediato.

"Olá", a jornalista disse, animadamente. "Sou Farrah Rubenstein."

"Farrah", Jane repetiu.

Farrah riu. "Entendeu? Minha mãe era fã de *As panteras*. Minhas irmãs se chamam Kate e Jaclyn. É tudo muito retrô." Ela entrou no quarto sem convite adicional. "Que belo quarto!", ela se entusiasmou. "É tão vermelho."

"Sim", Jane confirmou. A postura da jovem a pegou desprevenida. Estava esperando uma jornalista mais velha, mais reservada. *Devia ter visto a revista*, pensou. Ela comprara um exemplar para ler no avião, mas adormeceu logo depois da decolagem e acordou um pouco antes do pouso em Chicago.

"Fiquei muito empolgada ao ser escolhida para esse trabalho", Farrah informou, tirando a jaqueta e se sentando em uma das cadeiras da sala de estar da suíte. "Adoro livros."

"Que bom", afirmou Jane, educadamente.

"Era fã da série *Cherry High Gossip Club* quando estava no ensino médio", Farrah revelou.

Jane reprimiu o riso. Os livros dessa série eram o que poderia haver de pior: tediosos e insípidos. A ação se concentrava em torno de um grupo de garotas que editavam uma revista de fofocas a respeito dos eventos em uma escola do ensino médio para ricos. Previsivelmente, a série vendeu milhões de exemplares, especialmente depois que um programa de tevê baseado nela tornou-se um sucesso.

"Você conhece Felicity Bingham?", Farrah perguntou, referindo-se à autora da série.

"Não", respondeu Jane.

Farrah pegou um pequeno gravador em sua bolsa. "Que pena. Achei que todos os escritores se conheciam", afirmou.

"Brakeston não é exatamente a capital literária do mundo", Jane disse, sentando-se na cadeira em frente de Farrah.

"Brakeston?", Farrah repetiu, franzindo as suas impecáveis sobrancelhas.

"É onde eu moro. No estado de Nova York."

"Me lembrei agora. Desculpe. Trabalhei feito uma louca essa semana."

"Tudo bem."

Farrah preparou o gravador e o colocou sobre a mesa entre elas. "Tudo bem. Vamos começar. Você é inglesa, certo?"

Jane repetiu a história que ensaiou na preparação para a entrevista, e, em relação a todas as entrevistas, Nick assegurou que fariam o mesmo. Ela nasceu na Inglaterra, mas se mudou para os Estados Unidos muito jovem, quando seu pai, um diplomata, foi transferido. Ela não tinha irmãos. Seus pais já tinham morrido. Era trágico e conveniente, e Jane contou bem a história.

"É quase o que diz a biografia que seu editor enviou", Farrah afirmou. "Tentei achar mais alguma coisa na Internet, mas não há nada. Você não tem um site?"

"Não estou muito em dia com a tecnologia", Jane explicou. "Sou antiquada nesse sentido."

"Antiquada", Farrah repetiu. "Maravilhoso. Em geral, quando faço uma entrevista, a pessoa está digitando e checando seus e-mails ao mesmo tempo."

Farrah fez mais algumas perguntas enfadonhas (Qual é sua diversão? Como é o seu dia de escritora? Como você se sente publicando o primeiro romance com essa idade?). Jane respondeu a todas elas com charme e bom humor. Assim ela esperava.

Então, Farrah pigarreou e adotou uma conduta mais séria. "De onde você teve a ideia para escrever o romance?", perguntou.

"É algo que venho trabalhando há anos", Jane respondeu. "Tive a primeira ideia quando um amigo estava construindo uma casa nova. Comecei a pensar a respeito de quão íntima é a relação entre o construtor e o dono da casa. É quase um casamento de várias qualidades. Então, surgiram os personagens Constance e Peter, e o resto se desenvolveu a partir disso."

"Sei. Então são pessoas reais?", perguntou Farrah.

"Não", respondeu Jane. "São personagens de ficção baseados na experiência de um amigo."

"Qual é o nome do seu amigo?"

"Acho que ele não quer que seu nome seja citado", Jane disse, hesitante.

"Se foi a experiência de outra pessoa, você não acha que — não sei — a pegou emprestada?"

"Peguei emprestada?", Jane exclamou, surpresa. "Não. De jeito nenhum."

"Mas não é sua história", Farrah insistiu.

"É ficção", Jane esclareceu. "Toda ficção se baseia em algum tipo de verdade. Meu livro não é literalmente a respeito do meu amigo. É inspirado nele."

"Sei. Mas você não acha que devia ter criado algo pessoal?"

Jane observou a repórter por algum tempo, incerta do que responder. Finalmente, Farrah voltou a falar. "Desculpe-me por fazer essas perguntas. Mas acho que nós, jornalistas, devemos contar a verdade para nossos leitores."

"A verdade?", Jane disse. "Não entendi."

Farrah desligou o gravador. "Não devia fazer isso", ela disse. "Mas adorei seu livro, e você parece uma boa pessoa." Ela franziu a boca, como se estivesse tentando solucionar um problema de matemática. "Recebi um e-mail", Farrah revelou. "Alguns dias atrás. Não sei de onde veio. Era anônimo. Quem o enviou disse que você... se apropriou da ideia de outra pessoa para fazer o seu livro."

"Me apropriei? Você quer dizer: roubei?"

"Não gosto de usar essa palavra. Mas sim, é mais ou menos o que é dito."

Jane ficou sem palavras. Quem a acusaria disso? Ela não tinha a mínima ideia. Não tinha inimigos conhecidos. *Exceto Byron*, uma voz em sua mente disse.

Byron. Será que ele realmente fez isso? Jane não conseguia pensar em nenhuma outra pessoa. Mas isso era baixo demais mesmo para ele. Será que ele realmente a desprezava tanto? *Você feriu seu orgulho viril*, a mesma voz a lembrou.

Jane sabia que Farrah estava esperando uma resposta dela. Mas como ela devia proceder? Podia protestar, mas a acusação já fora feita. Qualquer coisa que ela dissesse pareceria insincero, principalmente para alguém como Farrah, cuja ideia de jornalismo investigativo se baseava nas habilidades de apuração dos fatos das garotas de Cherry High.

"Acho importante eu abordar isso", Jane disse, cuidadosamente. "Mas você me daria um minuto? Tenho de cuidar de um assunto."

"Sem dúvida. Sem problema."

Jane se levantou. "Já volto", disse para a jovem. "Por favor, sirva-se de uma bebida do frigobar". Sorriu graciosamente enquanto se dirigia para a porta.

No corredor, Jane correu o mais rápido possível até o elevador. Quando este chegou e as portas finalmente se abriram, saltou para dentro dele. Apertou um botão no painel, desceu um andar e desembarcou. Observou os números pintados na parede do corredor e seguiu a seta indicando o número 1822. Bateu e esperou a resposta de Kelly. Em seguida, a porta se abriu.

"Você tem de me ajudar...", Jane começou a falar. Então, percebeu que o homem parado diante dela não era Kelly. Era alguém que ela nunca tinha visto antes. E ele só estava usando uma toalha enrolada em torno da cintura. "Me desculpe", Jane disse, sem jeito. "Acho que errei de número."

"Quem é, Bryce?" Jane ouviu a voz de Kelly. "É da lavanderia?"

"Não", o homem que Jane, naquele momento, supôs que fosse Bryce, disse: "Acho que é sua autora". Ele saiu do caminho quando Kelly surgiu perto da porta.

"Jane", Kelly disse. "Você não deveria estar dando uma entrevista para a *Entertainment Weekly*?"

Jane fez que sim com a cabeça. "É por isso que estou aqui", ela disse, dando uma olhada no interior do quarto, onde Bryce estava examinando o guarda-roupa.

Kelly percebeu. "Desculpe-me, Jane", ele disse. "Devia ter apresentado você primeiro. Bryce, essa é Jane. Jane, esse é Bryce. Meu companheiro."

A última palavra foi um balde de água fria em Jane. *Companheiro*, ela pensou, entorpecidamente, quando entendeu o que significava.

"Esqueci que vocês dois não se conheciam", Kelly prosseguiu, desatento em relação à surpresa de Jane.

"Adorei seu livro", Bryce disse, vestindo uma camisa.

"Obrigada", Jane agradeceu. Ela dirigiu sua atenção de volta para Kelly. "Temos um problema." Em seguida, explicou a situação.

"Isso é tudo?", Kelly perguntou, depois que Jane terminou. "Não se preocupe. Isso acontece com todo grande livro. Algum maluco começa a espalhar boatos que o autor plagiou o livro. Ele manda e-mails para diversas revistas e procura causar problemas. Em geral, é um aspirante a escritor, ambicioso, que acha que atrairá atenção ou dinheiro por meio de uma polêmica."

"Mas ela disse que não sabe quem mandou o e-mail", afirmou Jane.

"Na realidade, essa é uma boa notícia", disse Kelly. "Significa que é alguém que não tem nada melhor para fazer. Faça o seguinte: diga para essa mulher... qual é o nome dela?"

"Farrah", Jane informou.

"Farrah?", Kelly e Bruce disseram, em uníssono.

"Algo que diz respeito à mãe dela", informou Jane. "Então, o que eu digo?"

"Diga a ela que estamos a par dos e-mails e que eles estão sendo enviados maldosamente por alguém que tem ressentimento contra você. Também diga a ela que nosso departamento jurídico está cuidando do caso. Isso calará sua boca. Ela não vai escrever nada a respeito se achar que vai se encrencar por divulgar afirmações infundadas."

"É isso?", disse Jane.

"É isso", Kelly confirmou. "Às vezes, viver em um país litigioso funciona a seu favor. Agora vá, por favor, antes que ela fique ainda mais desconfiada. Pegue, leve, assim ela vai achar que você realmente precisou fazer alguma coisa." Ele entregou a Jane um exemplar do seu livro. "Ela só leu uma versão pré-publicação. Diga a ela que você quer que ela tenha um exemplar autografado da versão final do livro."

Jane pegou o livro. "Vai, Jane", Kelly ordenou. "Temos de estar na tevê à uma e meia da tarde."

"Tchau!", disse Bryce para Jane, já saindo do quarto. Ela não respondeu. Enquanto se dirigia para os elevadores, perguntou-se como ela pôde ter sido tão imbecil com respeito à preferência de Kelly por homens. *Ele é inteligente, bonito e culto*, pensou. *Deveria ter desconfiado. Achei que tinha aprendido minha lição depois do que aconteceu com Percy Shelley.*

De volta ao seu quarto, Jane parou diante da porta e respirou fundo. Olhou para o relógio. Ausentou-se por apenas cinco minutos. Naquele momento, tinha simplesmente de chegar ao final da entrevista. Diria para Farrah que teve de pedir permissão do seu editor para lhe contar a respeito da acusação de plágio, já que o caso tinha se transformado em uma questão legal. Isso devia dar conta do recado.

Jane abriu a porta. "Desculpe-me a interrupção", disse. "Quero que você..."

Jane se calou no meio da frase. Farrah estava deitada na cama, com os olhos fitando o teto, sem movimentar as pálpebras.

CAPÍTULO 23

A senhora Eleanor Burnham observava Constance friamente. "Você devia ser elogiada por seu ingresso bem-sucedido em nossa companhia", ela disse. "Não é muito frequente que uma jovem da sua origem suba dessa forma." "Me pergunto se esse é, de fato, o caso", Constance respondeu, sorrindo com doçura. "Ou talvez não seja eu que subi, mas, sim, a senhora que caiu."

— **Jane Austen, *Constance*, página 115 do manuscrito.**

"Farrah?"

Jane aproximou-se da cama lentamente. A jornalista não respondeu e seus olhos continuavam abertos. Então, Jane percebeu duas pequenas feridas no pescoço dela. O sangue em torno delas ainda estava fresco.

"Não, não, não", disse Jane, sacudindo a jovem. O corpo sem energia de Farrah escorregou sob as mãos de Jane. A cabeça dela virou, voltada para o rosto de Jane.

"Droga!", Jane disse, com firmeza. A garota estava morta.

Sem dúvida, Farrah fora mordida. Mas por quem? Até onde Jane sabia, ela era a única vampira no hotel. Entretanto, ela nunca foi muito boa em sentir a presença de outros da sua espécie; era como se o radar de vampiros falhasse depois de anos de desuso. Sem dúvida, existiam outros da sua espécie em Chicago, mas ela não conhecia nenhum deles. A única outra possibilidade era Byron.

Tudo ficou claro. Byron foi quem mandou o e-mail para Farrah. Agora ele a tinha matado, a fim de acusar Jane não somente por plágio, mas também por assassinato. *Sabia que ele não desistiria tão fácil*, ela pensou, amargamente. *Ele estava planejando a vingança.*

Bem, Byron tinha feito um bom trabalho. Jane olhava para o corpo sem vida de Farrah. Então, levantou os lábios dela com o dedo. Não havia sangue nos dentes dela. Isso, ao menos, era bom. Significava que Byron não a tinha convertido. Ela estava simplesmente morta. *O que não é um grande alívio*, Jane pensou, enquanto fechava a boca de Farrah e estendia a mão para pegar um lenço de papel para limpar seu dedo. Enquanto fez isso, percebeu o relógio na mesinha de cabeceira. Era quase meio-dia.

Jane se lembrou que Kelly disse que tinham de estar na tevê à uma e meia. E ela ainda não tinha nada para vestir. Estava vestida confortavelmente para o avião, e o que ela tinha não era aceitável para aparecer diante de milhões de telespectadores. Precisava achar alguma coisa. Mas não podia simplesmente deixar Farrah deitada sobre sua cama. Qualquer pessoa que entrasse no quarto a veria, e isso seria desastroso.

Não havia jeito de Jane tirar o corpo do quarto. Mesmo se conseguisse arrastá-lo para o vestíbulo, o que faria com ele? E não podia pedir para Kelly ajudá-la com esse problema específico.

Além de toda a coisa do assassinato, suscitaria outras perguntas que ela não estava preparada para responder.

Quanto mais Jane pensava, menos tempo ela tinha para comprar uma roupa. Percorreu o quarto com os olhos. O armário era impraticável, assim como a banheira. Teria de esconder o corpo de Farrah, por ora, debaixo da cama.

Pegando a garota pelos ombros, Jane a puxou para fora da cama e a deitou sobre o carpete. Um dos sapatos caiu e Jane tentou enfiá-lo novamente no pé desnudo. Mas sem sucesso. Então, escondeu o sapato debaixo da cama. Em seguida, cuidou do corpo. Primeiro, empurrou-o o máximo possível sob a cama e, então, foi até o outro lado, e arrastou-o até escondê-lo completamente.

Assim está melhor, Jane pensou, enquanto ajeitava a coberta. *Agora as compras*. Ela achou a bolsa e procurou as notas que Lucy escrevera para ela. Lucy falava das roupas que deveriam ser usadas juntas e dava instruções a respeito da maquiagem.

Naquele momento, contudo, a lista era inútil. Todas as roupas e maquiagem de Jane estavam sumidas. Ela tinha de partir do zero, e isso a amedrontou. Não sabia por onde começar. Mas o tempo estava passando e ela tinha de se mexer. Deixou o quarto e chegou ao saguão, dirigindo-se à recepção.

"Por favor", Jane disse, tentando ocultar a histeria da sua voz. "Qual é o melhor lugar para comprar sapatos?"

"Na Macy's", respondeu o rapaz da recepção, instantaneamente. "Fica a apenas três quadras de distância. Ou a senhora pode tentar a Nordstrom, mas é mais longe."

"Obrigada", disse Jane.

Ela saiu correndo do hotel e seguiu na direção indicada pelo rapaz. Na Macy's, ofegante e exausta, olhou o relógio com preocupação. Tinha menos de 45 minutos para comprar tudo o que precisava, voltar para o hotel e se arrumar em tempo de encontrar Kelly para a ida até a estação de tevê. Desdobrou a lista de Lucy e leu o primeiro item.

"Calça preta", disse em voz alta. "Blusa vermelha. Certo."

Jane consultou o mapa da loja e se dirigiu até o departamento feminino. Uma vez ali, olhou ao redor, desamparadamente. Existiam, no mínimo, vinte tipos diferentes de calça preta e quase a mesma quantidade de blusas vermelhas.

"Posso ajudá-la?" Uma moça, parecida perturbadoramente com Farrah, aproximou-se de Jane.

"Preciso de algumas roupas", Jane respondeu. "E estou com pressa." Ela entregou a lista para a vendedora.

A moça leu a lista e disse: "Acho que eu sei o que a senhora precisa. Venha comigo. Meu nome é Sandra".

"Jane", Jane disse, bruscamente. Lançou um olhar para balcão de maquiagem ao passarem por ele. *Sombra para olhos*, pensou. *Batom. Rosa — e não coral.*

"Vamos experimentar essas", afirmou Sandra, parando diante de uma arara de calças. "Acho que essas cairão bem. Por que você não experimenta? Enquanto isso, trago outras opções."

"Acho que não tenho tempo...", Jane começou a falar.

"Os provadores ficam à direita", Sandra informou. "Eu já volto."

Jane, intimidada, obedeceu. Pegou as calças, entrou em um provador e experimentou algumas peças. Para sua surpresa, ficaram boas. Então, ouviu a voz de Sandra através da porta. "Trouxe mais algumas peças", ela disse.

"Essas ficaram...", Jane começou a falar.

"Pegue", disse Sandra, abrindo a porta e empurrando mais algumas calças para Jane. "Já volto."

Antes de Jane poder discordar, a garota já tinha desaparecido. Jane olhou para a pilha de calças pretas e gemeu. Uma rápida olhada no relógio fez seu pânico crescer. *Tenho de cair fora daqui*, pensou.

Jane abriu a porta do provador, segurando uma das calças. Perscrutou o ambiente, buscando sinais de Sandra. A garota estava no meio do setor de vendas, carregando uma pilha de blusas vermelhas.

Vai!, gritou uma voz na mente de Jane. *Vai agora! Antes que ela a veja.*

Com a cabeça baixa, Jane se moveu entre as araras. Somente quando ficou oculta atrás de um expositor de vestidos de verão, ousou olhar em volta. Percebeu Sandra se dirigindo para os provadores. Então, Jane aproveitou a oportunidade para correr até uma das araras de blusas onde tinha visto Sandra. Apanhou uma blusa vermelha, só se certificando se era do tamanho correto, e, em seguida, voou até o departamento de calçados.

Alguns minutos depois, agarrando um par de sapatos de salto alto, Jane deixou um vendedor aturdido, ainda ajoelhado no chão, cercado por caixas. Em seguida, ela atacou o balcão de maquiagem. "Sombra para olhos, batom, *blush*", ela gritou para a funcionária surpresa. "As cores não têm importância, desde que combinem."

A garota fitou Jane com os olhos arregalados. "Que marca a senhora gostaria? Temos uma especial..."

"Tenho cinco minutos!", Jane gritou, golpeando o punho no tampo de vidro do balcão.

A garota abriu os armários debaixo do balcão e começou a tirar coisas. Enquanto ela trabalhava, Jane esticou o pescoço, na expectativa de que Sandra tivesse desistido dela. Para seu espanto, viu a moça perambulando entre as araras, aparentemente procurando por ela.

"Todos os produtos parecem maravilhosos", Jane disse para a atendente da maquiagem. "E também quero pagar por todas essas outras coisas." Ela encheu o balcão com as roupas e o sapato. Praticamente arremessou o seu cartão de crédito para a garota. Ela o passou na máquina e entregou o comprovante para Jane assinar.

"Só vou dobrar as roupas para a senhora", a garota disse, abrindo uma sacola e pegando a blusa.

"Não tenho mais tempo!", Jane afirmou. Ela arrancou a blusa das mãos da atendente, jogou-a dento da sacola e arrebatou todo o resto sobre o balcão. "Obrigada por sua ajuda", disse Jane, saindo correndo. "Peça mil desculpas para a Sandra."

Jane estava de volta ao seu quarto faltando cinco minutos para a uma da tarde. Através da porta, conseguiu ouvir o toque do telefone. Entrou e levantou o gancho. "Alô?"

"Sou eu, Kelly. Só para ter certeza de que você já está quase pronta. Estaremos no saguão em quinze minutos. Como sempre, Bryce está atrasado. Ele tem de se embelezar para Comfort e Joy. Mas estaremos na tevê no horário. Não é longe."

"Ótimo", Jane disse, mantendo sua voz a mais calma possível. "Vejo vocês daqui a quinze minutos."

Depois de desligar o telefone, Jane despejou o conteúdo da sacola sobre a cama e começou a trabalhar. Vestir as roupas foi fácil, mas fazer a maquiagem era outra história. Deixara a anotação de Lucy nas mãos de Sandra, e, assim, tinha de tentar lembrar exatamente as instruções de Lucy. Ao abrir a sombra para olhos, percebeu que a garota tinha escolhido um tom peculiar de roxo. Quando Jane aplicou sobre sua pálpebra, pareceu que tinha um hematoma.

Jane procurou ignorar a cor, aplicando-a da melhor forma possível. Então, passou o batom e o *blush* e se sentou para observar o resultado.

"Parece que fui arrastada através de uma cerca viva", Jane murmurou. Mas não havia outro jeito. Ela era aguardada no saguão.

Quando foi vestir os novos sapatos, acidentalmente chutou um deles para debaixo da cama. Ajoelhando-se, tateou ao redor em busca dele. Seus dedos logo encontraram o salto. Então, quando puxou o sapato para fora, percebeu que seus dedos não tinham tocado em algo.

Erguendo a coberta, olhou sob a cama. O corpo de Farrah tinha sumido.

CAPÍTULO 24

A casa de campo era pequena e simples, mas tinha um jardim gracioso e um laguinho. Daria certo. Ela se imaginou sentada no pequeno escritório, observando as flores e escrevendo durante horas a fio. "Com persistência e um período de seis meses", ela disse para si mesma, "concluirei meu primeiro romance".

— **JANE AUSTEN, *CONSTANCE*, PÁGINA 278 DO MANUSCRITO.**

"Garota, que *drag queen* cuidou dos seus olhos?"

Comfort deu uma olhada em Jane e a carregou para seu próprio camarim. "Sente-se", ela disse, praticamente empurrando Jane sobre uma cadeira. "Tomboy, onde está você?", falou alto.

Um momento depois, um rapaz latino, bem alto, surgiu, secando as mãos numa toalha. "Calma, mulher", ele disse. "Eu estava passando reboco na senhora Joy. Você sabe quanto tempo isso leva, não?"

Ele e Comfort gargalharam a respeito da piada. Enquanto isso, Jane, sentada em silêncio, observava seus olhos pavoneados no espelho. Kelly e Bryce foram gentis em seus elogios; sua aparência estava horrível, como um pugilista profissional depois de levar um soco bem dado.

"Jane, esse é Tomboy", disse Comfort. "Ele cuida da nossa maquiagem. Então, você sabe, ele é um gênio. Tomboy, essa é a senhorita Jane Fairfax."

"A Jane Fairfax?", Tomboy exclamou, pondo as mãos sobre os quadris.

"Eu o deixei ler seu livro", Comfort contou para Jane. "A bicha ainda não o devolveu para mim."

"E não vou devolver", afirmou Tomboy. Ele colocou a mão sobre o ombro de Jane. "Eu amei!", ele exclamou.

"Meu bem, faça alguma coisa no rosto da senhorita Jane", Comfort ordenou. "Deixe-a tão bonita quanto você me deixa."

Então, Comfort saiu do camarim. Jane pôde ouvi-la conversando com Kelly e Bryce no corredor. Sua voz intensa e profunda era, às vezes, interrompida por risadas.

"Ela parece boa gente", Jane disse, enquanto Tomboy colocava um pano branco em volta do pescoço dela.

"Tão boa gente quanto a outra é detestável", afirmou Tomboy. Ele pegou uma compressa de algodão e a mergulhou em um creme facial. "Feche os olhos", ele disse.

Jane o obedeceu, e, um momento depois, sentiu o creme ser aplicado em suas pálpebras. O toque de Tomboy era delicado e relaxou seus nervos. "Joy é assim tão ruim?", ela perguntou.

"Pior", afirmou Tomboy, assobiando baixinho.

"Joy sempre parece tão legal no programa", disse Jane, mentindo. Ela só tinha visto um programa, para saber aonde iria se meter. Mas Joy tinha aparentado ser, se não exatamente uma pessoa legal, ao menos agradável.

"Dão tranquilizantes para ela antes da gravação", revelou Tomboy.

"Você está brincando", afirmou Jane.

"Ah, nada sério", Tomboy respondeu, enquanto limpava as pálpebras de Jane com um pano quente. "Só dois comprimidos de Valium. Isso impede a perua de pirar."

"Puxa, não fazia a menor ideia", afirmou Jane.

"É pelo bem do mundo", Tomboy assegurou. "Agora olhe para mim."

Jane fitou os belos olhos castanho-escuros dele. O rosto de Tomboy ficou a centímetros do dela. Ele estendeu a mão e, subitamente, ela sentiu uma dor aguda na proximidade da sobrancelha. "Ai!"

"Simplesmente estou depilando essas lagartas", ele informou. Ele arrancou outro pelo, e, em seguida, outro. Jane tentou não fazer cara de dor. Quando Tomboy finalmente terminou, lembrou-se do corpo desaparecido de Farrah e voltou a ficar ansiosa.

"Feche os olhos", Tomboy pediu.

Jane sentiu alguma coisa — aparentemente sombra para olhos — sendo aplicada em suas pálpebras. Quis saber que cor era, embora qualquer uma seria melhor que o roxo que tinha usado.

"Seu livro é mesmo muito bom. Gostei demais", Tomboy disse, continuando a trabalhar. "É muito melhor do que tudo que li ultimamente. Os personagens parecem pessoas de verdade, que você conhece, não como os das novelas de tevês. Lembrou-me Jane Austen."

"Austen?", afirmou Jane. "Sério?"

"Sério", respondeu Tomboy. Ele estava passando um lápis ao longo da sua pálpebra inferior. "Ela é minha autora favorita. Devo ter lido *Mansfield Park*, no mínimo, dez vezes."

"*Mansfield Park*? Sério?" Jane demonstrou surpresa. Era seu favorito entre todos os seus livros, mas estava acostumada com o fato de a maioria das pessoas não gostar dele. "E *Orgulho e preconceito*?"

"Ah, também gosto", Tomboy respondeu. "Mas *Mansfield Park* tem mais, sei lá, profundidade. Fanny é uma pessoa de verdade, sabe? Basicamente, ela não consegue fazer nada direito. Até certo ponto, o seu romance me lembra *Mansfield Park*."

Tomboy afastou-se um pouco e observou sua obra. Depois de aplicar mais alguns toques e adicionar algum *blush*, disse: "Dê uma olhada e veja o que você acha".

Jane ficou impressionada. Tomboy transformara seu rosto. Em vez de parecer cansado e estressado, parecia saudável e com vida. "Não consigo acreditar que sou eu. Obrigada."

"Por nada", Tomboy disse, sorrindo. "Agora vai lá e arrasa."

Como se no momento correto, Comfort entrou, deu uma olhada em Jane e estalou a língua. "Ele fez tudo o que sabe em você, garota", ela disse para Jane. "Não sei se você não vai me ofuscar desse jeito."

"Não acho que isso seja possível", Jane respondeu. "De qualquer forma, obrigada."

"Venha", Comfort disse, pegando a mão de Jane. "Chegou o momento de apresentar você para Joy." Ela conduziu Jane pelo corredor até outro camarim. Joy estava ali, conversando com um rapaz que fazia anotações.

"E seis garrafas de gim", Joy afirmou. "Mas não aquela porcaria que você comprou da última vez. Agora, vá."

O assistente saiu correndo e Joy se virou para ver quem tinha entrado. Quando viu Comfort e Jane, ela sorriu de alegria. "Olá", disse, abraçando Jane. "Que bom que você veio."

"Obrigada por me convidar", afirmou Jane. Joy estava olhando diretamente para ela. Jane correspondeu. Havia algo estranho em relação aos olhos de Joy. Pareciam um pouco embotados. Então, Jane lembrou-se do Valium.

"Vai ser muito divertido", Joy disse. "Não é mesmo, Comfort?"

"É claro que sim", Comfort respondeu, animadamente. "Jane, vamos até seu camarim. Joy, vejo você em um minuto."

"Tchau", Jane disse para Joy, enquanto Comfort a arrastava para fora.

"Senhor, tenha piedade!", afirmou Comfort. "Ela é mais alegre que um cão de caça numa varanda em um dia quente de julho. Graças a Deus. Tudo o que eu quero é que ela se comporte na parte dedicada à culinária."

"Parte dedicada à culinária?", Jane perguntou. Ela achou que era a única atração do programa.

"Tortilhas de queijo rápidas e fáceis de fazer", Comfort respondeu, enquanto caminhavam. "Só dura dez minutos, mas, às vezes, Joy fica apavorada com o fogo do fogão. De qualquer jeito, nossa primeira atração é uma família que juntou US$ 5 mil simplesmente guardando moedas durante um ano. Entre mim e você acho que eles saquearam algumas fontes do desejo, mas as crianças são uma gracinha, e isso faz a audiência se sentir bem. Em seguida, você entrará, como a principal atração do programa, e acabamos com as tortilhas."

Elas chegaram à porta do camarim dos convidados. "Tenho de terminar de me aprontar", Comfort informou. "Você pode esperar aqui e alguém virá chamá-la quando for sua vez. Você poderá assistir ao programa no monitor se quiser."

Jane abriu a porta do camarim. Kelly e Bryce estavam ali, juntamente com uma família de cinco pessoas, que Jane supôs serem os colecionadores de moedas. Ao vê-la, Kelly levantou-se de um salto. "Aí está você!", ele exclamou. Seu tom sugeriu que ele já estava farto da família econômica.

"Eu sou Tammy Tucker", a mãe da família disse, acenando para Jane com um sorriso. "Esse é o meu marido, Ted, e esses são nossos filhos. Tracy e Tina são as gêmeas, e esse é Ted Júnior." Todas as três crianças saudaram Jane sincronizadamente.

"Olá", disse Jane.

"Você quer ver meu pote de moedas?" Uma das meninas (Jane não conseguiu dizer qual) aproximou-se dela segurando um pote de vidro cheio de moedas. "Tem mais de US$ 200 aí dentro", ela disse, orgulhosamente,

"Que maravilha", afirmou Jane.

"Tina, não incomode a querida escritora", pediu Tammy. "Deixe-me arrumar seu cabelo. Já está quase na hora da nossa entrada."

Deixando Tammy preparar sua família, Jane e Kelly se juntaram a Bryce, que estava no fundo do camarim, observando com interesse uma mesa cheia de comida. "Eles já foram?", ele perguntou, murmurando.

"Não", Kelly respondeu. "Mas falta pouco." Ele se virou para Jane: "Eles nos mostraram o funil que usam para encher os potes com moedas".

"Não aguentei a parada", Bryce informou. "Se aquele menino dissesse mais uma vez que 'centavos canadenses não são dinheiro de verdade', daria um tapa nele."

"Você quer alguma coisa?", Kelly perguntou para Jane, pegando uma rosca.

"Acho que não devo", Jane respondeu. Seu estômago já estava embrulhado por causa de Farrah. Naquele momento, ela começou a sentir cólicas. *Ah, não*, pensou, quando percebeu o que isso significava. Além de nervosa, também precisaria se alimentar logo. A ansiedade e a correria consumiram sua energia.

Olhou para as três crianças Tucker. *Sem dúvida, não sentiriam falta de uma delas*, pensou.

Felizmente para as gêmeas e para o irmão delas, um rapaz da produção do programa chegou para levá-los até o estúdio. Quando a porta se fechou, Bryce voltou para a área de assentos. "Meu Deus, que horror", ele disse. "Quanto dinheiro eles disseram que 'acharam' no ano passado?"

"Cinco mil, acho", Kelly informou.

"São US$ 14 por dia, mais ou menos", Bryce calculou. "A menos que essas crianças estejam fazendo mágicas, não acredito nessa história."

Jane se juntou a eles, sentando-se numa cadeira. Tentou ignorar a sensação torturante que estava tomando conta rapidamente do seu estômago.

Poucos minutos depois, o programa começou. Jane podia ouvir a plateia através das paredes, e também assistir no monitor. Primeiro, Comfort e Joy entraram e se envolveram em uma brincadeira. Depois de um comercial, a família Tucker entrou. Jane desligou. Seu estômago doía e ela não conseguia parar de pensar a respeito do corpo desaparecido de Farrah. Cada vez mais, tinha certeza de que Byron estava por trás da história.

"Jane?" Uma voz a despertou dos seus pensamentos. O mesmo rapaz da produção que tinha vindo chamar os Tucker pediu para que ela o acompanhasse. Jane se levantou.

"Boa sorte", Kelly desejou. "Você vai arrasar."

Jane seguiu o rapaz por um corredor. Pouco depois, deram de cara com os Tucker sendo escoltados de volta para o camarim por outra pessoa. "Somos famosos agora, papai?", perguntou Ted Júnior para o seu pai.

"Estamos no intervalo comercial", o rapaz disse para Jane, levando-a para o estúdio. "Entraremos ao vivo em noventa segundos."

O cenário de Comfort e Joy era decorado para dar a impressão de uma sala de estar. As duas anfitriãs sentavam-se em um sofá, enquanto os convidados ficavam nas poltronas posicionadas no outro lado de uma mesinha de centro oval. Jane foi colocada em uma das poltronas e alguém instalou um microfone na sua blusa.

"É muito legal conhecê-la", disse Joy, que estava mais próxima. Jane olhou para Comfort, que sorriu simpaticamente.

"Cinco... quatro... três..." Em algum lugar à direita de Jane, alguém fazia a contagem regressiva para o retorno do programa.

"Como vocês sabem, sou uma leitora voraz", Comfort anunciou. A plateia aplaudiu, mas Jane ficou confusa. Comfort parecia outra pessoa, como se estivesse representando um personagem.

"Hoje tenho o prazer de apresentar a vocês Jane Fairfax", Comfort continuou. "O livro de Jane se chama *Constance*. Não quero dizer que esse livro é melhor do que fazer amor com meu marido, mas fiquei acordada toda noite e ele ficou dormindo ao meu lado."

A plateia expressou sua aprovação com gritinhos. A voz de Comfort estava enervando Jane. Pior, seus ouvidos estavam começando a soar, e ela começou a transpirar.

"Comfort, tenho de concordar com você", Joy interveio. Sua voz era quase monótona, robotizada e distante. "Considero esse livro maravilhoso."

"Jane, conte para nós como você teve a ideia para escrever seu livro", Comfort pediu.

Uma câmera focalizou Jane e ela olhou direto para sua luzinha vermelha piscante. Um assistente de produção fez um sinal em silêncio para Jane olhar para Comfort. Então, ela virou a cabeça e fitou o rosto sorridente de Comfort.

Jane começou a falar, mas não ouvia o que estava dizendo. Suas palavras pareciam como as divagações murmuradas por alguém falando através de travesseiros. Contemplou a cabeça de Joy, que se inclinava para cima e para baixo, concordando com o que quer que ela falasse. Jane viu a boca de Comfort abrir e fechar quando esta fez uma pergunta, e ouviu o que pareceu um zumbido de abelhas quando respondeu. Ela riu, e, na distância, a plateia a acompanhou. Não tinha ideia do que dizia. *Não se esqueça de sorrir*, disse para si mesma, e recuou os lábios para expressar uma satisfação confiante.

As gotas de suor escorriam por suas costas. Jane sentia muito calor. *Por quê?*, ela pensou. Uma mudança da iluminação chamou sua atenção e ela percebeu que estava sentada diretamente sob os refletores do estúdio. Sua pele delicada estava reagindo mal à temperatura elevada. Suas mãos já estavam se avermelhando e Jane sabia que logo aconteceria o mesmo com o resto das partes expostas do seu corpo. Pôs as mãos no colo, tentando cobrir uma com a outra para retardar o processo.

Quando finalmente chegou o momento de outro comercial, Jane esperou o sinal do diretor de palco e se levantou. Joy permaneceu sentada, enquanto um assistente arrumava sua maquiagem, mas Comfort ficou de pé e se aproximou de Jane.

"Você está arrasando, querida", Comfort disse. "Peço desculpas pelo papo furado com aquela família de caipiras, mas a audiência adora." Comfort dirigiu o olhar para Joy. "Ao menos, ela não está engolindo as palavras hoje. Deus ouviu minhas preces. Quando retornarmos, vamos para o desfecho da entrevista. Vou dizer que todo mundo está comprando um exemplar do seu livro, e você vai poder cair fora desse programa de fenômenos anormais."

"Não é tão ruim", Jane afirmou. "Estou me divertindo."

"Fico feliz que uma de nós esteja", Comfort disse. "Agora, sente-se. A contagem regressiva vai começar."

A segunda metade da entrevista aconteceu sem sobressaltos, ao menos até onde Jane pôde perceber. O calor dos refletores estava realmente começando a incomodá-la. Sua pele estava coçando e ela sentiu que sua maquiagem tinha endurecido. Quando Comfort disse que todo mundo estava comprando um exemplar do livro de Jane, esta fingiu surpresa e sorriu de alegria para a plateia. *Acabou*, disse para si mesma. Então, ouviu Joy falar.

"No próximo bloco, o chef Juan Fernandez revelará o segredo de como preparar as melhores tortilhas do mundo", Joy gritou. "Jane, por que você não fica aqui e nos ajuda com isso?"

"Bem", Jane começou a falar. "Eu realmente gostaria..."

"Vocês não querem que Jane fique?", Joy gritou para a plateia. "Não seria legal?" A plateia respondeu gritando de volta.

"Acho que posso", afirmou Jane, baixinho.

"Tudo bem, então", Joy disse. "Voltaremos dentro de instantes."

O programa foi para o intervalo comercial e os ajudantes de palco apareceram correndo para mudar o cenário. Um levou a poltrona de Jane embora; outro trouxe uma cozinha improvisada para o palco. Alguém pôs um avental em torno do pescoço de Jane e o amarrou nas costas. Em seguida, ela apertou as mãos de um homem de aparência mal-humorada em trajes de chef. *Esse deve ser Juan*, pensou, enquanto o homem examinava os ingredientes deixados sobre uma bancada.

"O que eu faço?", Jane perguntou para ele.

"Fique fora do caminho e, quando eu lhe pedir, polvilhe queijo ralado sobre a maldita tortilha", Juan informou, com irritação.

Jane aconchegou-se ao lado de Comfort, que estava à esquerda de Juan, enquanto Joy ficava à direita. "É hora de o show recomeçar", Comfort disse, quando o diretor de palco mais uma vez iniciou a contagem regressiva.

A cabeça de Jane estava pegando fogo. Seu couro cabeludo queimava e ela temia que, a qualquer segundo, seus cabelos entrassem em combustão. Tentou parecer interessada durante a explicação do chef Juan a respeito da preparação de uma tortilha de queijo, mas, de fato, não tinha ideia do que estava acontecendo. Os diversos cheiros vindos das tigelas sobre o balcão começaram a lhe dar ânsia de vômito.

Então, Jane ouviu um grito atenuado de dor e sentiu o cheiro de algo picante e metálico. Percebeu que Joy, que estava fatiando um tomate, tinha conseguido cortar o dedo. Algumas gotas de sangue caíram sobre a bancada, e mais sangue estava pingando da ferida na mão de Joy.

Jane sentiu seus caninos se fixarem no lugar. Seus sentidos se aguçaram com o cheiro do sangue. Estava sendo atraída na direção do dedo ferido de Joy.

"Opa!", Joy disse, alegremente. Ela enrolou o dedo num pano de prato. "Tudo bem. É só um cortezinho de nada", assegurou para a plateia.

Jane continuou a contemplar o sangue. Podia quase saboreá-lo. Sentia tontura. Os refletores acima dela pareciam sóis em combustão. A pele estava pegando fogo; os olhos ardiam. Mas tudo o que ela conseguia ver eram as gotas de sangue.

Então, subitamente, Joy empurrou uma tigela de queijo ralado para Jane. Jane olhou para a tigela sem entender, mas logo se lembrou do que Juan dissera. Depois de pegar um punhado de queijo, tentou espalhá-lo sobre a tortilha. Mas o calor das suas mãos amoleceu o queijo, transformando-o em uma coisa pastosa, que caiu sobre a tortilha e grudou ali como um sapo teimoso. O chef Juan percebeu e olhou para Jane com raiva.

“Tudo bem”, Comfort disse para Jane. “Agora vamos colocar no forno.” Comfort pegou a fôrma de assar com a tortilha e a colocou dentro do forno inoperante atrás dela. Então, tirou uma tortilha pronta da prateleira superior e a exibiu para a plateia. “Não dá água na boca?”, ela perguntou.

“Adoro comida mexicana!”, Joy exclamou, enquanto o chef Juan sorria amarelo e dava um peteleco em um pedaço de queijo perdido na sua mão, que voou sobre o carpete.

Um minuto depois, estava tudo acabado. Assim que o diretor de palco chamou o comercial, Jane correu para os bastidores. Longe dos refletores, sentiu-se um pouco melhor. Estava começando a ir para o camarim, quando Joy apareceu.

“Maldita faca!”, Joy murmurou, ao passar por Jane. “Por que ninguém me avisou que era afiada?”

O cheiro do sangue atraiu Jane. O nariz dela contorceu-se. De fato, precisava de algo para comer. Viu quando Joy entrou no camarim dela. Então, olhou em volta. Todos envolvidos com o programa pareciam muito atarefados. Mesmo Comfort estava distribuindo autógrafos e conversando com algumas pessoas da plateia. Jane voltou a olhar para a porta do camarim de Joy.

Só preciso de um pouco, ela disse para si mesma. *Só para me suprir.*

CAPÍTULO 25

Ela olhou para a página diante dela. Linha após linha, as palavras escritas por suas mãos cobriam o papel cor de creme. Levara a maior parte do anoitecer para escrevê-las. Agora, à luz do fogo da lareira, ela as lia para si mesma. Eram palavras refinadas, cheias de significado e beleza, e levavam sua história ao desfecho mais gratificante.

— JANE AUSTEN, *CONSTANCE*, PÁGINA 356 DO MANUSCRITO.

Estava garoando quando Jane chegou ao hotel La Maison des Trois Soeurs, no French Quarter, em Nova Orleans. Usava um suéter de lã muito molhado por causa do calor do dia e da umidade, que carregava um cheiro um tanto pantanoso.

Jane pagou o motorista do táxi e carregou suas duas malas para o hotel. Na recepção, um jovem de rosto arredondado, usando um pequeno óculos de armação metálica, a saudou com um modorrento "Boa tarde. Em que posso ajudá-la?"

"Deve haver uma reserva em meu nome", Jane informou, e deu seu nome. O rapaz examinou um livro de registros antigo, repleto de anotações manuscritas. Não havia um computador à vista, ela notou. De fato, tudo no saguão estava fora de moda. A luz de lâmpadas de gás presas na parede tremulava, e os móveis de madeira de lei, sobre os tapetes muito gastos, pareciam enormes animais usando selas de veludo cor-de-rosa. *Realmente, é fascinante.*

"Aqui está", o rapaz disse, desenhando uma estrela perto do que Jane supôs ser sua reserva no livro. "Vejo que a senhora está na cidade para a conferência."

Jane confirmou com um gesto de cabeça. "Há muitas pessoas da conferência hospedadas aqui?", ela perguntou.

"Poucas", o rapaz respondeu. "A maioria fica no hotel da conferência. Mas algumas preferem ficar aqui porque é mais fora do comum. Também gostam da atmosfera autêntica."

"Sem dúvida, é encantadora", Jane observou, recebendo uma chave de verdade e não um cartão eletrônico. Como todo o resto do La Maison des Trois Souers, era velha, com seu metal liso pelo uso de dedos anônimos.

"O seu quarto é o número nove", o rapaz informou. "Fica depois da sala de estar, subindo a escada. No segundo andar. Quer uma ajuda com as malas?"

"Pode deixar. De qualquer maneira, obrigada."

"Meu nome é Luke", o rapaz disse. "Qualquer coisa que a senhora precisar, estou à disposição."

Depois de pôr a chave no bolso, Jane pegou as malas, atravessou o saguão, subiu pela escada e chegou ao segundo andar. A escada continuava para o terceiro andar, mas um corredor se estendia à direita. Jane seguiu por ele até alcançar uma porta com um pequeno 9 de latão preso nela. A chave se encaixava perfeitamente no buraco da fechadura, e a porta se abriu com o mínimo gemido de protesto.

O quarto era maior do que ela imaginara. Contra uma parede, havia uma cama de estrutura de latão, coberta com um acolchoado de padronagem tradicional em tons de azul. No lado oposto, havia uma penteadeira com um espelho grande e também uma poltrona confortável estofada em azul-escuro. À esquerda, uma porta dava para um banheiro. À direita, ficavam as janelas do teto ao chão, que estavam fechadas por causa da chuva. Do lado de fora, havia uma pequena sacada de ferro forjado, com vista para a rua.

Depois de colocar uma mala sobre a cama e a outra ao lado da penteadeira, Jane foi até as janelas e abriu uma delas. A chuva tinha diminuído e naquele momento o vapor subia dos paralelepípedos. O cheiro de terra e putrefação era mais forte agora, mas não era desagradável. *É como se toda a cidade estivesse em decomposição*, Jane pensou.

Jane não vinha a Nova Orleans há quase um século. Antigamente, conhecera diversos da sua espécie que viviam na cidade, mas tinha parado de se corresponder com eles há muito tempo. Inicialmente, a obsessão deles pelo passado a atraíra, pois as coisas no mundo estavam mudando muito rápido naquela época, e ela sentia que o mundo que conhecia estava desaparecendo. Mas com o tempo, Jane se cansou do modo de falar afetado e da fascinação mórbida de dormir em caixões e promover bailes de máscaras. Tinha certeza de que ainda viviam ali, mas não pretendia procurá-los. Eles só a deprimiriam.

Jane voltou para a cama e abriu a mala. Em Chicago, uma nova excursão de compras, antes de sua partida, abasteceu-a com mais roupas e outras necessidades. Após tirar diversas peças de roupa, pendurou-as no pequeno armário embutido.

Estava levando a *nécessaire* para o banheiro quando o celular tocou. Pegou-o na penteadeira e atendeu.

"Alô?"

"Senhorita Fairfax?", disse uma voz feminina. "Sou Farrah Rubenstein. Da *Entertainment Weekly*."

"Sim", respondeu Jane, surpresa. Ela sabia quem Farrah era, só não esperava ouvir a voz dela. *Supostamente, você devia estar morta*, ela pensou. "Que bom ouvir sua voz."

"Desculpe incomodá-la", Farrah disse, aparentemente desatenta a qualquer surpresa no tom de Jane. "Tenho ainda algumas perguntas a respeito do livro."

"Claro", respondeu Jane, sentando na beira da cama. Ela não queria perguntar se estava tudo bem com a jovem. *Como, por exemplo, se Farrah sentia alguma vontade de morder o pescoço das pessoas?*, pensou. Mas não podia dizer nada sem admitir que algo estranho acontecera, e parte dela não queria que Farrah soubesse que ela a deixara escondida debaixo da cama enquanto fazia compras.

"Esqueci de perguntar se os nomes dos seus personagens simbolizam alguma coisa."

Jane respondeu a pergunta, não ouvindo nenhuma palavra que estava dizendo. Farrah fez outras perguntas, que ela respondeu da mesma forma. Não conseguia se esquecer da imagem da garota sobre a cama do quarto do hotel, com o olhar sem vida voltado para o teto. O que tinha acontecido com ela?

"Farrah, você está se sentindo bem?", Jane disse quando não conseguiu mais se conter.

"Eu? Sim. Por quê?"

"Só para saber", Jane disse, pensando rápido. "Aparentemente tive uma pequena virose em Chicago. Acho que foi o ar do hotel. Quis saber se você sentiu... alguma coisa depois do nosso encontro."

"Não", respondeu Farrah. "Na realidade, me sinto muito bem. Talvez você seja sensível", acrescentou.

"Talvez", Jane concordou.

Farrah começou a fazer uma pergunta a respeito da trama do romance. "Você tem certeza de que não está se sentindo diferente?", Jane interrompeu. "Esquecida, quem sabe? Ou cansada? Talvez sentindo vontade de comer uma carne mal-passada?"

"Eu?", disse Farrah, rindo. "Sou vegetariana. Como já lhe disse, estou me sentindo muito bem. Agora, se eu puder fazer mais algumas perguntas..."

Elas conversaram por mais dez minutos. Então, Farrah agradeceu a boa vontade de Jane, revelou a ela a data da publicação da revista e desligou. Jane continuou sentada na cama, olhando para o telefone e querendo saber o que aconteceria a seguir. *Eu vi o pescoço dela*, ela pensou. *Essa garota estava morta.*

Mas sem dúvida não estava. De alguma forma, Farrah tinha deixado aquele quarto de hotel e agora não se lembrava do fato ou estava mentindo. Em ambos os casos, era aflitivo. Por que alguém (Byron, Jane suspeitava) se esforçaria para dessangrar uma jornalista e acusar Jane pelo homicídio, só para depois se livrar do corpo? Não fazia sentido.

Infelizmente, Jane não tinha tempo para se concentrar nisso. Havia um coquetel de recepção para os participantes da conferência começando em uma hora, e Jane era esperada. Apesar do calor, da umidade e, agora, do seu estado de confusão, tinha de ir. Fez um esforço e se encaminhou ao banheiro para arrumar os cabelos.

Às seis e quinze da tarde, Jane entrou no salão de festas do segundo andar do hotel da conferência. Estava cheio de pessoas — principalmente mulheres — que conversavam em voz alta, servindo-se de canapés de bandejas carregadas por garçons de aparência entediada.

Jane localizou a mesa de registro e se aproximou de duas mulheres identificadas como organizadoras pelos crachás. Antes de conseguir falar alguma coisa, uma delas gritou: "Jane Fairfax! Eu adorei seu livro". Ela estendeu a mão, enquanto as pessoas ao redor de Jane se viraram para observá-la, perguntando-se quem era ela para merecer recepção tão empolgada. Jane, ruborizando-se, pegou a mão oferecida.

"Sou Sally Higgins-Smythe", a mulher informou. "Com um ipsílon", acrescentou, mostrando o crachá com seu dedo rechonchudo. "Sou a pessoa que a convidou para a conferência."

"Muito obrigada", afirmou Jane. Sally possuía uma expressão frenética, beirando a histeria, e Jane suspeitou que ela tinha passado as últimas vinte e quatro horas à base de cafeína e açúcar.

"Aqui está seu crachá", Sally disse, prendendo no peito de Jane um crachá com a forma de um coração. "E aqui está sua programação." Ela entregou uma folha de papel para Jane. "Tenho de trabalhar no registro das pessoas agora, mas quero muito ver sua palestra."

"Minha palestra?", Jane perguntou.

"Não falaram para você?", Sally perguntou. "Você vai participar de um debate a respeito do que as mulheres querem dos romances. Além de você, vão participar Penelope Wentz e Chiara Carrington."

"Ninguém falou nada a respeito de uma palestra", afirmou Jane. "É possível que você..."

"Não se preocupe", Sally interrompeu. "Você só tem de falar um pouco e, depois, responder às perguntas."

Jane pensou em refutar, mas achou melhor não. Não queria causar problemas em sua primeira conferência. *Já não basta a quase morte de uma jornalista?*, ela se perguntou. *Você não precisa ficar com a fama de uma pessoa difícil.* "Você tem razão", disse para Sally. "Será divertido."

Jane deixou Sally recebendo os outros participantes e decidiu se afastar para o canto mais distante do salão. No trajeto, pegou uma taça de vinho e bebeu a maior parte dela antes de chegar à metade do caminho. Queria que Kelly ou Nick estivessem ali. Sozinha, sentia-se como a nova aluna da escola. Não conhecia ninguém e todos olhavam para seu peito tentando descobrir quem era ela.

Jane achou um lugar perto de uma palmeira plantada em vaso e tentou se misturar na multidão. Com um pouco de sorte, ninguém a perceberia, e ela poderia ir embora logo. Então, poderia se preocupar a respeito do que diria no debate. *O que as mulheres querem dos romances*, pensou. *Sinceramente.*

"Jane?"

Jane ergueu os olhos e viu uma mulher alta e atraente diante dela. A pele morena realçava o vestido vistoso cor de âmbar. Um colar com um diamante circundava o pescoço esguio, e os cabelos estavam amarrados com um laço brilhante, bem apertado. Jane tentava identificar quem era aquela estrela de cinema.

"Chiara Carrington", a mulher se apresentou, abrindo um sorriso estonteante para Jane. "Vou estar com você em nosso debate de amanhã."

"Ah!", Jane exclamou. "Muito prazer. Acabei de descobrir que também vou participar dele."

"Eu também", Chiara informou, rindo. "Sally sempre se esquece de contar esses pequenos detalhes para os autores. Você vai se acostumar depois de duas conferências."

Por alguns minutos, Jane e Chiara conversaram trivialidades. Então, Chiara disse: "Tenho vergonha de dizer isso a você, mas não li nenhum dos seus livros".

Ah, aposto que você já leu, pensou Jane. "Tudo bem", Jane respondeu. "É o meu primeiro livro. E já que você está confessando, devo lhe dizer que também não li nenhum dos seus livros. Também é o seu primeiro?"

"Meu décimo quinto", Chiara respondeu. Diante do tom frio da resposta de Chiara, Jane percebeu que tinha cometido uma gafe. "Tantos?", disse rapidamente. "Possivelmente, você não pode ter idade suficiente para ter..."

"Desculpe." Outra voz interrompeu a tentativa do pedido de desculpas de Jane. Jane se virou e viu uma mulher, baixa e vestida toda de cinza, parada ao seu lado. A pele era clara e os olhos tinham a mesma cor da roupa. Os cabelos castanhos estavam reunidos em um coque na nuca.

"Gostaria de trocar uma palavra com você se possível", a mulher disse para Jane. Ela olhou para Chiara. "Em particular."

"Tudo bem", disse Chiara. "Já estou de saída." Ela lançou um olhar hostil para Jane. "Amanhã nos vemos", afirmou, já se afastando.

Jane se virou para a mulher recém-chegada. "Não sei o seu nome."

"Violet", disse a mulher. "Violet Grey."

Jane quase deu a mão para a mulher, mas se conteve. "Ah, eu li seu trabalho."

"Tenho certeza", Violet disse, sorrindo gravemente. "E eu li o seu."

Jane não sabia muito bem como prosseguir. Já sabia o que Violet achava do seu livro. Devia confrontá-la? Ou devia simplesmente ficar quieta, enquanto Violet desfrutava de algum tipo de prazer perverso ao perceber seu constrangimento?

"Não tenho a intenção de fazer uma cena", afirmou Violet, como se lendo a mente de Jane. "Acho que nenhuma de nós quer isso."

"Não. Não queremos."

"Então, direi o que tenho para dizer. Pretendo desmascarar você."

"Me desmascarar?", Jane exclamou. "O que é que você quer dizer com isso?"

"Imaginei que você diria isso. O que eu quero dizer é que posso provar que você não é quem você diz que é."

Jane hesitou. Será que Violet sabia algo a respeito dela? E, sendo assim, como?

"Não se dê ao trabalho de negar", Violet prosseguiu. "Tenho todas as provas de que preciso."

"Provas", Jane repetiu.

"Que seu romance é um plágio", Violet revelou.

Jane sentiu um alívio. Violet não tinha ideia de quem ela era. "Então, você acha que eu roubei o trabalho de alguém?"

"De alguém, não, senhorita Fairfax", Violet afirmou. "Você simplesmente roubou o trabalho de Charlotte Brontë."

"Brontë?", Jane disse. "O que a faz achar que eu roubei o trabalho de Charlotte Brontë?"

"Por acaso, estou em posse do manuscrito original, que você intitula *Constance*", Violet informou.

"É impossível", Jane afirmou.

"Mas está comigo", Violet insistiu. "Também tenho uma testemunha — um especialista em manuscritos do século XIX — que atestará sua autoria."

Jane refletiu por um momento. O que tinha acontecido com o manuscrito original do romance? Ela tentava se lembrar. Então, lembrou: ela o dera a Byron. De fato, escrevera o livro como uma carta de amor para ele, mantendo-o em segredo da sua família, ao contrário das obras em andamento que, em geral, lia em voz alta para eles. A lembrança causou náuseas nela agora, mas, na época, Jane achou que era a forma perfeita de mostrar a Byron o quanto ela o adorava. Então, depois do que ele fez, ela fugiu da casa dele sem levar o manuscrito. Jane tinha uma cópia escondida em Chawton, é claro, mas o original ficara na casa às margens do lago de Genebra.

"Não sei como você obteve uma cópia do manuscrito", Violet continuou. "Acho que devem existir algumas cópias. Brontë era conhecida por sempre ter duas ou três, se acontecesse algo com o original. Mas você tem uma cópia, tenho certeza. E pretendo provar que você a usou como base para seu livro."

"Deve haver algum engano", Jane disse.

"Um grande engano, eu diria", Violet bufou. "O que você acha que o mundo literário dirá quando descobrir que você, além de plagiar seu romance, também privou o mundo de saber da existência de outro romance de Charlotte Brontë?"

"Você não entende", Jane afirmou.

"Ah, eu entendo sim", Violet respondeu. "Eu entendo que, a não ser que você, amanhã, no seu debate, admita o que fez, serei forçada a desmascará-la."

"Como? Não posso fazer isso. Não é verdade", exclamou Jane.

"Amanhã", disse Violet, virando-se para partir. Ela olhou para trás e disse para Jane: "Se você não fizer isso, eu farei".

CAPÍTULO 26

Charles chegou à casa de campo em outubro, depois de a primeira grande geada matar a última das maçãs e de as poucas folhas ainda presas nas árvores terem definhado. Ele chegou numa tarde fria e luminosa, carregando uma maleta e seu favorito Tom, da cor do gengibre, em um cesto de vime. Constance, voltando de uma caminhada ao lago para ver se os patos tinham acabado de construir seus ninhos, viu Charles parado perto da porta da frente. Mas, em vez de correr até ele imediatamente, ficou parada em silêncio por um longo momento, admirando o modo como a luz do sol iluminava os cabelos dele.

— JANE AUSTEN, *CONSTANCE*, PÁGINA 372 DO MANUSCRITO.

Jane queria que estivesse mais escuro. Embora o crepúsculo houvesse chegado e a chuva continuasse a cair, ainda estava claro o suficiente para Violet ver Jane se ela se virasse. Mas até então Violet tinha caminhado rapidamente pelo French Quarter, em um itinerário ziguezagueante singular, que fez Jane se perguntar se ela sabia que estava sendo seguida.

Jane não deixou que o choque e a raiva provocados pela acusação de Violet a impedissem de segui-la quando ela saiu do hotel. Jane não sabia direito o que iria fazer, mas seu instinto a aconselhou a não perder Violet de vista.

Violet atravessou a Chartres Street e alcançou a Jackson Square. Depois, virou na St. Ann e pegou a direção noroeste. Virou novamente, cruzou a Esplanade e entrou na Faubourg Marigny. Em seguida, passou a Washington Square, atravessou a Elysian Fields, virou na Mandeville e, um quarteirão depois, virou na Burgundy. No meio do quarteirão, parou na frente de uma pequena casa vermelha, no lado oeste da rua, passou pela varanda, alcançou a porta da frente e entrou. Jane ficou nas sombras, no outro lado da rua, lamentando não estar usando sapatos confortáveis. Seus pés doíam e, provavelmente, uma bolha já tinha se formado no dedão direito.

A luz se acendeu na casa em que Violet entrou, brilhando através das persianas de ripas de madeira e espalhando faixas amarelas claras sobre as tábuas do assoalho da varanda. Jane não conseguia ver nada por causa das persianas, e, rapidamente, atravessou a rua e entrou furtivamente no espaço entre a casa de Violet e a vizinha. Havia outra janela ali, mas era coberta por cortinas, impedindo a visão do interior da casa. Jane continuou, na expectativa de achar uma abertura mais reveladora.

Jane a encontrou nos fundos da casa. O pátio era pequeno e seu jardim crescia sem cuidados, parecendo um matagal de plantas com flores que perfumavam o ar. Havia uma versão reduzida da varanda da frente, do lado de fora de uma porta simples, que

Jane supôs ser da cozinha. Uma janela pequena, em um lado da porta, brilhava fracamente na penumbra. Ao atravessar a varanda, ela temeu a existência de cobras. Alcançou o vidro.

Ela podia ver a cozinha. Era grande, gasta mas limpa. As utilidades domésticas eram bem antigas — quase antiguidades, Jane pensou — e o papel de parede tinha se desgastado em diversos lugares devido aos vazamentos de água. *Realmente, ela devia arrumar o telhado,* Jane pensou. *Walter ficaria consternado se visse isso.*

Em um lado da cozinha, havia uma mesa, de formato retangular e pintada de verde-claro. Quatro cadeiras estavam dispostas em torno dela, uma em cada lado. Três cadeiras estavam ocupadas por figuras sentadas. Ao vê-las, Jane deu um passo atrás, receosa de que fosse descoberta. Mas, depois de um minuto sem nenhuma reação das figuras, ela deu uma segunda olhada.

Duas figuras eram mulheres. Estavam vestidas com vestidos lúgubres, muito parecidos com o que Violet usava. Os cabelos estavam arrumados como o dela, e seus rostos também eram pálidos. A terceira figura era um homem. Ele vestia um terno e seus cabelos estavam divididos impecavelmente para um lado. Estava de costas para Jane, e, assim, ela não podia ver seu rosto. As três figuras mantinham as mãos sobre os respectivos colos.

Pouco depois, Violet entrou na cozinha. "Estou de volta", ela disse. "E acredito que nosso plano funcionou."

Nenhuma figura respondeu, mas Violet pareceu não perceber. Ela se moveu pela cozinha, tirando coisas da geladeira e colocando-as sobre a mesa, pondo vinho em quatro taças e deixando-as em cada lugar. Por fim, sentou-se, à frente do homem. Violet ergueu sua taça.

"À vingança", ela disse. Riu e tomou um gole de vinho. Fechou os olhos por um instante. "Não é delicioso?", perguntou.

Nenhuma resposta veio dos outros três comensais, nenhum deles moveu nem mesmo um dedo. Seus copos permaneciam intocados diante deles. Ainda aparentemente não afetada pelo silêncio deles, Violet pegou uma bandeja de carne e ergueu uma fatia.

"Anne?", Violet perguntou, olhando para a direita. "Ah, é claro. Você prefere bem passado. Desculpe." Violet se virou para a esquerda e pôs a fatia de carne no prato situado ali. "É Emily que prefere malpassado."

Anne e Emily pareceram guardar suas opiniões para si mesmas, Jane pensou, observando Violet encher os pratos com comida. O estranho quadro fazia cada vez menos sentido.

"Você vai fazer a oração?", Violet perguntou, aparentemente para o homem à frente dela. Ele curvou a cabeça. Jane não ouviu nenhuma voz saindo da boca do homem, mas, após alguns momentos, Violet ergueu a cabeça. "Obrigada, Branwell", ela disse.

Branwell?, Jane pensou. *Anne? Emily?* Jane teve um insight. Ela olhou para Violet, que estava conversando animadamente enquanto comia. *São bonecas*, Jane pensou. *Manequins ou algo assim. Violet os vestiu e acha que são as Brontë e o irmão delas.*

De repente, tudo fez sentido. Violet não era somente uma admiradora da família Brontë, como também era obcecada por ela. Não é à toa que ela queria acreditar que o manuscrito de Jane fora escrito por Charlotte. *Ela até finge que é Charlotte*, Jane pensou. Por isso as outras foram chamadas de Anne e Emily. *Claro que ela escolheu a mais bem-sucedida para si mesma. Violet pode ser maluca, mas, no mínimo, é esperta.*

Jane tinha conhecido diversas pessoas fanáticas pelas irmãs Brontë, mas Violet era imbatível. Não somente agia como se fosse da própria família, como também conseguiu descobrir o manuscrito de Jane e se convencer de que fora realmente Charlotte quem o escrevera. Na realidade, era um tanto triste, e Jane sentiu pena dela.

No entanto, Violet está tentando me chantagear, Jane se lembrou. A questão era o que fazer a respeito disso. Jane podia se negar a atender às exigências de Violet, mas enquanto esta estivesse em posse do manuscrito, sempre haveria a evidência de que Jane copiara o trabalho de alguém. Quer fosse considerado por especialistas como sendo de Charlotte ou não, Jane seria acusada de plágio.

Tenho de recuperar o manuscrito, Jane pensou. *É a única maneira.*

Mas como? Ela não podia simplesmente entrar na cozinha e exigir que Violet o desse para ela. *Você pode dessangrá-la*, uma voz em sua mente sugeriu.

Não era uma má ideia. Jane podia fazer isso com facilidade. Em seguida, procuraria o manuscrito enquanto ela estivesse adormecida. Com um pouco de sorte, Violet não se lembraria de nada no dia seguinte. No entanto, ela ainda se lembraria do manuscrito, o que inviabilizaria toda ação. O único jeito seguro de lidar com Violet era dessangrá-la completamente. Matá-la, em suma.

Jane ficou tentada. Afinal, Violet a estava ameaçando. Pior, ela a estava acusando de roubar seu próprio trabalho. *Ela realmente faz por merecer isso*, Jane pensou. Mas e se Violet contou para alguém? Uma amiga, talvez? Ou ao especialista em manuscritos que ela mencionou. Quem era ele? Jane não tinha ideia. Se ela matasse Violet, haveria ainda pessoas que poderiam complicar sua vida.

Não, a única solução era recuperar o manuscrito. Esperançosamente, Violet só tinha uma única cópia. Se Jane conseguisse reaver essa cópia, então Violet poderia fazer as acusações que quisesse, mas, sem a prova para respaldá-las, nunca seria levada a sério. Ela era capaz de causar alguma irritação, ou até especulação, mas seria efêmera. Além disso, se alguém prestasse mais atenção em Violet, certamente perceberia que ela era muito desequilibrada.

O desafio de Jane, então, era encontrar o manuscrito. Se fosse necessário, ela morderia Violet e a incapacitaria, mas esperava que isso não fosse necessário. Preferiria que Violet não a visse. Mas Jane estava preparada para mordê-la se fosse preciso.

Evidentemente Jane não podia entrar na casa pela cozinha. Assim, procurou outro modo. A porta principal era arriscada, mas a janela lateral podia ser uma solução. Infelizmente, a única que viu estava trancada. Foi para o outro lado da casa e descobriu outra janela, um pouco menor. O vidro era ondulado, impedindo a visualização do interior. *Deve ser o banheiro*, pensou.

Jane testou a janela e, para seu imenso alívio, esta deslizou para cima, revelando o banheiro que imaginara. Agora, ela tinha de entrar. Pôs as mãos no peitoril da janela e deu um pequeno salto. A cabeça passou e ela ficou pendurada ali por um instante, equilibrando-se sobre seu estômago. Em seguida conseguiu agarrar a beirada da banheira sobre a qual pairava e mergulhou para dentro, caindo dentro dessa banheira; ficou ali, recuperando o fôlego e prestando atenção ao som de passos.

Pouco depois, saiu da banheira e foi até a porta do banheiro. Perscrutando através do buraco da fechadura, viu um longo corredor. Estava quase todo escuro, mas na extremidade era iluminado pela luz da lâmpada da cozinha. *Até aqui tudo bem*, ela pensou, abrindo a porta. Entrou no corredor e olhou em volta. Havia duas outras portas, ambas fechadas. Uma delas, ela tinha esperança, levava ao recinto onde seu manuscrito estava guardado.

Jane foi até a primeira porta e testou a maçaneta. A porta se abriu, revelando um armário cheio de casacos antigos. O cheiro de naftalina tinha aderido fortemente a eles. Jane reprimiu a tosse ao fechar a porta e seguiu adiante. Da cozinha, ouviu o barulho de água corrente. *O jantar deve ter acabado*, Jane pensou. *Terei de me apressar.*

Jane abriu a segunda porta, revelando o que parecia ser um escritório. Uma grande escrivaninha estava diante de uma parede, e estantes embutidas, que iam do chão ao teto, estavam abarrotadas de livros de todos os tipos. Estranhamente, dada a época do ano, havia uma pequena lareira acesa na lateral do recinto, do lado oposto da escrivaninha. Uma poltrona estava situada na frente da lareira. Ao lado, um cão da raça spaniel, marrom e branco, permanecia deitado, adormecido, com as patas contraídas.

Ótimo!, pensou Jane, depois de ela entrar no escritório e fechar a porta com cuidado. Seria péssimo se o cão acordasse e começasse a latir. Dirigiu-se até a escrivaninha, que parecia o lugar mais lógico para procurar o manuscrito. Abriu a gaveta central. Estava cheia do sortimento habitual de quinquilharias: canetas, borrachas, selos, algumas folhas de papel de carta. Jane a fechou.

Jane vasculhou cada gaveta do modo mais rápido e silencioso possível. Nada do manuscrito. Se Violet estivesse com ele, teria o escondido em outro lugar. Jane se dirigiu ao centro do aposento e olhou ao redor. *Talvez ela tenha escondido dentro de um dos livros*, pensou, observando as prateleiras vergadas sob o peso de tantos volumes. Não era possível examinar cada um deles.

O cachorro deu um ganido, fazendo Jane se encolher. Ela o observou e percebeu que ele continuava dormindo. Quis saber o que ele estava sonhando. Então, notou que havia algo sobre a poltrona ao lado dele. Uma pilha de papéis. *Será?*, pensou.

Jane foi até a poltrona. Inclinou-se, pegou os papéis e os observou à luz da lareira. *Ela o observou deixar a casa com um sentimento de grande triunfo, diluído pelo gosto amargo do desespero*, ela leu. Reconheceu a frase inicial (posteriormente revisada) do capítulo dezessete do seu romance. Também reconheceu sua própria letra. O manuscrito parecia ser seu original.

Uma página caiu no chão. Jane a pegou. Era a página de rosto. *Constance*, ela leu. *De Jane Austen*. Seu nome tinha sido riscado, e o nome de Charlotte Brontë foi escrito sobre o seu.

De fato, Violet o tinha encontrado. E ela sabia que Jane era a verdadeira autora. E não Brontë. "Então, por quê?", ela se perguntou.

"Porque é o livro que eu devia ter escrito."

Jane se virou e encontrou Violet parada atrás dela, na entrada do escritório. Ela estava olhando para Jane com uma expressão de puro ódio.

"Devia saber que você viria buscar", Violet afirmou, entrando e fechando a porta do escritório.

"O que você quer dizer com 'é o livro que eu devia ter escrito'?", Jane perguntou. "Você escreve?"

Violet riu. Seu tom era glacial. Jane percebeu o spaniel acordar do seu sonho e se sentar. *Agora são dois para me preocupar*, pensou.

"Se eu escrevo? Claro que sim. E muito melhor do que Austen. Ao menos, até ela escrever isso." Violet indicou com a cabeça o manuscrito na mão de Jane. "É uma obra-prima."

"Obrigada", Jane agradeceu, com a postura ocultando seu medo e confusão.

"Mas ninguém vai acreditar que você escreveu o livro", Violet afirmou. "Vão achar que eu escrevi."

"Você?", exclamou Jane. "Você disse que acredita que Charlotte Brontë o escreveu." Jane mostrou a página de rosto e a sacudiu.

"Você é realmente tão idiota?", Violet perguntou, demonstrando mau humor. "Você não entendeu que sou eu?"

"Sei quem você acha que é", afirmou Jane, com cuidado. Ela pensou a respeito das figuras sentadas em torno da mesa da cozinha. "Você acha que é Charlotte Brontë. O que é ótimo. Não há nada de errado com isso."

"Sua idiota!", Violet exclamou, asperamente. "Eu não acho que sou Charlotte. Eu sou Charlotte!"

Quando Violet abriu a boca em um urro, Jane viu os dois caninos que desceram do maxilar superior. *Não*, pensou. *Não é possível.*

"Entregue-me o manuscrito e deixo você viver", ameaçou Violet. Ela se aproximou de Jane.

Vai me deixar viver?, Jane pensou. *Como assim?* Então, ela teve um *insight*: Violet não sabia quem era ela. *Ela acha que sou simplesmente Jane Fairfax.*

"Espere!", Jane gritou, ganhando tempo. "Eu devolvo para você. Só me diga onde você o encontrou... Eu... eu achei que tinha encontrado a única cópia do manuscrito original."

"É claro que sim", Violet disse, rindo. "Como você acha que consegui essa cópia de Lorde Byron? Bem, eu a roubei dele."

"Byron?", afirmou Jane. Ela pensou por um instante. "Ele a converteu, não?"

Foi a vez de Violet ficar confusa: "Como você sabe disso?"

"Pelo amor de Deus, Charlotte, quem você acha que eu sou?", Jane perguntou. Ela expôs seus dentes e deixou os caninos deslizarem. "Aquele filho-da-mãe parece ter dormido com toda a literatura inglesa."

"Não", afirmou Charlotte, recuando. "Não é possível. Não pode ser você."

"Sim, bem, parece que nós duas somos", Jane informou. "Então, o que fazemos agora?"

"Jasper!", Charlotte chamou, em resposta. "Vamos!"

O spaniel deu um pulo e se pôs aos pés de Charlotte, pronto para obedecer a sua dona. Jane, vendo que o cão a atacaria, sabia que não poderia sair do escritório, ainda mais com Charlotte parada no caminho.

"Jasper, sente-se!", Jane disse, com severidade. Para sua surpresa, funcionou. O cão se sentou e levantou os olhos para ela, de modo expectativo.

"Jasper!", Charlotte gritou.

Antes que Charlotte pudesse acabar de dar sua ordem, Jane correu até a lareira e jogou o manuscrito dentro dela. O papel envelhecido pegou fogo imediatamente e começou a esfarelar.

"Não!", Charlotte berrou. Ela correu, tirou Jane do caminho e alcançou a lareira, para resgatar os papéis.

Jane ficou observando a tentativa de Charlotte de salvar o que restara do manuscrito. *Realmente é ela*, admitiu.

Charlotte retirara alguns papéis e procurava apagar as chamas com as mãos. Então, uma língua de fogo saltou e alcançou seu vestido. Num instante, ele pegou fogo. Charlotte gritou de dor.

"Me ajude!", Charlotte berrou, batendo-se com as mãos. Isso só ajudou o fogo a se espalhar, e, num instante, o tronco dela foi engolfado pelas chamas.

Jane, horrorizada, ficou imóvel, observando Charlotte girar como um dervixe, tentando apagar o fogo. Então, Jane percebeu que o fogo estava se espalhando pelo escritório. A poltrona já estava em chamas; as extremidades do tapete estavam ardendo lentamente. Jasper correu até a porta e começou a arranhá-la furiosamente.

O medo de Jasper fez Jane agir. Dando as costas para Charlotte, que não parava de gritar, abriu a porta e seguiu Jasper pelo corredor, que já estava cheio de fumaça, na direção da cozinha. Ali, Jasper abriu a porta dos fundos com o focinho e correu para fora. Jane estava quase o seguindo quando percebeu a mesa da cozinha e as três figuras ainda sentadas ao redor dela.

Jane se aproximou de uma das figuras e observou seu rosto. A pele, ou o que restara dela, estava esticada através do crânio. Os olhos não existiam mais. A boca era uma carne enrugada. Ela olhou os outros dois corpos. Também estavam mumificados.

Não é possível, Jane pensou, examinando os rostos das famosas irmãs de Charlotte; sentiu um calafrio. *Isso não está certo.* Então, ela ouviu um estrondo e parte do telhado desmoronou. Correu para a porta, abriu-a, e seguiu Jasper em busca de segurança.

CAPÍTULO 27

A aparição de Jonathan, embora não completamente inesperada, foi um choque. Após tantos meses sem qualquer notícia, ela passou a acreditar que talvez ele tivesse assumido outra diversão. Naquele momento, ela percebeu que tinha se enganado. Ele nunca a deixaria em paz. Nunca. Não até que um ou o outro morresse.

— JANE AUSTEN, *CONSTANCE*, PÁGINA 399 DO MANUSCRITO.

"Acabei de matar Charlotte Brontë."

Jane estava no seu quarto do hotel, com o celular em uma mão e uma caixa de ataduras na outra. Ela tinha praticamente corrido de volta para o hotel, e as bolhas nos pés a estavam matando.

"Você fez o quê?", Lucy perguntou.

"Charlotte Brontë", Jane repetiu. "Eu a matei. Quer dizer, na verdade, ela se matou. Não a joguei dentro da lareira. Mas me sinto um pouco responsável."

"Você vai ter de me contar direito essa história", Lucy disse.

Então, Jane contou a ela toda a história, começando com o confronto na conferência e terminando com sua fuga da cozinha.

"O que aconteceu com Jasper?", Lucy perguntou.

"Não sei. Ele sumiu."

"Você tem de encontrá-lo!", Lucy insistiu. "Ele deve estar muito assustado."

"Ele vivia com Charlotte e seus três irmãos mumificados", Jane a lembrou. "Se isso não o assustou, nada mais irá assustá-lo."

"De qualquer modo, volte lá e procure por ele. Por favor", pediu Lucy.

"Tudo bem", Jane concordou, suspirando. "Eu voltarei. Mas não agora. Mal consigo caminhar. De qualquer modo, não liguei para você para falar a respeito do cachorro."

"Por que você ligou?", Lucy perguntou.

"Você ouviu a parte a respeito da morte de Charlotte Brontë?", Jane disse. "O que eu vou fazer a esse respeito?"

"Por que você tem de fazer algo?", Lucy respondeu. "Se ela está morta, morta está. Não é como se a família dela estivesse procurando por ela."

Jane não tinha considerado isso. "Você tem razão", ela disse, sentindo-se um pouco melhor. "E tecnicamente, ela já estava morta."

"O fogo realmente a mataria?", Lucy perguntou.

"Mataria", Jane respondeu. "Na realidade, quase tudo que mataria você mataria ela. Quero dizer, nós."

"Qualquer coisa?"

"Bem, qualquer coisa, não", Jane esclareceu. "Nós somos imunes a doenças. Não sei por que, mas minha hipótese é que toda essa coisa — o que nos torna o que somos — é algum tipo de vírus, que ataca qualquer coisa que entra em contato com ele. Conheço um cientista que certa vez..."

"Não pedi uma aula de biologia", interrompeu Lucy.

"Abusada!", Jane disse. "De qualquer modo, doenças não nos matam. Também velhice, pois mantemos a mesma idade da época da nossa conversão. Mas quase todo o resto pode nos matar."

"Alho?", Lucy sugeriu.

"Você não me viu comendo humus?", Jane a lembrou.

"Água benta?"

"Só se nos afogarmos nela", Jane revelou. "Estou falando das desventuras comuns que matam as pessoas. Acidentes de avião. Empalação. Decapitação. Esse tipo de coisa."

"Achei que os vampiros eram todos mágicos, como unicórnios e duendes."

"Não chamaria isso de mágica", Jane respondeu. "Temos de ser tão cuidadosos como são as pessoas comuns."

"E se você perder um braço?", Lucy perguntou. "Ou um dedo do pé? Ele cresce de novo?"

"Não somos lagartixas", Jane respondeu, bruscamente. "Mas sim, nós temos algumas... capacidades restauradoras interessantes. No entanto, podemos morrer se o dano for muito grande."

"Então, vamos supor que Charlotte virou algo realmente supercrocante", Lucy disse.

"Por que você diz coisas assim?"

"Desculpe", Lucy pediu. "É que essa conversa sobre a morte de Charlotte Brontë é um pouco estranha. Seja como for, vamos supor que ela realmente foi dessa para uma melhor. Como eu disse, não vejo qual é o problema. Exceto para o coitado do Jasper. Você vai procurá-lo, não vai?"

"Já disse que vou", afirmou Jane. "Mas e eu?"

"Apareça na conferência amanhã", disse Lucy. "Finja que nada incomum aconteceu. Até onde as pessoas sabem, você estava em seu quarto dormindo toda a noite."

Jane considerou isso. Será que era simples assim? Tentou achar uma falha no argumento de Lucy, mas não conseguiu encontrar nada. Ninguém mais havia ouvindo sua conversa com Violet Grey. Ninguém a viu seguindo Violet até a casa dela. E, sem dúvida, ninguém mais sabia que Violet era Charlotte Brontë.

"E o especialista em manuscritos?", Jane perguntou.

"Não existe nenhum especialista", Lucy respondeu. "Charlotte inventou isso porque achou que você era uma pessoa normal. Quero dizer, uma pessoa mortal. Quero dizer, não uma vampira. Meu Deus, isso é tão confuso."

"Você tem razão", Jane concordou. "Charlotte quis que eu acreditasse que ela tinha a prova de um especialista. Ela não sabia nada a meu respeito", disse Jane, rindo. "Isso é incrível."

"Por quê?", Lucy perguntou. "Você também não sabia nada a respeito dela."

"Você tem de tirar a graça de tudo?", Jane perguntou.

"Sim", Lucy respondeu. "Botar fogo na mulher que escreveu *Jane Eyre* é muito divertido."

"Até certo ponto, é irônico quando você pensa a respeito disso", Jane afirmou. "Bertha Mason e tudo isso."

"Acho que você está se sentindo melhor", Lucy disse. "Fico contente em poder ajudar. E não se esqueça de Jasper. Quero um relatório amanhã."

Jane desligou o telefone. Ficou de pé e começou a se dirigir ao banheiro para tomar um banho quente. Então, lembrou-se de Jasper, sozinho no escuro, sem ter para onde ir. Imaginou-se tendo de mentir para Lucy a respeito de sua procura.

"Droga", Jane praguejou, enquanto se curvava para pegar os sapatos.

Dessa vez, Jane pegou um táxi, pedindo para o motorista deixá-la algumas quadras antes da casa de Charlotte. Ou melhor, do que sobrara da casa de Charlotte. Ao chegar mais perto, viu que o fogo tinha consumido quase toda a casa. A única coisa ainda de pé era a chaminé de tijolos, erguendo-se dos escombros enegrecidos da casa como um dedo gigante. Dois caminhões do corpo de bombeiros bloqueavam a rua; alguns bombeiros estavam na calçada observando as ruínas. Estava chovendo de novo. As pilhas de madeira carbonizada e as cinzas cobriam o céu noturno de fumaça insalubre, e o ar tinha um cheiro ácido e sujo.

Jane evitou os bombeiros, passou pelos caminhões e foi para o outro lado da rua. Não queria que ninguém a visse, temendo que, de alguma forma, fosse ligada ao fogo. Queria saber se já tinham achado os corpos de Charlotte, das irmãs e do irmão. Pela cena, quase tudo da casa tinha sido incinerado.

Agora que Jane estava ali, percebeu que não tinha ideia de como começar a procurar Jasper. De certa forma, havia esperado encontrá-lo sentado na calçada, olhando desamparadamente para o que costumava ser sua casa. Mas isso não aconteceu. No local, só havia bombeiros e alguns vizinhos. Achar o cachorro, Jane receou, seria quase impossível.

"Jasper?", ela chamou baixinho. "Você está aqui?"

Para sua surpresa, o spaniel saiu correndo de trás de uma casa vizinha. Ele se aproximou de Jane, com o rabo abanando, e se sentou diante dela. Deu um pequeno latido, inclinou a cabeça e ergueu as orelhas.

"Olá, meu amigo", Jane disse. "Sinto muito por sua casa."

Jasper voltou a dar um pequeno latido. Ele e Jane trocaram um longo olhar. Enquanto isso, Jane pensou a respeito do que fazer com ele. Naquele momento, levou em consideração as opções. Poderia levá-lo para um abrigo de cães. Essa seria a mais fácil. *Para mim também*, ela pensou.

Quanto mais Jane olhava para os olhos castanhos de Jasper, mais tinha certeza de que não poderia abandoná-lo. Não era culpa dele ter tido a falta de sorte de viver com a família Brontë. E, de certo modo, Jasper a ajudara durante o confronto com Charlotte.

"Ah, tudo bem. Vamos", Jane disse.

Jane e Jasper caminharam até o fim da rua, onde ela conseguiu pegar um táxi para levá-los de volta ao hotel. Pediu para o motorista parar em um pequeno supermercado, onde comprou ração e duas grandes tigelas de plástico. Enquanto fazia compras, Jasper ficou sentado do lado de fora da loja, esperando como se sempre tivesse vivido com Jane. Ela achou a devoção dele fascinante. Era, sem dúvida, um cão muito afável.

Introduzi-lo no hotel não foi um problema, pois não havia ninguém na recepção. No quarto, Jane encheu uma tigela com água da torneira e abriu o saco de ração, que despejou na segunda tigela. Jasper devorou a comida rapidamente. Depois, tomou um longo gole de água e, com o focinho gotejando, aproximou-se da cama e se deitou aos pés dela.

Ele está exausto, Jane pensou. Ela o deixou ali dormindo e foi ao banheiro, onde finalmente tomou o banho que estava desejando havia horas. Depois, voltou para o quarto, vestiu sua camisola e se deitou. Jasper, depois de acordar, subiu sobre a cama e se deitou ao lado de Jane. Após hesitar por um momento, acariciou as orelhas dele.

"Bons sonhos", Jane murmurou no ouvido dele, mas Jasper já tinha adormecido.

Quando Jane acordou, seu rosto estava enterrado no pescoço peludo de Jasper. Ele mesmo não se mexeu durante toda a noite, mas quando Jane se sentou, Jasper acordou de imediato, bocejando e alongando as pernas.

"O que eu vou fazer com você?", Jane perguntou para ele. "Acho que vou ter de levar você comigo para casa. E onde você vai ficar hoje enquanto participo do maldito debate?"

Jasper pulou para fora da cama e deu uma espanada. Então, olhou de forma significativa para a porta. Jane demorou um pouco para entender o que ele queria.

"Certo", ela disse. "Você precisa de uma caminhada. Só me dê um minuto."

Jane vestiu um jeans e uma blusa e calçou os sapatos. Em seguida, abriu a porta e viu Jasper descer as escadas para o saguão. Correu atrás dele, receosa do que poderia acontecer se alguém o visse. Quando o encontrou, Jasper estava deitado de barriga para cima, com esta sendo acariciada por Luke.

"Me desculpe", Jane pediu. "Eu sei que ele não deveria estar aqui. Mas eu o achei perambulando por perto ontem à noite, e ele pareceu tão perdido e assustado que não consegui..."

"Está tudo bem", Luke disse. "Nós somos um hotel amigo de cachorros. Qual é o nome dele?"

"Jasper", Jane respondeu.

"A senhora pretende ficar com ele?"

"Acho que sim", Jane respondeu, depois de hesitar um pouco. "Mas há um pequeno problema." Ela explicou sua situação para o rapaz.

"Não faz mal", Luke disse. "Ele pode ficar comigo hoje. E para a senhora transportá-lo no avião, basta uma caixa de transporte. Posso pedir para o pet shop mandar uma delas, se a senhora quiser. Simplesmente acrescento na sua conta."

Jane agradeceu Luke de modo efusivo. Deixando Jasper com ele, ela voltou ao quarto e se aprontou para ir à conferência.

Não pensara nada a respeito do seu debate. Nesse momento, considerou a questão. O que as mulheres querem dos romances? *Romances, sem dúvida*, pensou. *Que pergunta idiota.*

Jane sabia que não poderia dizer algo desse tipo para a plateia. Afinal, as pessoas estavam ali exatamente porque acreditavam em romances. Além disso, aparentemente estavam comprando seu livro porque o consideravam romântico. Irritou-se com a ideia. Sempre odiara ser taxada de romântica. "Na verdade, sou uma pragmática", disse, para sua imagem no espelho.

Jane deixou o quarto dez minutos depois. Jasper estava deitado no chão, em frente ao balcão da recepção, como se tivesse estado lá durante toda sua vida. Ela parou para acariciar a cabeça dele, e ele abanou o rabo. "Vejo você mais tarde", disse para ele.

Outro táxi a levou para o hotel da conferência. O saguão estava agitadíssimo, com pessoas procurando os debates ou os amigos. Jane achou a programação do dia e buscou seu nome. Encontrou-o em dois lugares: no debate e numa sessão de autógrafos às duas da tarde. Mas, primeiro, ela tinha de achar algo chamado Espaço Pavão.

Localizou-o no terceiro andar. Era um auditório muito grande e já estava repleto. Jane percebeu Chiara Carrington, usando um terninho cor de rubi, parada perto do palco, na frente do auditório. Ela conversava com uma mulher baixa e corpulenta, com cabelos meio cacheados. A mulher, ao perceber Jane, disse algo para Chiara, que se virou e fechou a cara. Em seguida, Chiara disse algo para a outra mulher, que riu e cobriu a boca com a mão.

Isso vai ser magnífico, Jane pensou, andando na direção das duas mulheres. Ao chegar perto delas, sorriu e estendeu a mão para a mulher loira. "Você deve ser Penelope", Jane disse.

Chiara reprimiu o riso quando a mulher respondeu: "Sou Rebecca Little, a editora chefe da revista *Romance*. Vou moderar o debate".

"Ah", afirmou Jane, ruborizando-se. Além de ter irritado Chiara mais cedo, agora ela também revelou que não conhecia nem Rebecca Little nem Penelope Wentz. *Estou causando uma ótima primeira impressão*, ela pensou.

"Penelope ainda não chegou", Rebecca informou. "Na realidade, ficarei surpresa se ela aparecer."

Chiara concordou com um gesto de cabeça. Jane não conseguiu resistir: "Por quê?", perguntou.

"Bem, ninguém jamais a viu", Chiara afirmou, como se isso fosse algo sabido por todos, e Jane, de novo, tinha falhado em um teste simples.

"Ela não põe a foto dela nas orelhas dos livros, dá todas as suas entrevistas por e-mail e nunca aparece em nenhuma conferência", Rebecca explicou. "Estou tentando conhecê-la há anos. Sua identidade é um grande mistério", prosseguiu. Rebecca indicou a plateia com a cabeça. "Por isso o auditório está tão cheio". "E, naturalmente, porque as pessoas querem ver você", acrescentou, dando um tapinha no braço de Chiara.

"E Jane", afirmou Chiara, sorrindo com modéstia.

Jane queria que Sally Higgins-Smythe estivesse ali. *Ao menos, ela gosta de mim*, pensou. *Essas duas, se pudessem, me jogavam de um despenhadeiro.* Por um instante, desconfiou que Charlotte talvez tivesse contado para alguém a respeito do suposto roubo do seu próprio manuscrito. Quem sabe o debate fosse uma armação para ela ser desmascarada.

Você está ficando paranóica, disse a si mesma. *Tudo vai dar certo.*

"Com licença."

Assim que ouviu a voz grave, Jane soube que as coisas não dariam certo. Virou-se e viu Byron parado atrás dela. Ele vestia jeans, casaco de couro preto e camisa branca aberta no peito, revelando um triângulo de pele muito pálida. Tinha deixado crescer um cavanhaque, e se ela não o conhecesse tão bem, quase não o teria reconhecido.

"O que você está fazendo...", Jane começou a falar.

Byron a ignorou, estendendo a mão para Rebecca. "Você deve ser Rebecca", ele disse, com sua voz mais sedutora. Sorriu, revelando seus dentes brancos. "Sou Penelope Wentz."

CAPÍTULO 28

"Você pode dizer sinceramente que não pensou em mim?", Jonathan perguntou, pegando a mão dela. "Você não sentiu falta das nossas conversas? Você não sentiu falta dos meus beijos?" Ela o contemplou, tentando dizer que não tinha sentido falta, mas as palavras morriam em sua boca.

— JANE AUSTEN, *CONSTANCE*, PÁGINA 403 DO MANUSCRITO.

Rebecca olhou espantada para Byron. Chiara fez o mesmo. Jane, embora algo perturbada, não podia censurá-las. Ele era boa-pinta, ainda mais com o cavanhaque, que escondia seu queixo, que Jane sempre achou seu ponto fraco.

"Você?", Rebecca disse, quando finalmente recuperou a voz. "Você é Penelope Wentz?" Ela deu uma risadinha nervosa e observou em volta, como se fosse uma pegadinha. Então, olhou para Chiara, que continuava a contemplar espantada Byron, completamente emudecida.

"Sei que isso é uma surpresa", Byron declarou suavemente. "Mas garanto a vocês que sou, de fato, ela." Então, virou-se para Jane, fingindo não conhecê-la. "Acho que não nos conhecemos", disse, estendendo a mão. "Sou Tavish Osborn."

Jane lançou um olhar para Byron que dizia que ela não achara a menor graça nessa sua última travessura. "Jane Fairfax", disse.

Byron retrocedeu. "Jane Fairfax!", exclamou. "A autora de *Constance*."

"Eu mesma", afirmou Jane, sem entusiasmo.

Byron se virou para Rebecca e Chiara. "Vocês leram esse livro? Em minha opinião, é o melhor romance que apareceu no século passado. Não, na década."

"Você é muito amável", Jane disse, enquanto Rebecca e Chiara trocavam olhares perplexos.

Finalmente, Chiara pigarreou. "Desculpe minha surpresa", ela disse para Byron. "Eu... nós..." Olhou para Rebecca, que concordou com um gesto de cabeça. "Nós achávamos que você era uma mulher."

"Posso entender o motivo", Byron respondeu, sorrindo discretamente. Então, lançou um dos seus olhares mais sensuais para Chiara. "Mas asseguro a você que sou homem até demais."

Chiara enrubesceu: "Ah, por favor", ela balbuciou. Ele deu uma risada e piscou.

"Isso, sem dúvida, será uma grande revelação!", Rebecca disse. "Honestamente, não sei o que pensar." Ela olhou para Byron para cima e para baixo. "Você. Penelope Wentz." Rebecca voltou a dar um riso nervoso.

Byron olhou para seu relógio: "Acho que está na hora de começarmos".

"Claro", Rebecca disse, sacudindo a cabeça como se estivesse sonhando e precisasse acordar. "Por que não nos sentamos?"

Os quatro subiram no palco. Chiara sentou-se na primeira cadeira e Jane ocupou a mais afastada dela. Sentiu um alívio quando viu Rebecca começar a se sentar ao seu lado. Então, Byron se pôs entre elas.

"Você se importaria?", ele perguntou para Rebecca.

Rebecca lançou um olhar de desaprovação para Jane. "Imagina", ela disse, categoricamente. Jane viu Chiara esticar o pescoço para ver o que estava acontecendo, e fechar a cara quando percebeu onde Byron tinha decidido se sentar. *Ela supôs que ele se sentaria entre ela e Rebecca,* Jane pensou. *Dessa maneira, as duas poderiam fingir que ele quis ficar perto delas.*

"Penelope Wentz?", Jane disse, baixinho, depois que Byron se sentou. "Suponho que você matou a verdadeira."

"Que é isso!", Byron respondeu. "Sou, de fato, Penelope Wentz." Ele fez um ar de espanto. "Sou, afinal de contas, o homem mais romântico do mundo."

"Não se pode acreditar em você", disse Jane, dando um riso de deboche. "Você prometeu manter distância."

"Mas também disse que eu voltaria um dia", Byron disse, levantando um dedo.

"Isso foi há três meses!", Jane disse. "Isso não pode ser considerado um intervalo adequado."

"Bem-vindos a este debate matutino." A declaração de Rebecca impediu o avanço da discussão entre Jane e Byron. Jane recostou-se na cadeira e tentou não olhar para ele.

"Temos a honra de ter conosco hoje alguns dos nomes mais estimulantes da ficção romântica", Rebecca continuou. "Vocês todos conhecem Chiara, autora de romances como *Não importa como o vento sempre sopra* e *O dom do amor*."

Rebecca fez uma pausa para a plateia aplaudir. "E temos o prazer de apresentar Jane Fairfax, cujo romance *Constance* está agitando o mundo literário."

Jane notou, com certa decepção, que os aplausos para ela foram menos empolgados do que para Chiara. Ao lado dela, contudo, Byron aplaudiu ruidosamente. Ela resistiu à vontade de dar um pontapé nele sob a mesa.

Depois de tomar fôlego, Rebecca disse: "Tenho certeza de que muitos de vocês estão aqui porque querem ver o rosto por trás dos romances de Penelope Wentz".

Um murmúrio atravessou a plateia e diversas pessoas aplaudiram.

"Acho que vocês ficarão tão surpresos quanto eu quando a conheci." Rebecca fez uma pausa dramática. "Ou, melhor, quando o conheci", ela concluiu, indicando Byron com a mão. "Quero apresentar a vocês o senhor Tavish Osborn, o homem por trás de Penelope Wentz!"

Gritos sufocados foram ouvidos em todo o recinto e diversos flashes de câmeras dispararam, cegando momentaneamente Jane. Ela tentou se desviar de Byron.

Uma mulher na primeira fila ficou de pé. Vestida inteiramente de cor-de-rosa, segurava um exemplar de um dos livros de Penelope Wentz agarrado ao peito. Observava Byron de modo acusador. "Não acredito", ela disse. "Nenhum homem pode entender o que é uma..." Ela ficou em silêncio por um instante. "Mulher de certa idade", concluiu.

"Essa é uma questão excelente", disse Rebecca, rapidamente. "Afinal, o tema do nosso debate é o que as mulheres querem dos romances. Talvez vocês possam responder a essa pergunta da leitora com isso em mente", ela sugeriu, olhando para Byron.

"Fico muito feliz de respondê-la", Byron disse. Ele fixou seu olhar sobre a mulher que tinha falado. Jane observou como ela deu um passo para trás e se sentou, como se tivesse sido empurrada. Jane sabia que Byron estava lançando um feitiço sobre a plateia. *Como se ele precisasse*, ela pensou. *Metade das pessoas aqui já está apaixonada por ele.*

"Sei que foi um choque para muitas pessoas aqui saber que sou um homem", afirmou Byron. "Afinal, vocês estão se perguntando: como posso saber o que é ser uma mulher? Bem, vou revelar a vocês meu segredo." Ele se inclinou para frente, como se convidando a plateia para chegar mais perto. E, de fato, muitas pessoas da plateia se inclinaram para frente. "Eu amo as mulheres de forma incondicional", Byron disse. "Amo tudo a respeito delas, e, mais que tudo, amo ouvi-las." Ele se inclinou para trás. "E esse é o meu segredo", afirmou. "Eu ouço. Quando escrevo meus livros, não sou eu que estou contando a história, mas, sim, você." Apontou para a mulher que o tinha questionado, que enrubesceu intensamente. "É você", continuou, indicando outra mulher. "É você", apontou para alguém no meio da plateia.

Todas acham que ele está falando com cada uma delas, Jane pensou. *Ele está enfeitiçando todas elas.*

"Seu falso", Jane murmurou, sabendo que Byron podia ouvi-la.

"Quando escrevo, estou expressando o que vocês sentem", Byron continuou, ignorando Jane. Sua voz era praticamente um ronronado.

A plateia aplaudiu com entusiasmo. Metade dela se levantou, gritando "bravo". Ao observar aquela reação, Jane quis dizer às pessoas para que se sentassem e ficassem quietas. Byron olhou para Jane e abriu um sorriso meio irônico e meio arrogante. *Homem horrendo, horrendo*, Jane pensou.

"Mas que resposta eloquente." Rebecca tinha reassumido o controle do debate. Jane, ao olhar para a mediadora, percebeu que ela estava secando os olhos. Ela realmente estava fazendo isso? Estava. Jane ficou nauseada. Byron tinha todas elas na palma da mão.

"E exatamente o que é que as mulheres querem?", Jane perguntou para si mesma.

Todos os olhares se voltaram para ela, incluindo o de Byron. Jane sentiu ou rubor, mas sabia que tinha de continuar. Respirou fundo, e encarou Byron. "Gostaria de ouvir o que Penelope acha que as mulheres querem", disse.

"Não acho que nós...", Rebecca começou a falar.

"Mas eu acho", Jane interrompeu. "Afinal, o senhor Osborn vendeu muitos livros com base no seu profundo entendimento a respeito do que as mulheres querem. Desejo saber se ele se importa de dividir esse segredo conosco... suas leitoras e seus leitores", acrescentou.

A boca de Byron crispou-se nos cantos e Jane sabia que tinha acertado o golpe em cheio. Mas ele rapidamente se recompôs: "Fico feliz de dividir esse segredo".

"Sem enfeitiçar a plateia", Jane sussurrou, fingindo tomar um gole de água do copo diante dela na mesa.

Byron a ignorou. "O que as mulheres querem", ele começou a falar. Houve uma longa pausa. Jane percebeu que a plateia estava ficando impaciente. Algumas pessoas tossiram.

"O que as mulheres querem é ser aceitas como elas são", Byron disse, finalmente. "Não o que a mídia diz que elas devem ser, mas o que elas realmente são."

Com os aplausos do público, Byron virou-se para Jane com uma expressão triunfante.

"Certo", Jane afirmou em voz alta. "No entanto, seus livros não retratam as mulheres como elas realmente são, não é mesmo?"

"Por que não seguimos adiante?", disse Rebecca, fuzilando Jane com o olhar.

"Daqui a pouco", Jane disse. "Senhor Osborn", ela dirigiu-se a Byron. "O senhor realmente quer dizer para nós acreditarmos que o senhor não é culpado de apresentar uma versão idealizada das mulheres?" Nunca tendo lido um livro de Penelope Wentz, Jane esperava que estivesse correta em sua avaliação da prosa de Byron.

"Acho que todos nós concordamos que a ficção, principalmente a ficção romântica, funciona melhor quando inclui certos elementos de fantasia", Byron disse tranquilamente. "Afinal, um mundo de lavanderias, transportes solidários e ajuda com os deveres de casa dificilmente é um cenário para uma ficção romântica, não acha?"

"Não, não acho", afirmou Jane. "Na realidade, alguns dos principais livros de ficção romântica do mundo retratam mulheres completamente comuns. Consideremos *Razão e...*"

"Penso que devemos seguir adiante", Rebecca interrompeu em voz alta. "Senhor Osborn, talvez o senhor possa nos contar mais a respeito do motivo pelo qual escreve como Penelope Wentz. Tenho certeza de que é uma história fascinante."

Jane relaxou na cadeira. Sabia que fora derrotada. O feitiço de Byron era muito forte, e ela estava fora de forma. Ele tinha roubado o espetáculo dela, impedindo o que deveria ter sido um momento de triunfo para ela e para seu livro.

Na hora seguinte, Byron lidou com perguntas da plateia. Jane e Chiara mal foram notadas. De vez em quando, uma delas começava a responder uma pergunta, mas logo era cortada por alguém que preferia ouvir o pensamento de Byron a respeito da questão. Apesar da irritação de Jane com o debate, Chiara parecia não se importar de ser ofuscada por Byron. Finalmente, Jane decidiu ignorar tudo e ficou ali fingindo prestar atenção.

Somente depois de ouvir outra onda de aplausos, Jane percebeu o que estava acontecendo. Aparentemente o debate havia terminado.

"Agora, o senhor Osborn vai autografar os exemplares dos seus livros", Rebecca anunciou. "Ah, e o mesmo farão as outras duas autoras", acrescentou apressadamente. "Por favor, formem uma fila organizada."

Para Jane, pareceu que quase todas as pessoas do auditório correram para o palco simultaneamente. Por um instante receou que seria atropelada, mas elas pararam a poucos metros de distância e, de alguma forma, organizaram-se em uma fila que se estendia à direita de Jane. A primeira pessoa, uma garota de cerca de vinte anos, avançou pelo palco e se aproximou de Jane. Jane sorriu, antecipando o primeiro autógrafo de seu romance. No entanto, a garota nem mesmo olhou de soslaio para Jane, seguindo direto na direção de Byron.

"O senhor pode autografar para Brandi?", a garota perguntou.

"Brandi com 'i', certo?", Byron disse.

"Como o senhor sabe?", a garota sorriu.

"Uma garota tão especial como você também tem, sem dúvida, um nome especial", Byron respondeu, enquanto dava o autógrafo.

Brandi deu um riso nervoso e mordeu o lábio.

"Muito obrigado por sua presença", afirmou Byron. "Espero que goste do livro."

"Com certeza", Brandi respondeu, dando outro riso nervoso e sendo estimulada por Rebecca a se mover. Jane observou com certa satisfação que a garota também passou por Chiara sem notá-la.

Outra leitora passou por Jane e começou a conversar com Byron. Como ele fizera com Brandi, seduziu-a até o ponto de ela dar um riso nervoso.

"Quem você acha que é?", Jane perguntou, no intervalo entre uma mulher partir e outra chegar. "Os Beatles?"

Com exasperante lentidão a fila diminuía. Nenhuma pessoa pediu um autógrafo para Jane ou Chiara. Quando a última garota recebeu um autógrafo de Byron e se afastou, Jane se levantou.

"Foi divertido", Jane disse. "Agora tenho de ir. Foi ótimo ter conhecido vocês."

Jane juntou suas coisas e começou a deixar o auditório, sem se importar se tinha ou não ofendido Chiara ou Rebecca. No que lhe dizia respeito, toda sua viagem fora uma pura perda de tempo. *Não totalmente*, ela se lembrou. *Charlotte Brontë estava morta. Isso é alguma coisa, ao menos.*

"Jane, espere."

Ela ouviu a voz de Byron, mas continuou andando. Pouco depois, ele agarrou o braço dela. "Espere", Byron disse.

Jane se livrou da mão dele, se virou e olhou para ele. "Por que eu deveria fazer isso?", perguntou.

"Eu sei a respeito de Charlotte", Byron revelou.

Jane cerrou os dentes. *É claro que você sabe*, pensou. "E daí?", perguntou, nem mesmo tentando negar a acusação implícita dele. "Talvez eu também devesse perguntar onde ela conseguiu o manuscrito que eu dei para você."

"Eu sei", Byron disse. "Me desculpe. Mas você não sabe como ela é obsessiva. Era. Como eu podia saber que ela pegaria o manuscrito?"

"Você a converteu", Jane afirmou. "Me diga, há mais alguém em quem eu deva ficar de olho? Christina Rossetti, talvez? Dorothy Parker? Truman Capote?"

"É difícil de dizer", Byron respondeu.

Jane se virou bufando de raiva e começou a se afastar. Byron a alcançou. "Jane, querida", ele disse. "Sinto muito. Não consigo ficar longe de você. Você é como um ímã para o meu coração."

"E você é um purgante para o meu estômago", Jane afirmou.

"Coisa bonita de dizer depois do que eu fiz para te ajudar", Byron disse, adotando uma expressão de mágoa.

"O que você fez por mim?", Jane quis saber. "Você está se referindo às ameaças de matar Walter e de fazer mal a Lucy? Você está se referindo ao fato de deixar meu manuscrito cair nas mãos da única pessoa no mundo que desejaria me prejudicar?"

"Para sermos justos, ela provavelmente não é a única pessoa", afirmou Byron. "Mas não, não estava falando dessas coisas. Refiro-me a Chicago."

Jane respirou fundo. "Foi você quem mordeu aquela garota!", ela o acusou.

"Não", Byron disse. "Charlotte mordeu. Eu salvei a garota. E salvei você", acrescentou.

"E como você a salvou?"

"Charlotte não era uma das mais competentes da nossa espécie", Byron disse. "Ela nunca era capaz de terminar um trabalho, por assim dizer. Ela achou que tinha matado a garota, mas só a tinha enfraquecido."

"O que ela estava fazendo em Chicago?", Jane perguntou.

"Tentando enrascar você, imagino."

Era uma explicação plausível, embora Jane tivesse dúvidas. "E o que você estava fazendo lá?"

"Cuidando de você", Byron respondeu. "Eu estava preocupado."

"Sei. Sempre o cavalheiro."

Byron baixou os olhos. "Jane, eu cumpri minha promessa. Não incomodei você, nem Walter, nem Lucy. Estava protegendo você."

Jane não tinha nada a dizer a esse respeito. Se Byron realmente tinha cuidado de Farrah, em Chicago, ela tinha de agradecê-lo. E talvez Charlotte de fato tivesse simplesmente roubado o manuscrito dele anos atrás. Jane supôs que Byron poderia estar falando a verdade.

"Jante comigo", Byron disse. "É sua última noite em Nova Orleans."

"Não. De jeito nenhum. Posso talvez ser capaz de perdoá-lo por..."

"Só um jantar", Byron pediu. "E, depois, prometo que desaparecerei para sempre."

"Sua definição de 'para sempre' é muito carente de especificidade", Jane disse. Ele estava olhando para ela com seus olhos castanho-escuros. "Tudo bem", ela afirmou. "Um jantar. Depois você vai embora. Prometa."

"Prometo", Byron disse, sorrindo. "Pego você às sete."

"Não", Jane afirmou, rapidamente. "Encontro você no restaurante." Ela não queria que ele soubesse onde ela estava hospedada.

"Le Maison des Tres Soeurs", Byron afirmou. "Eu sei."

"Você é impossível", Jane disse, virou-se e o deixou parado no saguão.

Ao chegar ao hotel, Jane encontrou Jasper deitado no sol, do lado de fora da porta principal. Ao vê-la, ele deu um pulo e correu até ela, abanando o rabo energicamente. Jane se inclinou para afagá-lo e percebeu que ele estava usando uma nova coleira vermelha. "Bonitão", ela disse para ele.

"Achei que a cor combinava com ele", Luke disse, através da porta.

"Sem dúvida", Jane concordou. "Obrigada."

"Imagina", Luck disse. "A caixa de transporte está no seu quarto. Tudo o que a senhora precisa fazer é o *check-in* dele no aeroporto."

"Você ouviu isso?", Jane disse, abaixando os olhos na direção de Jasper. "Você vai viajar de avião amanhã."

Jasper latiu para ela, e Jane e Lucke riram. "Obrigada por cuidar dele hoje", ela disse.

Jane subiu para o segundo andar com Jasper atrás dela. No quarto, ela tirou os sapatos e deitou na cama por um tempo, pensando a respeito dos eventos do dia. Foi um pouco demais. *Mas está quase no fim,* ela pensou. *Você só tem de sobreviver ao jantar.*

CAPÍTULO 29

Constance conseguiu se livrar. O beijo dele doeu tanto quanto se tivesse sido a mão dele esbofeteando seu rosto. Mais doloroso ainda que isso foi a compreensão de que ela queria que ele voltasse a beijá-la.

— JANE AUSTEN, *CONSTANCE*, PÁGINA 411 DO MANUSCRITO.

Às seis e quinze, Jane levantou, alimentou Jasper e trocou de roupa para o jantar. Intencionalmente, vestiu algo casual, para que Byron soubesse que ela não estava tentando impressioná-lo. *Ele não vai me aborrecer dessa vez*, ela se prometeu.

Jane levou Jasper para dar uma volta rápida pelo quarteirão, usando a nova guia que encontrou enrolada sobre a penteadeira. Voltaram para o quarto e Jasper imediatamente saltou sobre a cama. "Tom não vai gostar disso", Jane disse para ele. Gostaria de saber como apresentaria o cão ao gato com o mínimo de confusão e aborrecimento.

Faltando cinco minutos para as sete, Jane desceu para o saguão, para esperar Byron. Ele poderia saber onde ela estava hospedada, mas não o deixaria chegar perto do seu quarto. *De jeito nenhum.*

Byron chegou pontualmente às sete horas. Jane percebeu que ele também estava vestido informalmente, e se surpreendeu ao descobrir que ela se sentiu um pouco decepcionada. *Aparentemente, ele também não considera esse jantar um evento especial*, ela pensou, aproximando-se para cumprimentá-lo.

"Para onde estamos indo?", Jane perguntou, enquanto caminhavam pela rua. Eles estavam se afastando do local dos restaurantes, seguindo para uma área um pouco mais decadente de Marigny. Jane ficou enervada com isso. Será que Byron estava tentando enganá-la?

"Relaxe", Byron disse, pegando o braço dela. "Estou levando você a um autêntico restaurante de Nova Orleans. Não um desses lugares idealizados para tomar dinheiro dos turistas."

"Então, você vive aqui?", Jane perguntou.

"Vivi", respondeu Byron. "Já vivi praticamente em todos os lugares."

"E Charlotte?", Jane perguntou. "Quanto tempo ela viveu aqui?"

"Não vamos falar de Charlotte", Byron sugeriu. "Ela foi simplesmente uma... inconveniência. Agora, não é mais".

"Isso é muito fácil de você dizer", Jane afirmou. "Não foi você que a viu pegando fogo."

Byron riu. "Ninguém vai acusar você", disse. "Ela era uma criatura sombria. Aquelas múmias", acrescentou, e Jane o sentiu tremer.

"Elas eram medonhas", Jane concordou.

Byron parou diante de uma porta sobre a qual piscava um neon vermelho que dizia The Place. "Este é o lugar", informou.

"Estou vendo", Jane disse. Ela olhou com atenção através da pequena janela da porta. O interior estava escuro. "Você tem certeza?", perguntou.

Byron abriu a porta. "Tenho certeza."

A opinião de Jane a respeito do restaurante não melhorou depois que eles entraram. O pequeno salão continha meia dúzia de mesinhas, cada uma cercada por cadeiras que não combinavam e cobertas com toalhas axadrezadas engorduradas. As paredes estavam vazias, pintadas de uma cor que talvez fosse branca originalmente, mas que assumira um tom amarelado. Havia um ventilador de teto, que girava lentamente. Um pedaço de papel mata-moscas pendia dele, coberto com os corpos das suas vítimas.

Cinco mesas estavam ocupadas, principalmente por homens, que bebiam cerveja. Byron conduziu Jane para a única mesa vazia e afastou a cadeira para ela. Ela examinou o assento com as pontas dos dedos antes de se sentar. Aparentemente, não havia nada sobre ele que mancharia sua calça.

"Você vai se regalar", afirmou Byron. "Os forasteiros, em geral, não conhecem este lugar."

"Forasteiros?", disse Jane. "Você quer dizer turistas?"

"Também."

Antes de Byron poder se aprofundar na explicação, uma mulher de aparência cansada e idade indeterminada se aproximou deles. Alta e magra, os longos cabelos loiros revelavam alguns poucos centímetros de raízes escuras, e o rosto era singularmente vermelho.

"Byron, *querido.* Por onde você andava?" A voz dela era grave, com sotaque cajun.

"Por todo lado", Byron respondeu. Ele indicou Jane com a cabeça. "Emmeline, Jane. Jane, Emmeline."

Emmeline abanou a cabeça para Jane. "Ela é um dos nossos?", perguntou para Byron.

"Pergunte a ela", respondeu Byron, dando um sorriso largo.

Emmeline dirigiu o olhar para Jane. Os olhos dela eram quase negros, e algo a respeito dela parecia muito antigo. Então, Jane entendeu o que era. Ela olhou para Byron, que voltou a dar um sorriso largo. "Sim", ela é um dos nossos", ele disse. Ele indicou através de um gesto todo o recinto. "Todos são. Bem, a maioria."

Jane ficou emudecida pelo choque. Ela nunca na sua vida estivera em um lugar frequentado exclusivamente por vampiros. "Mas como...", ela conseguiu dizer.

"Os tempos mudaram, Jane", Byron afirmou. "Não temos de nos esconder todo o tempo, principalmente em uma cidade como Nova Orleans. Por que você acha que Charlotte ficou aqui?"

"Ouviu que ela se imolou ontem à noite", Emmeline disse. "Ninguém sentirá a falta dela por aqui."

"Viu?", Byron sussurrou para Jane.

"Vocês querem lagostim?", Emmeline perguntou. Sem esperar por uma resposta, ela desapareceu na direção dos fundos do restaurante.

"É tudo muito peculiar", Jane falou para Byron.

"Você ficou longe das pessoas da sua espécie por muito tempo", Byron disse. "Você enxerga através de olhos humanos."

Jane começou a discordar, mas Byron a silenciou. "Não é uma ofensa", ele disse. "Bem, talvez seja uma pequena ofensa", admitiu.

"Não vejo o que há de errado em procurar conservar alguma humanidade", Jane afirmou, com sarcasmo. "Afinal, é o que fomos."

"Fomos", Byron repetiu. "Mas não agora. Você não está cansada de se esconder? Você não gostaria de viver em um mundo onde não tivesse de se preocupar a respeito de se expor?"

"Na realidade, não me preocupo com isso", afirmou Jane. "Além disso, tenho Lucy agora. E Walter", acrescentou sem perda de tempo.

"Sim, Walter", Byron afirmou. Pelo tom de voz, Jane não conseguiu saber se ele estava zombando dela ou concordando com ela.

Emmeline reapareceu, trazendo uma enorme tigela metálica, que colocou sobre a mesa. Uma mistura de batatas, linguiça, milho e lagostim quase transbordava do recipiente. Emmeline também deixou duas garrafas de cerveja, uma tigela vazia e uma pilha de guardanapos de papel. "Ensine-a como chupar as cabeças", disse para Byron.

Jane pegou um lagostim. Sua casca era vermelho-escura e seus olhinhos pretos sem vida a fitavam. "O que eu faço com isso?", ela perguntou.

"Isso", disse Byron. Ele agarrou o lagostim bem debaixo da cabeça e o torceu, para separar a cabeça do corpo. Pôs de lado a cabeça e descascou o corpo. Em seguida, apertou com força o leque minúsculo na extremidade inferior da cauda, empurrando para cima a carne e a jogando para dentro da boca. "E agora a melhor parte", afirmou, pegando a cabeça deixada de lado. Colocando-a na boca, chupou-a ruidosamente por um momento e, depois, jogou-a na tigela vazia.

"É assim que se chupa a cabeça", ele disse. "Vamos. Tente."

"Acho que não", disse Jane. "É muito primitivo."

"Não é primitivo. Se você não chupar a cabeça, então todos saberão que você é uma forasteira."

Jane contemplou o lagostim em sua mão. Embora ninguém estivesse olhando diretamente para ela, Jane tinha a nítida impressão de que estava sendo observada. *Não vai dar certo*, pensou, tentando imitar os movimentos de Byron. A cauda e a cabeça se separaram com facilidade, e tirar a carne da cauda foi bastante fácil. Também era muito saborosa.

A cabeça foi outro assunto. Jane a colocou na boca e chupou. Imediatamente, sua boca se encheu de uma rajada condimentada de manteiga e um pedaço de algo esponjoso. Ela engasgou, mas conseguiu engoli-lo. Pegou a garrafa de cerveja e deu um longo gole.

"O que é isso?", Jane perguntou, observando a cabeça vazia com aversão.

"Gordura da cabeça", Byron explicou. "É a melhor parte." Ele quebrou outro lagostim e o comeu. "Aperte a cauda, chupe a cabeça", recitou. "Prove outro. Você vai adorar, prometo."

"Sofri as consequências das suas promessas antes", afirmou Jane. Ela pegou meia espiga de milho e a mordeu. "Ficarei com algo seguro."

Eles comeram por um tempo em silêncio. Jane decidiu provar outro lagostim. Dessa vez, achou-o muito melhor. Comeu muitos outros e, então, notou que Byron estava olhando para ela.

"Acho que o primeiro não estava bom", Jane disse, defensivamente.

"É bom ainda ser capaz de comer, não é?", Byron afirmou. "É uma das poucas coisas humanas que ainda aprecio. Comer e fazer amor", acrescentou.

"Prefiro estar amando", Jane replicou, espetando um pedaço de linguiça com o garfo.

"Você pareceu gostar na noite em que eu a visitei", Byron disse. Ele chupou a cabeça de um lagostim de forma significativa, lambendo a boca depois.

"Foi só para mantê-lo longe de Walter e Lucy", Jane o lembrou.

"Você não gostou?"

Jane observou atentamente o lagostim que estava prestes a degolar. "Não disse isso", respondeu.

"Então você gostou?"

"As patas têm carne?", Jane perguntou, olhando para elas.

"Considerarei isso como uma resposta afirmativa. Eu também gostei."

"É claro que gostou", Jane disse. "Você gostaria com... com..." Ela tentou pensar em alguém convenientemente desagradável. "Oscar Wilde", concluiu.

"Não sei", Byron afirmou. "Nunca tentei. Mas não acho que seria tão bom."

"E se eu gostei? E daí?"

Byron lambeu os dedos. "Talvez você devesse fazer essa pergunta para você", ele sugeriu.

"Talvez eu já tenha feito", Jane afirmou. "E talvez o que decidi é que não significa nada. Você não significa nada."

"Estou magoado", Byron falou, pondo a mão sobre o coração. "Achei que significávamos algo um para o outro."

Jane o ignorou e se concentrou no jantar. De novo, Byron a estava deixando irritada. Por que era tão fácil para ele fazer isso? *Por que você está deixando que ele faça isso?*, uma voz em sua mente perguntou.

"Não sei!", Jane disse em voz alta. Percebendo a altura da voz, ela enrubesceu. "Quando você começou a escrever romances?", ela perguntou de imediato.

"Alguns anos atrás", Byron respondeu. "É simplesmente algo para fazer. E traz um pouco de dinheiro."

"Agora que todos sabem que você é Penelope Wentz, o que vai fazer?"

"Não decidi", Byron respondeu. "Talvez Penelope escreva mais alguns romances. Talvez ela desapareça."

"Ela não vai desaparecer", disse Jane. "Você quis atenção. Se não quisesse, não teria se revelado hoje."

"Sim, bem, há certas vantagens de ser quem eu sou", Byron afirmou. "Meu público é muito fiel."

"Levou uma delas para almoçar?"

"Você está sendo inconveniente."

Jane comeu o último lagostim e limpou as mãos no guardanapo. "Por que estou aqui?", perguntou. Ela estava pronta para terminar com a noite.

"Quis me desculpar."

"Do quê?"

"Da maneira como me comportei em relação a você. Eu estava errado."

Jane pigarreou. "Estava", ela concordou.

"Tirei sua virgindade e fiz de você o que você é."

Jane olhou em volta para ver se os outros clientes não estavam ouvindo. Receou que pensariam mal dela se ouvissem a conversa.

"Tirei proveito de você", Byron disse, aparentemente sem se importar se alguém escutava. "Uma mulher de idade, triste, solitária, que..."

"Não era velha", Jane discordou.

"Para a época", Byron afirmou. "Mas isso não importa. O que importa é que me comportei mal. Por isso, peço minhas sinceras desculpas. Você é capaz de me perdoar?"

Jane tirou um pedacinho de casca de lagostim de debaixo da unha. "Não sei", disse. "Você foi horrível. Foi muito chocante para mim, você sabe."

"Eu era jovem", Byron afirmou.

"Você tinha 28 anos. Idade suficiente para saber das coisas."

"Refiro-me aos nossos anos", Byron disse. "Eu não era tão velho assim. Além disso, estava doente, e também havia o divórcio de Anne, a maldade em relação à criança, o assunto com Claire. Foi demais para mim. Você pareceu ser a única luz brilhante na tempestade da angústia."

Jane queria um palito de dente, pois havia um pedaço de milho preso no seu canino. Ela ouviu Byron sem prestar muita atenção. Já se deixara seduzir por sua conversa floreada antes. "Tudo bem", disse.

Byron, que continuava falando, parou. "Tudo bem?"

"Tudo bem, eu perdoo você", afirmou Jane. "De qualquer jeito, o que está feito está feito. Você não pode desfazer."

"Você tem certeza?", Byron perguntou.

"Se você continuar perguntando, não terei", Jane respondeu. "Vamos simplesmente seguir adiante. Sempre tive vontade de saber uma coisa: quem converteu você?"

Byron reclinou sua cadeira, encostando-a na parede suja. "Essa é uma história", ele disse. "Você sabe que viajei muito nos anos anteriores a 1816."

"Sei."

"A maior parte do tempo fiquei na Grécia", Byron continuou. "Ali, conheci um jovem chamado Ambrósio. Ele era um soldado." Byron fez uma pausa e deu um sorriso triste. "Você devia tê-lo conhecido. Ele era lindo. Foi paixão à primeira vista."

"Surpreendente", Jane observou, embora não com maldade. Ela estava conhecendo outro lado de Byron, e era muito comovente.

"A única coisa que me incomodava era que Ambrósio nunca passava a noite comigo", afirmou Byron. "Todas as noites, depois de comermos e fazermos amor, ele deixava minha casa. Ambrósio não me dizia onde estava indo. Supus que havia uma mulher, talvez uma esposa e filhos. Inicialmente, não me importei, mas, quando o verão chegou, comecei a sentir ciúmes" Ele olhou para Jane. "Sei que é difícil de acreditar."

Jane ficou em silêncio, bebendo sua cerveja. Considerando quantas mulheres Byron havia roubado dos maridos num capricho, descartando-as depois com toda falta de tato, a ideia de que ele pudesse amar alguém o suficiente para se importar na cama de quem essa pessoa dormia era intrigante. *Esse Ambrósio deve ter sido alguém muito especial*, ela pensou.

"Uma noite não consegui mais resistir. Eu o segui. Ele perambulou pela cidade e, finalmente, acabou no porto. Ali, nas docas, eu o vi beijando outro homem. Ao menos, foi o que achei que ele estava fazendo."

"Ele estava se alimentando", Jane disse.

Byron confirmou com um gesto de cabeça. "Observei, chocado, quando Ambrósio matou o homem. Então, ele se virou e me viu. Quis fugir, mas ainda mais do que isso, quis que ele me amasse."

Byron ficou em silêncio. Parecia perdido nos pensamentos, balançando sua cadeira para frente e para trás lentamente.

"Você deixou que ele o convertesse, não?", Jane perguntou.

Byron ergueu os olhos, que estavam cheios de lágrimas. "Sim", respondeu. "Era a única maneira de podermos ficar juntos. E, por um tempo, ficamos."

"Mas você o deixou?", Jane sugeriu.

"Ele foi morto", Byron revelou. "Depois da minha conversão, Ambrósio me ensinou a caçar. Uma noite, seduzi uma garota da cidade, bela mas estúpida. Foi minha primeira tentativa de enfeitiçar, e eu estava superconfiante. A garota acordou enquanto eu a estava dessangrando e conseguiu fugir. Ela tinha visto meu rosto. Corri de volta para casa e contei para Ambrósio o que acontecera. Quando a garota voltou com ajuda, Ambrósio a enfeitiçou, fazendo-a acreditar que ele era aquele cujo rosto ela vira. Ele já pedira para eu sair pelos fundos e escapar para as colinas."

Jane sentiu um frio na espinha. Temeu o que Byron diria a seguir. A história acabaria mal, ela sabia, e Jane não queria ouvila-la. Mas, contudo, estava, ansiosa para saber o final.

Byron respirou fundo. "Eles arrastaram Ambrósio para o centro da cidade, meteram uma estaca no seu coração e o jogaram no mar do alto do penhasco", ele contou. "Não pude fazer nada. Ninguém poderia ter sobrevivido a isso. Depois, fiz o que ele me pediu para fazer. Fugi para as colinas e peguei o caminho de volta para a Itália, onde comecei minha nova vida."

Jane não sabia o que dizer. Então, estendeu o braço e pegou a mão de Byron. Ele permaneceu mudo. "Você sabe o que significa o nome Ambrósio?", ele perguntou pouco depois. "'O imortal'. Irônico, não?"

"Nunca soube", afirmou Jane.

"Ninguém soube", Byron informou. "Até agora, nunca tinha contado para ninguém. Mas devia isso a você. Talvez agora tenha quitado aquela dívida um pouco."

"Você não me devia nada", Jane falou, recolhendo sua mão. "Naquele verão, fui até você em busca de uma aventura e foi o que você me deu."

"Sim. Mas devia ter perguntado se você queria ou não participar dela."

Jane começou a falar algo, mas foi interrompida pela chegada de Emmeline, ladeada por um jovem musculoso e de olhar vidrado. Ele vestia uma camiseta do AC/DC e seu pescoço estava coberto de manchas roxas.

"Vocês reservaram espaço para a sobremesa?", Emmeline perguntou.

CAPÍTULO 30

Naquela noite, ela leu para Charles pela primeira vez, tropeçando nas palavras, depois encontrando o ritmo e continuando, ansiosa mas exultante. O tempo todo ela disfarçadamente observava o rosto dele em busca de uma reação. Quando finalmente ela o viu sorrir, sentiu que seu coração explodiria de alegria.

— JANE AUSTEN, *CONSTANCE*, PÁGINA 374 DO MANUSCRITO.

Jane ficou aliviada quando o avião aterrissou. Ficou ainda mais aliviada quando viu Lucy a esperando no setor de bagagens.

"Como vai, Jane, a vampira assassina?", Lucy disse, a abraçando.

"Isso não tem a menor graça", Jane respondeu.

Jane olhou em volta, para o setor de bagagens, e viu a caixa de transporte de Jasper. "Achei que ele fosse congelar no porão do avião", disse para Lucy, enquanto a arrastava para o lugar onde o cachorro esperava. Quando Jasper viu Jane, começou a dar patadas na porta da caixa e choramingar. Jane o deixou sair, e ele pulou sobre Lucy.

"Oi, bonitão", Lucy disse. Jasper lambeu o nariz dela. "Acho que estou apaixonada", Lucy disse para Jane.

"Quero saber onde estão minhas malas", Jane disse, examinando a esteira de bagagens,

"Já peguei", afirmou Lucy. "Não está vendo?" Ela apontou para duas malas que tinham etiquetas com o nome de Jane presas nas alças. "Reparei nelas no setor de bagagens não retiradas e achei que tinham vindo em um voo anterior."

Jane resmungou. "Essas são as malas que deveriam ter ido para Chicago", disse, furiosamente. "Nunca as embarcaram no avião."

"Bom, agora você tem mais roupas", Lucy disse, rindo.

Jane deixou Lucy com as duas malas e foi atrás do restante da bagagem. Sentiu uma sensação de *déjà-vu* vendo a esteira circulando e todas as outras bagagens sendo recolhidas. Novamente, ouviu o ranger do mecanismo quando a esteira parou.

"Devem estar brincando", Jane disse para Lucy. "O que eu fiz para contrariar os deuses das bagagens?"

"Matou uma vampira", Lucy sussurrou.

"Pare com isso!", Jane insistiu.

"Desculpe", disse Lucy. "Vamos pegar a fila das malas perdidas."

"Vamos embora, isso sim. Não há nada que eu queira nelas. Só roupa suja", Jane afirmou, carregando as duas malas originais.

Enquanto se encaminhavam para a saída do aeroporto, Lucy, que conduzia Jasper puxando sua caixa de transporte com rodinhas, disse ponderadamente: "Pense um pouco. Algum responsável pelas bagagens pode estar pegando a calcinha de Jane Austen neste exato momento".

"Continue com isso e eu vou morder você", Jane ameaçou.

Elas seguiram para o estacionamento, onde carregaram tudo no carro de Lucy. Jasper, sentado no assento traseiro, choramingou até Lucy abrir a janela para ele. Imediatamente, pôs cabeça para fora.

"Gostaria de saber o que era ser o cachorro de Charlotte Brontë", Lucy disse, começando a movimentar o carro.

"Será que podemos não citar esse nome de novo?", Jane perguntou.

"Que mau humor", Lucy afirmou. "O que aconteceu na conferência, além de Charlotte?"

"Byron", Jane revelou.

"Byron?"

"É uma longa história", Jane afirmou. "Basta dizer que fizemos as pazes."

"Você dormiu com ele?", Lucy perguntou, com os olhos arregalados.

"Não! Só jantamos juntos. Depois ele me levou ao hotel. Odeio admitir isso, mas ele foi um perfeito cavalheiro. Acho que ele está planejando alguma coisa."

"Mas por que ele estava lá?", Lucy perguntou.

Jane contou toda a história para Lucy.

"Penelope Wentz?", Lucy disse quando Jane terminou. "Seus livros são horríveis."

Jane obteve certa satisfação ao ouvir isso, mas, imediatamente, sentiu culpa. "Aparentemente, ele é muito popular", disse, como jeito de pedir desculpas a Byron.

"Sem dúvida, ela é", Lucy disse. "Vendemos uma montanha de livros dela. Dele", ela se corrigiu. "Você nunca percebeu?"

"Confesso que nem sempre presto atenção no que as pessoas estão comprando", afirmou Jane. "E desde que você passou a fazer a maioria dos pedidos, não estou inteiramente a par do que as pessoas estão lendo. Sinceramente, estou um pouco cansada da coisa toda."

"Nunca me canso em relação aos livros", Lucy disse, quando saíram do aeroporto e pegaram a via expressa. "Seja como for, me fale mais a respeito de Byron."

"Sinto pena dele", afirmou Jane. "Sei que isso soa estranho, mas você devia ter visto a expressão dele quando falou a respeito do seu amigo."

"Seu amigo?", exclamou Lucy. "Você parece minha mãe quando fala a respeito do namorado do meu irmão."

"Tudo bem, seu amante", Jane corrigiu. "Na minha época, não falávamos a respeito disso de modo algum."

"Vocês também andavam em cabriolés", Lucy a lembrou. "Mas continue."

"Ele realmente amava Ambrósio", afirmou Jane. "Para ser honesta, nunca pensei que ele fosse capaz disso."

"Parece que a morte de Ambrósio matou algo nele", Lucy observou.

"Acho que você tem razão", Jane concordou. Ela ficou em silêncio, observando a paisagem sombria do norte do estado de Nova York.

"Fez você pensar a respeito de você e Walter, não fez?", Lucy disse depois de alguns minutos.

"Sim", Jane admitiu. "Me pergunto se não tenho sido uma tola nesse sentido."

"Talvez seja o momento de tentar a sorte", Lucy afirmou.

Jane suspirou. Ela pensara a mesma coisa. Mas parte dela ainda sentia muito medo. Afinal, sua mudança de opinião não significava a mudança em relação à realidade da situação. Jane ainda era uma vampira, e Walter ainda era um ser humano. Ele envelheceria e morreria. Embora ela pudesse morrer em algum momento, não envelheceria, ao menos não da mesma maneira. Era uma situação destinada a desgraçar um deles ou ambos.

"Sabe, meu pai morreu quando tinha 32 anos", Lucy informou.

Jane se virou para ela. "Mas eu conheci seu pai", disse. "Seus pais nos visitaram no ano passado."

"Jim é meu padrasto", Lucy disse. "Chamo-o de pai, mas ele não é meu pai, ao menos não biologicamente. Ele e minha mãe se casaram quando eu tinha onze anos. Meu pai morreu de câncer no cérebro. Foi horrível, principalmente para minha mãe."

"Não consigo nem imaginar", Jane falou.

"Ela amava meu pai mais do que qualquer outra coisa no mundo", Lucy prosseguiu. "Quando ele morreu, ela podia ter simplesmente desmoronado. Mas não. Ela conservou todas as boas memórias e jogou fora todo o resto."

Jane compreendeu o que Lucy estava insinuando. A vida nunca oferecia nenhuma garantia. Algo pode acontecer a qualquer momento, e as pessoas podem ser tiradas umas das outras sem aviso. Jane se lembrou de Walter e Evelyn. *Mas veja o que isso fez para ele*, ela pensou. *Ele mal consegue falar a respeito dela.*

"Não sei. Simplesmente não sei", Jane disse.

"Faça como queira", Lucy afirmou. "Passe os próximos mil anos sozinha."

"Você realmente é uma garota abusada, sabia?"

"Vou contar outra história para você", Lucy disse, ignorando a reprimenda. "Certa noite, em Milwaukee, quando eu estava excursionando com a banda, sai depois de um show e vi um cachorro vasculhando o lixo fora do clube onde estávamos tocando. O segurança estava dando pontapés nele, para que ele se afastasse. O cachorro saiu correndo e eu o segui. Ele se escondeu debaixo da nossa van e não queria sair. Estava muito assustado. Então, comprei um hambúrguer no clube e fiquei sentada ali por duas horas, tentando seduzi-lo. Achei que sua fome superaria seu medo, e, no fim, ele saiu lentamente de debaixo do carro e comeu o hambúrguer."

"É uma história triste", Jane afirmou.

"E piora", Lucy disse. "Quer dizer, até certo ponto. Pedi permissão para as meninas da banda para ficar com o cachorro. Ele era bem feio, um vira-lata, mancava, e a pele estava horrível. Chamei-o de Spike. Quando chegamos a Des Moines, levei-o à veterinária para uma consulta. Os exames revelaram que ele tinha um problema cardíaco. A veterinária disse que provavelmente ele tinha passado fome quando era filhote e tinha sido maltratado. Sua perna fora quebrada, motivo pelo qual ele mancava."

Jane deu uma olhada em Jasper, que continuava olhando pela janela, com as orelhas tremulando ao vento. "Acho que não quero ouvir o resto da história", Jane disse.

"Gostaria que você ouvisse", pediu Lucy. "Pois há um sentido nela. Depois do que aconteceu com meu pai, achava que não aguentaria mais ver a morte de um ente querido. As garotas da banda queriam que eu sacrificasse Spike, ou, ao menos, que eu o levasse para um abrigo. E quase fiz isso. Mas, então, olhei para seu rostinho engraçado e soube que não conseguiria fazer aquilo. Ele tinha entrado na minha vida por um motivo. Então, fiquei com ele."

Lucy ficou quieta e Jane achou que talvez ela tivesse terminado de contar a história. *Não acabou tão mal assim*, Jane pensou, aliviada.

"Ele morreu três meses depois", Lucy disse, repentinamente, com um nó na garganta. "Estávamos em Albuquerque.

Ele não estava bem fazia alguns dias. Ofegava muito e não queria comer. Sabia que algo estava errado. Então, passei uma noite acordada ao lado dele, acariciando suas orelhas, dizendo-lhe como ele era um bom menino. Em certo momento, abaixei os olhos e vi que Spike já não estava mais entre nós."

Jane sentiu um nó na garganta. Olhou para Lucy, esperando vê-la chorando. Em vez disso, Lucy estava sorrindo.

Lucy virou-se para Jane. Novamente, Jane ficou surpresa ao perceber uma expressão de felicidade em Lucy. "Ele morreu sabendo que eu o amava", Lucy disse. "Os cães vivem no aqui e agora. Acreditam que o que estão sentindo é o que sempre sentiram. Naqueles três meses, Spike sentiu que era o cachorro mais feliz do mundo. Ele esqueceu tudo a respeito de ter sido maltratado, de ter vivido com medo e de ter ficado sozinho. E quando ele teve de ir, eu estava ali ao seu lado."

"Mas e você?", Jane disse. "Você perdeu Spike."

"Mas consegui conhecê-lo por três meses completos", Lucy afirmou. "Amei Spike e cuidei dele. Se não tivesse aproveitado aquela oportunidade, nunca teria tido a experiência que tive. E, agora, quando penso nele, penso somente em todas as coisas boas que Spike me trouxe."

"Por isso que você quis que eu fosse atrás do Jasper", disse Jane. "Você acha que ele é o meu Spike."

"Não", Lucy respondeu. "Quis que você fosse atrás do Jasper porque sabia que ele estava com muito medo. Walter é o seu Spike."

"Esse foi um truque horrível", Jane disse.

"Não é um truque. É a verdade."

Jane passou as duas horas seguintes falando de tudo menos a respeito de Walter. Quando Lucy a deixou em casa, Jane sentiu-se aliviada. Ela levou Jasper para dentro. Tom foi a primeira coisa que ele viu. O cão e o gato trocaram olhares por alguns segundos. Em seguida, Tom subiu correndo a escada, com Jasper atrás ele, latindo como louco.

Agora paz e silêncio, Jane pensou, quando ela os deixou e foi para a cozinha recolher a correspondência acumulada em sua ausência. Como sempre, não havia nada além de contas, catálogos e lixo desinteressante endereçado ao Morador. Nada pessoal. Nenhuma carta ou cartão-postal. Nada de alguém que se importasse com ela.

"Você deixou Lucy aborrecê-la", Jane disse para si mesma, no momento em que Jasper entrou na cozinha. Ele tinha um arranhão no focinho e Jane supôs que Jasper e Tom tinham chegado a algum tipo de entendimento. Ela abasteceu a tigela dele com água e a pôs sobre o chão. Jasper bebeu satisfeito, derramando metade da água no chão e mergulhando suas orelhas na tigela. Jane anotou mentalmente a necessidade de comprar mais papel toalha.

"Você não vai morrer, vai?", Jane perguntou para Jasper. Ele ergueu os olhos para ela e abanou o rabinho. "Ótimo."

Jane deixou a cozinha para levar suas malas para o quarto quando percebeu que a luz da secretária eletrônica estava piscando. *Provavelmente, é Kelly*, pensou, ao pressionar o botão de reprodução.

"Jane, é Walter", disse a voz familiar. "Só estou ligando para saber como foi sua viagem. Eu vi você no programa da Comfort e Joy. Foi...interessante." Ele fez uma pausa. "Você foi bem", ele continuou. "Seja como for, isso é tudo que eu quis dizer. Me liga quando voltar. Se quiser. Tchau."

Jane apagou a mensagem, mas as palavras se fixaram em sua mente. Walter se preocupava com ela. Ela sabia disso. Mas...

Mas o quê?, perguntou uma voz que parecia muito com a de Lucy.

"Mas tudo", disse Jane, com irritação. "Tudo. Chega. Simplesmente não funcionaria."

Ela subiu para o quarto, onde jogou as malas sobre a cama e começou a desfazer a bagagem. "É impossível", ela disse, jogando algumas roupas de baixo no cesto de roupa suja. Ainda que ele não as tivesse usado, o comentário de Lucy a respeito do responsável pela bagagem a deixou desconfiada. "Antes de qualquer coisa, assim que Walter descobrir quem eu sou, ele não vai querer mais nada comigo."

Jasper entrou no quarto e se deitou. Pouco depois, Tom saiu de debaixo da cama, mantendo distância de Jasper e fingindo não estar olhando para ele. Tom saltou sobre a cama e se instalou sobre a blusa de seda vermelha de Jane, que ela acabara de tirar da mala.

"Vocês sabem que eu estou bem", Jane disse para Tom e Jasper. "Parem de me olhar desse jeito."

Jane tirou um par de sapatos da mala e o jogou no chão. "Quero dizer, quem gostaria de ficar com alguém como eu?", ela perguntou. "'Desculpe, querido'", disse, imitando de modo zombeteiro sua própria voz, "'mas não posso assistir tevê com você esta noite. Tenho de encontrar alguém para morder'". Jane enxotou Tom de cima da blusa e a sacudiu para tirar os pelos. "Acho que não", disse com firmeza.

"Não que não fosse bom", Jane comentou, tirando a calça que tinha pretendido usar no programa de Comfort e Joy. "Faz muito tempo. E sinto saudade de algumas coisas, como ter alguém segurando minha mão e chegando em casa para alguém que não seja um gato." Olhou para Tom. "Desculpe", disse. Então, dirigiu o olhar para Jasper. "Não que você não seja adorável. Mas não é a mesma coisa."

Jane terminou de desfazer a primeira mala e começou a desfazer a segunda. Esta continha diversos artigos de toalete, que ela levou ao banheiro em diversas viagens. "Mas os homens são muito difíceis", ela disse para si mesma. "Ninguém nunca sabe o que eles estão pensando." Ela deixou sua *nécessaire* com os produtos de maquiagem sobre o balcão do banheiro. "Embora Walter sempre fale exatamente o que ele tem em mente", sustentou.

Ao terminar, colocou as malas de volta no armário. Tom e Jasper ainda estavam olhando para ela; Tom com um decidido ar de tédio e Jasper como se a qualquer momento Jane fosse anunciar que era a hora do jantar.

"Por que vocês estão olhando tanto para mim?", Jane perguntou a eles. "Isso não vai dar certo." Ela suspirou. "Tudo bem. Vocês venceram."

No escritório, Jane pegou o telefone e ligou para Walter antes que conseguisse parar de digitar os números. Ele atendeu no segundo toque. Jane se forçou a não desligar.

"Sou eu. Jane", ela disse. "Gostaria de saber se você não quer jantar comigo hoje à noite. Há algo que quero lhe dizer."

Capítulo 31

Quando ela acabou de falar para ele o que há tanto tempo mantivera escondido, ela levantou os olhos cheios de lágrimas. "Você é capaz de me perdoar?", perguntou. Ele se ajoelhou e pegou a mão dela. "Perdoar você?", ele respondeu. "Do quê? Por ter um coração insensato? Quem entre nós não tem um?"

— JANE AUSTEN, *CONSTANCE*, PÁGINA 431 DO MANUSCRITO.

"Foi muito bom", Jane disse para Lucy. Na manhã seguinte, ela estava contando para Lucy a respeito do jantar e da conversa com Walter na noite anterior. "Ele ficou satisfeito de saber que não sou realmente celibatária. Ao menos, não por opção."

"Então você contou a ele a respeito de toda... situação?", Lucy perguntou.

Jane, que estava colocando em ordem alfabética a seção de romances policiais, subitamente ficou muito interessada na capa de um livro de Ellis Peters. "Não veio à baila", murmurou.

"Como?", Lucy disse. "Parece então que você teve medo. É isso?"

"Eu vou contar para ele", Jane afirmou. "Mas não agora."

"Você tem dez anos, mais ou menos", Lucy disse. "Depois desse tempo, Walter vai começar a querer saber por que você nunca engorda e seus cabelos nunca ficam grisalhos."

"Posso sempre dizer que sou muito bem conservada", Jane sugeriu.

Nesse instante, o telefone tocou. Jane foi ao escritório e atendeu.

"Jane, sou eu, Kelly." A voz dele parecia estranha, trêmula e chorosa.

"O que houve?", Jane perguntou, preocupada.

"Bryce está tendo um caso", Kelly disse, soluçando.

"Você tem certeza?"

"Tenho. Além disso, eu o confrontei e ele me contou."

"Ah, Kelly. Sinto muito."

"A pior parte é que ele conheceu o cara quando estávamos em Chicago."

"Como ele teve tempo?"

"Foi na academia do hotel. Na sauna, é claro. Devia ter ido com ele em vez de ter ficado vendo tevê."

"Se eles se viram só aquela vez, não é um caso."

"Mas o cara também era hóspede do hotel. Ele, na realidade, vive aqui em Nova York, ao menos parte do tempo. Bryce já o viu outra vez. Ele mentiu no dia e me disse que ia jogar boliche."

"Sinto muito, de verdade."

"Bryce disse que não sabe o que quer. Disse que precisa decidir. Tudo bem, deixa ele decidir com Grayson."

"Grayson?"

"É o nome do sujeito", Kelly disse. Jane ouviu o som de Kelly assoando o nariz. Em seguida, ele voltou a falar: "Ah, e seu livro vai aparecer em primeiro lugar na lista do *New York Times* no domingo".

"Como?"

"Seu livro. Na lista do *New York Times.* Primeiro lugar. Parabéns. Sinto muito. Devia estar mais entusiasmado. Parabéns!"

"Primeiro lugar", Jane repetiu, deixando a notícia amadurecer. "Meu livro. Primeiro lugar."

"Você estreou na frente do novo livro de Rebecca Ingstrom", Kelly informou. "Ouvi que ela está furiosa. É a primeira vez que ela não fica em primeiro lugar na semana de lançamento de um livro escrito por ela."

Jane não estava ouvindo. Seu livro — seu livro — estava em primeiro lugar na lista mais importante do mundo de livros mais vendidos. Ela mal conseguia respirar.

"Você acha que Bryce o ama?", Kelly perguntou.

"Ama quem?"

"Grayson."

"Ah, não sei. Essas coisas são difíceis de dizer." *Realmente, as pessoas só pensam nelas mesmas*, Jane pensou. *Não importa a preferência sexual.*

"Preciso dar uma escapada", Kelly informou. "Dar um tempo em todo esse drama. Vou ver se tenho milhas suficientes para viajar para Paris."

"Por que você não vem para cá?", Jane perguntou.

"Para aí?", Kelly disse, com seu tom sugerindo que ele não podia imaginar uma razão possível para fazer isso.

"Sim, para cá", afirmou Jane. "Se pegar o trem, você pode jantar comigo e ficar na minha casa. É muito agradável aqui, e não há absolutamente nada para fazer. Podemos conversar toda a noite e descobrir o que fazer a respeito da sua situação."

Kelly ficou em silêncio por um instante. "Quer saber? Acho que eu vou", ele disse. "Alguns dias no campo é exatamente o que preciso."

"Não é exatamente o campo", afirmou Jane. "Temos energia elétrica e água corrente."

Kelly ignorou a pilhéria de Jane. Ela o ouviu digitando. "Estou procurando a tabela de horários on-line", ele disse. "Se eu me apressar, posso pegar o das onze da manhã. Chega às cinco da tarde. Você pode me pegar na estação?"

"Com certeza", Jane respondeu.

"Vejo você então", Kelly disse. "E obrigado, Jane. Sei que você me fará sentir melhor."

Kelly desligou e Jane deixou o escritório. "Algo empolgante?", Lucy perguntou.

"Terei uma visita", informou Jane. "E o meu livro parece que está em primeiro lugar na lista dos mais vendidos."

O grito de Lucy assustou Jane. Ela ficou ainda mais perturbada quando Lucy a ergueu e a rodopiou, continuando a gritar de alegria. "Você é a número um!", Lucy gritou, e pôs Jane no chão. "Número um!"

Jane olhou para Lucy. "Meu Deus. Sou a número um!", Jane gritou.

O grito combinado das duas foi ensurdecedor.

Às cinco e dezessete da tarde, o trem número 281 da Amtrak parou na estação de Brakeston. Aproximadamente duas dúzias de passageiros desembarcaram na plataforma, entre eles a figura inconfundível de Kelly Littlejohn. Jane acenou para ele, e ele a saudou com um beijo na maçã do rosto.

"É encantador", Kelly disse, olhando em volta da estação. "Estava esperando celeiros, vacas e crianças descalças brincando de bambolê."

"Ao contrário do que você possa ter ouvindo, há civilização fora da ilha de Manhattan", Jane disse.

"Achei que eram todas histórias da carochinha", Kelly provocou.

No caminho para sua casa, Jane absteve-se de perguntar a respeito de Bryce, e Kelly não o mencionou. Mas ele parecia estar de melhor humor, o que deixou Jane contente. Não seria nada bom desfrutar do seu caso de amor recém-iniciado com Walter se ela sentisse que Kelly ficaria triste por causa da felicidade dela.

"Hoje à noite vamos jantar fora", Jane disse para Kelly. "Com Walter e Lucy."

"Lucy é sua assistente na livraria, certo?", Kelly disse. "Acho que ela atendeu ao telefone algumas vezes."

"É isso mesmo", Jane confirmou.

"E Walter é o namorado dela?"

Jane hesitou. *Ele vai descobrir de qualquer jeito*, disse para si mesma. "Não, Walter é o meu namorado", ela disse.

"Sério!", Kelly disse, aparentemente surpreso.

"Você pareceu chocado", Jane disse.

"Não", Kelly falou de imediato. "É que nunca pensei a respeito de você dessa maneira."

"Dessa maneira?", perguntou Jane. "Como um ser humano? Como uma mulher?"

"Não me entenda mal", Kelly disse. "É que você parece tão... Não sei. Certinha, acho."

"Certinha", Jane repetiu. "E isso me impede de ter uma vida romântica?"

"Acho que não. Seja como for, mal posso esperar para conhecê-lo."

Jane fez um ruído vago. *Certinha*, ela pensou. *Vou mostrar para ele quem é certinha.*

Na casa, Jane instalou Kelly no quarto de hóspedes, que nunca tinha sido usado antes. Ela verificou se ele tinha toalhas suficientes e, depois, deixou que Kelly descansasse e se preparasse para o jantar. Jane fez uma reserva em um restaurante japonês para as sete e meia da noite, para apresentar a Kelly um lado mais cosmopolita de Brakeston. Walter e Lucy iriam encontrá-los no restaurante.

Uma hora e meia depois, Jane abriu a porta do restaurante e ela e Kelly entraram. Jane examinou o salão em busca de Walter e Lucy, e os encontrou sentados em uma das mesas do restaurante em que os frequentadores sentavam no chão. Jane tinha se esquecido do apego de Walter pela autenticidade, e se arrependeu de não ter sido um pouco mais específica a respeito do arranjo da mesa.

"Olá!", Walter disse, ficando de pé. Como Lucy, ele tinha tirado os sapatos. Jane notou que ele usava meias brancas. Ela também reparou que Kelly lançou um olhar para elas.

"Você deve ser Kelly", Walter disse, agarrando a mão do editor com suas duas mãos. "Jane me falou muito a seu respeito."

"Sério?", Kelly respondeu, inclinando-se para descalçar os sapatos. "Isso coloca você em vantagem."

Walter, ocupado em dar um beijo em Jane, não o ouviu, para alívio de Jane. Depois de tirar os sapatos, ela se sentou ao lado de Walter, enquanto Kelly se sentou ao lado de Lucy.

"Oi", disse Lucy. "Jane também me falou muito a seu respeito. Mas não se preocupe, ela não está tentando promover algum encontro entre nós ou algo parecido."

Jane lançou um olhar para Lucy, que esta fingiu não ver. Mas Kelly riu. "Infelizmente, você ficaria decepcionada se ela estivesse", ele disse. "Sou uma pessoa abominável em um primeiro encontro."

"Tomei a liberdade de pedir algo para começarmos", Walter informou a todos. "Espero que você goste de saquê", ele disse para Kelly.

"Depende. Que tipo de saquê?", perguntou Kelly.

"Meu favorito é o Juyondai", Walter respondeu. "Eu quase pedi o Tentaka, mas acho que é um pouco seco para a maioria das pessoas."

"Ele entende muito de saquês", Kelly afirmou, olhando para Jane. "Você pode ficar com ele."

"Você é cheio de surpresas", Jane disse para Walter, sorrindo com admiração.

"Nunca experimentei saquê", Lucy revelou.

"Então, você pode se preparar", Kelly afirmou. Ele se dirigiu para Walter: "Será que preparam *ankimo* aqui?"

"Não só preparam, como também servem um *hotate* maravilhoso", Walter informou.

"Você tem alguma ideia do que eles estão falando?", Lucy perguntou para Jane.

"Nenhuma ideia", ela respondeu. "Tenho a impressão de que eles vão cuidar de todos os pedidos desta noite. Você e eu ficaremos sujeitas aos caprichos culinários deles."

"Desde que nada se mova", Lucy disse. "Eu como coisas cruas, mas não vivas." Ela lançou um olhar para Jane e fez uma careta.

O saquê chegou e Walter o serviu para todos. Kelly mostrou para Lucy como bebê-lo, e Walter fez o mesmo em relação a Jane. "Sinta o aroma", ele disse. "O aroma é cinquenta por cento da experiência."

Jane gostou que Walter a ensinasse a beber saquê. Foi íntimo, de um modo que não tinha sentido por muito tempo. Pensou a respeito de Byron ensinando-a a comer lagostim. Não foi a mesma coisa. Walter a fez se sentir especial, como se ele estivesse partilhando uma experiência com ela, e não contando para ela como ter uma.

O garçom se aproximou da mesa e, como Jane previra, Walter e Kelly fizeram o pedido. Novamente, Jane se viu gostando de ser cuidada daquela maneira. *Acho que é o antiquado em mim*, pensou, enquanto ouvia Walter falar os nomes dos diversos tipos de sushi. *Sou uma garota do século XVIII.*

Jane riu com esse pensamento e percebeu que estava ficando ligeiramente embriagada. Também gostou disso e não fez nenhuma objeção quando Walter voltou a encher seu copo de saquê. *É agradável ter um namorado*, pensou. *Não sei por que esperei tanto tempo.*

Quando a comida chegou, Kelly e Walter recusaram-se a contar para Jane e Lucy o que eram todas aquelas coisas. "Experimente", Kelly insistiu, colocando diversas porções multicoloridas no prato de Lucy. "Contarei para você depois."

"Esse é o meu favorito", Walter disse para Jane, escolhendo uma porção rosa-escura para ela. "É..."

Walter foi interrompido pelo toque do celular de Jane. Ela levou algum tempo para encontrá-lo em sua bolsa, mas finalmente o achou. *Quem pode ser?*, ela se perguntou. Apenas Lucy, Walter e Kelly tinham o número, e todos estavam ao lado dela.

"Alô?"

"Senhorita Fairfax, sou Sal Maldonado, do corpo de bombeiros." A voz estava irregular e difícil de ser ouvida com clareza.

"Corpo de bombeiros?", Jane repetiu.

"Infelizmente, há um problema em sua livraria", o bombeiro informou.

"Está pegando fogo?", Jane disse, tentando ficar de pé. Os outros três pararam de falar e a fitaram, enquanto ela esperava por uma resposta.

"Não, não é um incêndio. Mas recebemos um alarme falso. Acho que algo está errado com seu detector. Preciso que a senhora venha até a livraria e a abra para mim."

"Claro," Jane disse, aliviada por não ser nada mais sério. "Estarei aí em cinco minutos." Ela desligou o telefone. "Não é nada para se preocupar", disse para Walter, Lucy e Kelly. "Somente um alarme de fumaça com defeito na livraria. Os bombeiros precisam entrar para verificar. Estarei de volta num piscar de olhos."

"Eu vou com você", Walter disse, levantando-se.

"Não, você fica aqui", Jane afirmou. Ela apertou o braço de Walter. "Agradeço sua disposição, mas não ouso deixar esses dois sozinhos", acrescentou, indicando Kelly e Lucy com um gesto de cabeça. "Acho que eles precisam de um acompanhante."

Então, Walter voltou a se sentar e Jane calçou os sapatos. Prometendo de novo voltar o mais rápido possível, ela saiu e entrou no carro. Chegou à livraria em minutos. Quando saiu do carro, contudo, não viu nem bombeiros nem veículos de emergência.

Jane foi até a porta, que já estava aberta. *Acho que ele não precisou me esperar*, pensou, entrando. "Senhor Maldonado?", gritou. "Sou Jane Fairfax. O senhor está aqui?"

Não houve resposta, mas Jane ouviu um barulho vindo do escritório. Ela acionou o interruptor das luzes ao lado da porta, mas o recinto permaneceu escuro. *Devem ter desligado a força*, pensou, encaminhando-se para os fundos da livraria.

"Senhor Maldonado?", Jane voltou a gritar. "O senhor está aqui?"

Ela alcançou o escritório e entrou. Alguém estava se deslocando na penumbra.

"Senhor Maldonado?"

A figura se virou. Jane abriu a boca em assombro. Então, algo atingiu sua testa e ela desmaiou.

CAPÍTULO 32

Jonathan, deitado no chão com a boca ensanguentada, fuzilou Charles com os olhos. Charles se elevava sobre ele, com os punhos cerrados. A expressão de Charles era homicida, e, por um instante, Constance temeu que ele matasse Jonathan. No entanto, Charles cuspiu na sujeira próxima à cabeça de Jonathan. "Vá embora", ele disse. "Não volte a nos perturbar."

— Jane Austen, *Constance*, página 293 do manuscrito.

O tapa a acordou. Onde estou?, Jane se perguntou. O que aconteceu? Sua cabeça doía e ela via estrelas diante dos seus olhos.

"Bem-vinda à festa", uma voz disse.

Jane sacudiu a cabeça e piscou os olhos para clarear a visão. Suas mãos estavam amarradas atrás dela e alguém estava parado em cima dela, sorrindo em triunfo.

"Charlotte?", Jane disse, boquiaberta.

"Surpresa?", Charlotte perguntou.

"Mas você está morta."

"É verdade. Mas não morta morta."

"O incêndio", afirmou Jane. Charlotte parecia cem por cento saudável, sem nenhuma queimadura visível.

"Sim, o incêndio", afirmou Charlotte. "Foi uma boa tentativa. Felizmente para mim, nossa espécie sara muito rápido, desde que nada vital tenha sido destruído."

"Jane, quem é?"

Jane se assustou com o som de outra voz. Olhou à esquerda e ficou chocada ao ver Walter, Kelly e Lucy, todos sentados no chão, também com as mãos amarradas. Os três estavam fitando Charlotte.

Charlotte deu uma risada. "Não foi amável da parte deles virem em seu socorro?", perguntou para Jane. "Tudo o que tive de fazer foi esperar."

"Deixe-os em paz", Jane disse, furiosamente. "Eles não têm nada a ver com isso."

"É mesmo?", afirmou Charlotte, empinando a cabeça. "Acho que eles têm sim. Acho que eles têm muito a ver com isso." Ela se ajoelhou, de modo que seu rosto ficou bem em frente ao de Jane. "Você sabe por quê?"

Jane podia sentir a respiração de Charlotte em seu rosto. Absteve-se de sugerir que Charlotte chupasse uma pastilha de hortelã. "Não", respondeu. "Não sei o porquê."

Charlotte se curvou para ainda mais perto, de modo a poder sussurrar no ouvido de Jane. "Eu vou lhe contar por quê." "É porque eles serão minha vingança. Vou dessangrar cada um deles enquanto você observa. Depois, vou botar fogo neste lugar e vou vê-lo queimar até as cinzas, exatamente como você viu minha casa queimar com minha família dentro." Ela se levantou e endireitou o vestido. "Ah, e eu quero o meu cachorro de volta."

"Você não pode fazer isso", Jane disse.

"Por que não?", Charlotte gritou, com raiva. "Por que não? Me diga."

"Você é a pessoa que roubou meu livro", Jane gritou de volta. "Você é a pessoa errada aqui."

"Detalhes", Charlotte disse, de modo desdenhoso.

"Quem é você?", Kelly perguntou.

"Quem sou eu?", Charlotte contestou. "Quem sou eu?" Sua voz cresceu em volume e indignação, caminhando na direção dos seus prisioneiros.

"Violet Grey", Jane disse. "Ela é Violet Grey."

"A blogueira?", Kelly afirmou. "A que não gostou do seu livro?"

Jane concordou com um gesto de cabeça, enquanto o rosto de Charlotte ruborizava. Kelly olhou para ela espantado. "Tudo isso porque você não gosta de um romance?", ele perguntou. "Você não acha que está exagerando um pouco?"

Charlotte cerrou os punhos e retrocedeu. Ela fechou os olhos e começou a recitar: "Em geral, as mulheres devem ser bem calmas". Então, abriu os olhos e apontou o dedo para Kelly: "Mas as mulheres sentem exatamente como os homens sentem; elas precisam exercer suas aptidões e necessitam de um campo para suas iniciativas, tanto quanto seus irmãos; elas sofrem com controles muito rígidos, com a estagnação ilimitada, exatamente como os homens sofreriam; e há a mentalidade estreita de suas colegas mais privilegiadas que diz que elas devem se limitar a preparar pudins, tricotar meias, tocar piano e bordar bolsas. É imprudente condená-las, ou zombar delas, se elas procuram fazer mais ou aprender mais do que o costume proclamou necessário para seu sexo".

"O que *Jane Eyre* tem a ver com isso?", Kelly perguntou quando Charlotte terminou.

"Tem tudo a ver!", Charlotte falou alto. Ela começou a andar com passos lentos e regulares, batendo os punhos contra as pernas enquanto caminhava. "Quando o *The Journal of Words* elaborou a lista dos cem melhores romances escritos em inglês, vocês sabem que *Orgulho e preconceito* ficou em décimo segundo lugar?" Ela parou de andar e fuzilou Jane com o olhar. "E você sabe em que lugar ficou *Jane Eyre*?", perguntou. Ela olhou para os quatro, um após o outro, mas ninguém respondeu. "Em quinquagésimo segundo lugar", gritou. "Quinquagésimo segundo! Depois daquela paródia pornográfica intitulada *Lolita*!" Ela proferiu o nome do título como se fosse veneno. "Depois de *Huckleberry Finn*! Depois de *Ulisses*. Vocês já tentaram ler *Ulisses* alguma vez? Você terminaram de ler alguma vez? Não, não terminaram. Ninguém nunca terminou."

Lucy pigarreou. "Se me lembro, *O morro dos ventos uivantes* ficou em vigésimo nono lugar."

"Esse é de Emily!", Charlotte disse, furiosa.

"Se isso é uma disputa entre Austen *versus* Brontë, Emily e Charlotte estão no mesmo time", afirmou Lucy, de modo defensivo.

"Acho que vou começar com você", Charlotte disse para Lucy.

Subitamente, Walter falou: "Todos nós precisamos nos acalmar".

Charlotte dirigiu seu foco para ele: "E quem é você exatamente?"

"Sou o namorado dela", Walter respondeu, indicando Jane com a cabeça.

Charlotte abriu um sorriso. "O namorado dela", repetiu. Então, deu uma risada. "Isso está se revelando melhor do que eu esperava. De fato, a vingança será açucarada."

"A violência não é a melhor forma de superar o ódio", Jane disse, tremendo de raiva. "Nem a vingança é a melhor maneira de curar as feridas."

"Então, você leu meu livro", Charlotte disse para Jane, sorrindo desdenhosamente. "Estou comovida."

"Seu livro...?", exclamou Lucy. "Mas ele é de..." Ela parou de falar e olhou para Charlotte. Arregalou os olhos. Então, olhou para Jane, que confirmou com um gesto quase imperceptível de cabeça.

"Vocês todos são tão estúpidos?", Charlotte perguntou.

"Você é louca", Walter afirmou. "Você pode fingir ser quem você quiser, mas qual é o seu motivo para odiar Jane?"

Charlotte deu um passo para trás. Olhou para Walter por um longo tempo e, depois, para Jane. "Ele não sabe, sabe?", ela perguntou. "Ele realmente não sabe."

"Sabe o quê?", Walter perguntou.

Charlotte bateu palmas e, em seguida, levou as mãos até o rosto, cobrindo a boca. Seus olhos brilharam de alegria. "Ah, isso está ficando muito divertido", disse, voltando a bater palmas, como uma criança. "Tudo bem então, vou contar uma história." Ela respirou fundo. "Era uma vez..."

Subitamente, a porta do depósito se abriu com barulho. Jane viu Byron irrompendo no recinto. "Você?", ela disse. Sua voz soou estranha, como se tivesse falado através de um megafone. Então, percebeu que foi porque todos no recinto falaram exatamente a mesma coisa ao mesmo tempo. Jane olhou para os demais, que estavam olhando para Byron com a mesma expressão de consternação.

"Como você se atreve a voltar para cá?", afirmou Walter. "Jane já falou para você: ela não quer nada com você."

"Jane?", afirmou Kelly. Ele a observou com uma expressão de perplexidade. "Esse é o cara com quem Bryce dormiu."

"Bryce?", Jane disse, também perplexa. Ela olhou para Byron. "Você é o Grayson?"

"Sei que isso é um pouco embaraçoso", Byron afirmou.

Antes de Byron poder continuar, Charlotte investiu contra ele, com os caninos expostos. "Você me abandonou!", ela gritou.

Byron desviou-se, empurrando-a. Então, Charlotte bateu a cabeça numa pilha de livros de receitas, que caiu sobre ela, mandando-a para o chão. Charlotte se ergueu sem demora e voltou a atacar. Dessa vez, Byron conseguiu agarrar o braço dela. Sacudiu-a com violência, arremessando-a contra uma das prateleiras, que desabou, enterrando-a em uma avalanche de livros de autoajuda. Pouco depois, Charlotte voltou a se levantar de um pulo, atirando exemplares de *Sobrevivendo à menopausa* em todas as direções.

"Me solte!", Jane pediu para Byron. "Eu posso ajudar."

"Não dá tempo", Byron disse, procurando um modo de deter Charlotte.

Charlotte continuava a atirar furiosamente os livros, pegando-os e arremessando-os contra Byron o mais rápido possível. Jane viu um exemplar de *Uma vida interrompida* voar, com as páginas tremulando, e cortar a maçã do rosto de Byron.

Abaixando a cabeça e se esgueirando, Byron correu até Charlotte, rebatendo os "mísseis" para longe. Então, os dois se engalfinharam. Charlotte arranhava Byron, urrando de raiva, e ele tentava subjugá-la. Então, Jane, para sua surpresa, viu Walter ficar de pé. As cordas que tinham prendido seus pulsos caíram no chão. Ele se curvou e ajudou Kelly e Lucy a se erguerem.

"Vão!", Walter disse. "Saiam daqui."

Quando os dois deixaram o depósito, Walter se aproximou de Jane. Ajoelhado, ele cortou as cordas que a prendiam.

"Como você se soltou?", Jane perguntou, ficando de pé.

"Com um canivete", disse Walter, pegando o braço de Jane e correndo para a porta.

Atrás deles, Jane ouvia estrondos e gritos, enquanto a luta entre Byron e Charlotte prosseguia. Na área de vendas da livraria, Kelly e Lucy esperavam ansiosamente.

"Quem está ganhando?", Lucy perguntou.

"É difícil saber", Jane respondeu.

"Devemos chamar a polícia", Walter sugeriu.

"Não!", Lucy e Jane disseram, simultaneamente.

"Mas...", Walter começou a falar.

"Confie em mim nesse caso", Jane disse, interrompendo-o.

"Devemos, ao menos, tentar ajudá-lo", Walter afirmou.

"Melhor não se meter", Kelly disse. "Briga doméstica."

"Precisamos sair daqui", Jane afirmou.

Eles saíram correndo pela porta da livraria, pegando o rumo do estacionamento. Ali, formaram um grupo, observando a livraria em busca de sinais. Pouco depois, viram figuras indistintas movendo-se no interior da loja.

"Eles ainda estão brigando", Jane afirmou.

Sons de pancadas vinham de dentro da livraria e algo caiu provocando um estrondo. "Parece o expositor de audiolivros", Lucy observou.

"Chega. Vou entrar", Walter afirmou.

Antes de Jane conseguir impedi-lo, Walter correu de volta para a livraria. Novos barulhos encheram o ar, e, em seguida, uma figura correu na direção da grande vitrine que se estendia na frente do estabelecimento. A sombra ficava cada vez maior.

Então, atingiu a vitrine com um baque surdo e o vidro se estilhaçou. Cacos minúsculos caíram sobre a calçada, fazendo muito barulho, e Charlotte despencou depois deles. Ela pousou com o rosto sobre a calçada e ficou imóvel.

Walter e Byron saíram da livraria, ofegando intensamente. Observaram o corpo de Charlotte estendido de bruços. Byron deu um tapa nas costas de Walter. "Bom trabalho", ele disse.

"Você a acertou em cheio com o livro de capa dura de Stephen King. Isso tirou parte do fôlego dela."

"Graças a Deus que ele é um escritor verborrágico", afirmou Byron.

Walter e Byron se aproximaram de Jane, Lucy e Kelly. Jane deu um abraço forte em Walter. "Fico contente que esteja tudo bem com você", ela disse.

"Eu também", afirmou Walter. "Por um momento, achei que essa lunática ia cortar nossas gargantas. Ainda não entendi. Tudo por causa de um livro?"

"Ainda bem que você apareceu", Lucy disse para Byron.

Antes de Byron conseguir responder, Kelly se aproximou e deu um soco no rosto dele. Byron cambaleou, segurando o nariz, enquanto Kelly sacudia a mão, sentindo uma dor evidente. "Isso dói!", ele ganiu.

"Filho da mãe!", Byron disse.

"Meninos!", Jane afirmou, pondo-se entre eles. "Vocês podem terminar isso mais tarde. Nesse momento, precisamos fazer algo com Charlotte. Quero dizer, Violet."

"Isso pode ser um problema", Lucy disse.

"Por quê?", perguntou Jane.

Lucy indicou a livraria com a cabeça. Só restavam cacos de vidro no lugar onde Charlotte devia estar.

CAPÍTULO 33

Ela encostou a cabeça contra o peito de Charles. O coração dele estava sob o rosto dela, cada batida uma lembrança da presença dele. Ela igualou sua respiração com a dele até os dois virarem um único corpo, dividindo sangue e respiração.

— JANE AUSTEN, *CONSTANCE*, PÁGINA 293 DO MANUSCRITO.

"Me responda de novo: por que não chamamos a polícia?", Walter perguntou para Jane. Eles tinham acabado de chegar à casa de Jane, após endireitarem a livraria. Eram duas da manhã e Jane estava exausta. Ela estava sentada no sofá, bebendo uma xícara de chá.

"Seria só mais um incômodo", Jane respondeu.

"Incômodo?", exclamou Walter. "A mulher queria nos matar."

"Não acho que ela ia fazer isso. Acho que ela estava transtornada."

Walter olhou para Jane com incredulidade. "Você viu o estado da livraria", ele a lembrou. "Você viu o que ela fez com a vitrine. Ela não estava transtornada. Ela estava completamente louca."

"Confie em mim", Jane disse. "Nós sabemos o nome dela. Poderemos localizá-la com facilidade se for necessário. Acho que você e Byron a assustaram bastante."

"Isso é outra coisa", Walter afirmou. "Por que ele voltou? E essa história entre ele e o namorado de Kelly? Estou muito confuso."

Como se tivesse sido chamado, Kelly entrou na sala de estar. Ele tinha uma toalha enrolada em torno da mão.

"O gelo está ajudando?", Jane perguntou.

"Um pouco", Kelly respondeu. "Não posso acreditar na dor."

"Sim, bem, Byron... Brian... tem uma cabeça muito dura", Jane falou para ele.

Kelly inclinou a cabeça para trás e gemeu. "Me sinto um idiota", ele disse. "Me comportei como um menino de cinco anos, que ficou maluco porque alguém roubou seu dinheiro do leite."

"Parece que ele roubou um pouco mais do que isso", afirmou Walter. "Eu teria feito o mesmo." Ele olhou para Jane e deu um sorriso largo.

"Meninos", Jane exclamou. "Vocês são impossíveis." Apesar do que disse, ela estendeu o braço e pegou a mão de Walter.

"Quem é o cara?", Kelly perguntou. "Um escritor bissexual, um especialista em *kung fu,* ou o quê? E que estranho ele se envolver com Bryce logo depois de você ter uma discussão com ele, não?

"Não tão estranho quanto você possa achar", afirmou Jane. "Falando nisso, como você está se sentindo a respeito das coisas com Bryce?"

"Não sei", Kelly respondeu. "Ficamos juntos por quase dez anos. E suponho que, se me dispus a lutar por ele, ainda devo amá-lo." Ele mordeu o lábio e fez um ar de espanto. "Mas, devo admitir, Brian tem algo de especial."

"Nem pense nisso", Jane falou de imediato.

"Não se preocupe. Serei um bom menino", Kelly afirmou, rindo. Ele se levantou. "E agora vou para a cama. Foi agitação demais para um garoto da cidade. Não tinha ideia de que vocês, gente do campo, eram tão loucos."

"Espere até amanhã", Walter disse para Kelly. "Estamos planejando a construção de um celeiro."

Kelly subiu para o segundo andar, deixando Jane e Walter sozinhos. Jane ainda segurava a mão de Walter. Ele era algo sólido para agarrar, algo real, quente e seguro. *Podia ficar sentada aqui para sempre*, ela pensou.

"Gosto dele", Walter disse.

"De quem?", Jane perguntou.

"Kelly. Para falar a verdade, fiquei mais ou menos esperando que ele dissesse que não tinha mais interesse nesse Bryce. Ia apresentá-lo para Hank."

"Hank?", Jane perguntou. "Seu eletricista Hank?" Ela fez uma imagem mental do amigo de longa data de Walter e, às vezes, colega de trabalho. Era um homem grande, com uma barba espessa e mãos que, para Jane, lembravam patas de urso.

"O grande Hank", Walter confirmou.

"Não fazia a mínima ideia", Jane afirmou. "Seja como for, não acho que eles tenham muito em comum."

"Fazendo suposições de novo", Walter falou. "Não era isso que você pensava a nosso respeito?"

"De modo algum", Jane disse. "Bem, talvez um pouco", admitiu.

"Hank pode surpreender você também", Walter afirmou. "E pense em Kelly ali, na livraria. Ele deu um belo soco. Será que o nariz de Brian não ficou um pouco deformado?"

Não contaria com isso, Jane pensou. Provavelmente, Byron já tinha se curado do soco, assim como dos golpes infligidos por Charlotte. Quanto à Charlotte, Jane realmente não estava muito preocupada com ela. Depois que ela se revelou, provavelmente recearia tentar algo mais. No entanto, Jane ficaria atenta.

Walter acariciou a mão dela e Jane olhou para ele. Ele tinha uma expressão algo preocupada. "Há algo que estava querendo perguntar para você", ele disse. "É um pouco difícil para eu dizer."

Aí vem, Jane pensou. Seu coração disparou. Walter tinha descoberto que havia algo não muito certo a respeito dela. Ele diria para ela que eles não podiam ficar juntos.

"As coisas andaram muito rápido, e sinto que...", Walter começou. Mas antes de ele poder prosseguir, foi interrompido por Jasper, que entrou correndo na sala de visitas. Ele latiu e olhou de forma significativa para a cozinha.

"Você já jantou", Jane o lembrou.

Jasper voltou a latir.

"Acho que ele quer sair", afirmou Walter.

"Claro. Eu o levo. Já volto para ouvir sua pergunta."

Jane se levantou e foi para a cozinha. Sentiu alívio de se afastar de Walter. Ela sabia o que ele ia dizer e não estava pronta para isso. *Justamente quando decidi que talvez as coisas possam funcionar*, ela pensou com tristeza, e abriu a porta dos fundos e observou Jasper correr pelo quintal. Jane saiu e fechou a porta.

"Achei que era inevitável", ela disse para si mesma.

"O quê?", Byron perguntou, saindo das sombras, assustando-a.

"Por que você tem de fazer isso?", Jane perguntou. "Será que você não pode tocar a campainha como todas as outras pessoas?"

Byron ergueu os olhos para a lua, que estava cheia. "Primeiro, não sou como as outras pessoas. Segundo, acho que Walter não ficaria muito entusiasmado de me ver neste exato momento."

"Acho que isso não terá importância depois de hoje à noite", Jane afirmou. "Acho que ele está prestes a terminar o namoro."

Byron deu uma risada.

"O que isso tem de tão engraçado?", Jane perguntou. "Não pense que isso significa que vou ir correndo para você."

"Ah, acho que sei das coisas agora", Byron afirmou. "Além disso, tenho uma nova distração."

"Por que você seduziu Bryce?", Jane perguntou.

Byron levantou as mãos em protesto. "Foi inteiramente acidental", ele respondeu. "Não tinha a mínima ideia de que ele estava ligado a você. Foi uma feliz coincidência."

"Não tão feliz para Kelly", Jane falou asperamente. "Ele ficou muito magoado. Ah, não pense que não sei que a única maneira pela qual você conseguiu seduzir Bryce foi o enfeitiçando."

"Você está dizendo que estou perdendo meus encantos?", Byron disse, parecendo ferido.

"Infelizmente, não", Jane afirmou. "Mas sei que os dois estão muito apaixonados."

"Fique sabendo que Bryce me ligou hoje cedo e me disse, em termos não duvidosos, que o caso entre eles tinha acabado."

"Vocês se merecem", afirmou Jane. Então, ela caiu em si. "O que você está fazendo aqui?"

"É uma bela noite", Byron afirmou.

"Você está caçando!", Jane acusou.

"Não estou caçando. Estou de vigia. Por causa de Charlotte."

"Você acha que ela vai voltar?"

"Não. Ao menos, por algum tempo. Mas não quero arriscar."

"Acho que posso cuidar disso por minha conta."

"Na realidade, acho que você não pode." Repentinamente, a voz de Byron assumiu um tom sério. "Charlotte não é a única pessoa com quem temos de nos preocupar."

"Como assim?"

"Você sabe que, ao longo dos anos, criaram-se milícias que tem procurado erradicar nossa espécie."

Jane sentiu um calafrio. Ela conhecia muito bem as pessoas às quais Byron estava se referindo: personagens conhecidos, cujas habilidades especiais os levaram a ser recrutados como caçadores de vampiros. Em particular, um nome lhe veio à mente, e, instintivamente, seus caninos desceram quando se lembrou do último encontro com a caçadora e do sabor da *coq au vin* abominável da mulher. "É claro que sei", ela disse.

"As atividades foram reiniciadas", Byron revelou, com sua voz assumindo um tom preocupado. "Rumores de ressurgimento. Esse incidente com Charlotte pode ter repercussões."

"Maravilhoso", Jane suspirou.

"É bom estarmos preparados para qualquer eventualidade", Byron prosseguiu. "Há coisas que podemos fazer, Jane... Coisas que você pode fazer... Que você ainda não está consciente. Você raramente explorou as possibilidades."

"Não sei o que você quer dizer com isso", Jane afirmou.

"Você nunca foi ensinada", Byron disse. "Você passou tantos anos longe da sua própria espécie, que nem mesmo sabe quem é."

Jane olhou para Byron. *Ele está falando a verdade*, pensou.

"Posso ensinar para você. Se você me deixar", Byron afirmou.

"Pela última vez: eu não vou embora com você", Jane disse.

"Não estou pedindo isso. Posso ficar aqui."

"Aqui?", Jane exclamou.

"Não aqui", Byron disse, indicando a casa com a cabeça. "Mas aqui em Brakeston."

"Você está louco?"

"Provavelmente. Mas é hora de eu ensinar coisas a você, e posso começar mostrando quem você realmente é. Além disso, já tenho a casa."

Jasper, que tinha marcado cada arbusto do quintal, correu até onde Jane e Byron estavam parados. Byron se inclinou para afagá-lo, mas Jasper rosnou. "Ele nunca gostou de mim", Byron revelou.

"Ele é um bom juiz de caráter", Jane afirmou.

"Eu irei embora se você disser para eu ir. Juro. Mas, por favor, considere minha oferta."

Jane começou a falar para ele ir embora. Livrar-se dele de uma vez por todas facilitaria as coisas para ela. Mas, então, ela pensou a respeito do que ele estava oferecendo para ela. *Que tipos de coisas eu posso fazer?*, ela se perguntou. Havia algo a mais em relação a ser uma vampira?

"Eu vou pensar", ela disse, rapidamente, antes de mudar de ideia. "Enquanto isso, fique longe de Lucy. Suponho que você já percebeu que ela realmente não é da nossa espécie."

"Já. Mas foi um bom truque."

"Obrigada. Mas... Fique longe dela."

"E se eu prometer não convertê-la?", Byron perguntou. "Tenho de confessar: eu gosto dela. Lucy tem muita vivacidade."

"Não me faça mudar de ideia", Jane ameaçou. "Agora, vá. Conversamos mais amanhã."

Byron desejou boa noite e desapareceu nas sombras. Jane levou Jasper de volta para a cozinha, onde ele parou para beber água. Jane prosseguiu até a sala de estar. Só quando Jane viu Walter sentado ali, ela se lembrou que tinha fugido do que, sem dúvida, era uma má notícia.

"Foi um longo pipi", Walter observou.

"Não foi?", Jane disse. Sua mente estava confusa e ela não conseguia pensar direito. *Ele vai me despachar*, pensou. Jane sentou-se, mantendo as mãos no colo, receosa de pegar a mão de Walter.

"Como eu estava dizendo", Walter afirmou. Ele pigarreou. "É mais difícil do que eu esperava."

"Você não tem...", Jane começou a falar.

"Eu tenho", Walter disse. "É algo que devia ter dito há muito tempo."

O coração de Jane disparou. De repente, ela não se sentia uma mulher de 223 anos, mas uma garota de 18. Todos os seus anos de experiência desapareceram naquele instante. Eles não importavam. Walter estava prestes a partir seu coração como se fosse a primeira vez.

"Eu te amo", Walter disse.

Jane olhou espantada para ele. *O que ele acabou de dizer?*, ela se perguntou.

"Sei que você não quis ouvir isso", Walter afirmou. Ele estava falando rapidamente, tropeçando nas palavras, de uma forma atipicamente ansiosa. "Sei que, provavelmente, isso a assusta. Mas é verdade, Jane. Eu te amo. E se a assusta, posso admitir..."

"Eu também te amo", Jane se declarou, interrompendo-o.

Ele a observou por um longo tempo. "Você me ama?"

Jane concordou com um gesto de cabeça. "Amo."

Walter abriu a boca e, depois, voltou a fechá-la. Ele repetiu esse gesto diversas vezes.

"Você está parecendo um peixe", Jane provocou.

"Receio que, se eu falar, acordarei", Walter disse.

Jane pegou a mão dele. "Você não vai precisar acordar", ela disse. "A menos que, é claro, você esteja se referindo à minha cama, de manhã."

Walter ficou de pé, puxando Jane para junto de si. Ele a enlaçou em seus braços e a beijou por um longo tempo. Depois que terminou de beijá-la, continuou a segurando contra si. Ela o olhou nos olhos, vendo neles tudo o que desejara.

"Jane Fairfax, você está me fazendo uma proposta?", Walter perguntou.

"Sim, Walter Fletcher", Jane respondeu. "É exatamente isso o que estou fazendo."

Walter voltou a beijá-la. "Até que enfim", ele disse, pegando-a pela mão e a conduzindo na direção da escada.

ESTE LIVRO FOI COMPOSTO
EM NEW CALEDONIA PARA A LEYA
EM JULHO DE 2010.